魅丽文化

我有所念人

明开夜合　著

江苏凤凰文艺出版社
JIANGSU PHOENIX LITERATURE AND ART PUBLISHING, LTD

图书在版编目（CIP）数据

我有所念人 / 明开夜合著 . -- 南京 : 江苏凤凰文艺出版社 , 2019.5
ISBN 978-7-5594-3560-6

Ⅰ . ①我… Ⅱ . ①明… Ⅲ . ①长篇小说 - 中国 - 当代
Ⅳ . ① I247.5

中国版本图书馆 CIP 数据核字 (2019) 第 064483 号

我有所念人

明开夜合 著

责任编辑	张　倩　王　青
特约编辑	黄　山　赵婷婷
装帧设计	黄　芸
出版发行	江苏凤凰文艺出版社 南京市中央路 165 号，邮编：210009
网　　址	http://www.jswenyi.com
印　　刷	湖南关山美印有限公司
开　　本	880mm × 1230mm　1/32
印　　张	10
字　　数	263 千字
版　　次	2019 年 5 月第 1 版，2019 年 5 月第 1 次印刷
书　　号	ISBN 978-7-5594-3560-6
定　　价	39.80 元

目 录

目　录

楔子

三月，倒春寒。

败絮似的黑云压着地平线，下了几场雨，天光暗沉，像是弥留之人混浊的眼珠瞥向人间的最后一眼。

姜词穿一身齐踝的黑色绒裙，向前来吊唁之人一一鞠躬，面无表情地听着一句又一句的“节哀顺变”。

梁景行撑着伞站在雨中，静静凝视许久，终于提步上前。他轻握住姜词苍白的手，顿时一惊——她的手指冷如冻石，已全然不似活物。

千言万语立时堵在喉咙口，他嘴唇微张，道：“节哀顺变。”

少女垂眸，轻鞠上一躬，脸上神情毫无变化。

梁景行进门，在姜词父亲的遗照前放下一束白菊。偌大的灵堂安静而压抑，有人压低了声音凑拢交谈。梁景行听得几句，颇觉刺耳，不由得将目光投向门口。

姜词仍站在那里，身形单薄，像道浅淡墨痕，随时会消失于灰白天光之间。

一周之后，听说丧事已全部处理停当，梁景行总无端想到追悼会那日的姜词，到底放心不下，寻了空当前去姜宅拜访。

别墅已被查封，真皮沙发、花梨木家具、摆满古玩的博古架等全贴着封条。姜词不知从哪里找来一把红色塑料凳子——廉价露天摊上常见的那种，又从立在墙根下的纸箱里掏出一瓶矿泉水，递给梁景行："屋里没热水了，见谅。"她双颊泛着不自然的潮红，唇上起了一层死皮。

梁景行接过水瓶，轻轻搁在塑料凳上，低头看向她："你生病了？"

姜词摇了摇头，别过头轻咳一声："梁先生，请坐。"

"没事。"梁景行四下望了望，颇觉局促，想起此行目的，开口道，"姜小姐，我与令尊曾是故交，若你有为难之处，我愿尽绵薄之力。"说着，他从衣袋里掏出一张名片。

姜词接来看了一眼，低声道了句谢，塞入大衣口袋。

梁景行看着她："恕我直言，令尊是否还留下什么财产……"

姜词抬起头，藏蓝色的大衣衬得她乌目沉沉，瞳孔好似两粒无机质的玻璃珠子，齐腰长的黑色头发垂下，眉目疏淡，整个人自内向外透着冷："不剩什么了。"

四面的落地窗外雨声潇潇，雨水沿着玻璃缓缓滑落。

梁景行目光低垂，扫见一旁的茶几上放着厚厚的一沓文件，想来律师已经来过。他心里陡然一阵烦闷，低声问："我能不能抽支烟？"

姜词点了点头。

梁景行掏出一支烟点燃，走到窗前，将窗户打开一线。雨丝纷乱交织，使原本泾渭分明的天地变得混沌。许久之后，他手指一动，长长的一截烟灰顿时跌落，被窗口骤然灌进来的料峭春风吹成飞灰。

"姜小姐……"梁景行看着姜词，向前一步，"我曾向令尊借过一笔钱，今日过来实则为了还债。"

姜词睫毛轻轻颤了颤，嘴唇抿成刀刃似的一线。这是进屋以来，梁景行第一次见她的表情起了变化。然而她什么也没说，只轻轻"哦"了一声。

梁景行掏出支票簿，填上十万的金额，递给姜词。

姜词低头盯着自己的脚尖，身体在微微发抖，好似方才缀在他指间香烟上的那截烟灰，时刻会随风散去。过了许久，她轻咬了一下嘴唇说：“人走茶凉，梁先生，你愿意过来，我很感激。”

“那就拿着吧。”

姜词沉默了许久，终于缓缓伸出手，接过支票。

梁景行又问：“你还有什么亲戚吗？”

姜词犹豫了一下：“有。”

待了片刻，梁景行告辞。姜词将他送到门口，又礼貌地道了声谢。

梁景行撑开雨伞：“不用客气。”他走出数米，又回头望了一眼。姜词仍站在原地，墨色发丝被风吹起，轻拂在她苍白的脸上，漆黑的双目好像泛起了一点微光，细看又似乎只是错觉。

梁景行收回目光，转身走了。

第一章

铁绀色

梁景行在学校教学和姐姐公司新开张筹备之间连轴转，忙得脚不沾地，抽空还得去一趟语言班，替闯了祸的外甥陈觉非收拾烂摊子。

梁景行上午办完执照，开车去公司盯了一下装修进度，没吃上一口热饭，又马不停蹄赶去语言班。

办公室在二楼，陈觉非正吊儿郎当地坐在办公桌前，手指有一下没一下地拍着画室老师搁在桌上的一盆绿植的叶子。一看见梁景行露面，他立马从凳子上弹起来，凑上前亲热地喊了声“舅舅”。

梁景行将他的脸挡开：“回去坐好。”

陈觉非笑嘻嘻地坐回去，问：“吃饭了没？”

梁景行不接他这茬：“你们老师呢？”

“吃饭去了。”陈觉非坐不住，双手撑在凳子上，牛皮糖似的扭来扭去。梁景行朝他的小腿轻踢了一脚：“你这回又干了什么好事？”

“嘿！”陈觉非露出两排白牙，“我这回冤枉死了。”陈觉非坐端正，看着梁景行，“我们语言班上有个女生，跟我一个学校的，不同系。她长得挺好看的，我一直想跟她交个朋友，找她搭了几次讪，她都不理。昨天我把她堵在路上，可她脸臭得好像我杀了她全家，瞪了我一眼，绕道走了。我说了几句气话，冲上去抓了一把她的马尾，她竟然反手扇了我一巴掌——不信你看，现在还有掌印。”陈觉非将脸凑上前，被梁景行嫌弃地推开了。

“然后……这女生不知道抽什么风，回去就把头发剃了。第二天来，她顶一个锃光瓦亮的大光头，就去找老师控诉……”

“控诉什么？”

陈觉非撇了撇嘴：“她说我霸凌她。”

梁景行看他一眼：“你对她说什么气话了？”

陈觉非支支吾吾。

梁景行轻哼一声：“我看你是一点也不冤枉。”

陈觉非哀号：“我不就对她说了几句不好听的吗，你怎么胳膊肘往外拐啊？”

梁景行正要教训两句，语言班的钱老师推门进来。梁景行与钱老师寒暄几句，便切入正题。

这语言班是私人运营的，只要交钱，谁都能上，大学学生和社会人士都有，是以老师基本不会干涉学生之间的事。

钱老师苦笑道：“梁先生，我也想多一事不如少一事，但对方特别轴，非要讨个说法，我要不从，她肯定要吵得咱们整个班不得安宁。我们开班也是赚个辛苦钱……”

梁景行说：“我明白，道歉是应该的。”

钱老师点头道：“她人快来了，你们稍等。”

陈觉非眨了眨眼，凑到梁景行耳边：“舅，你真打算让我道歉？”

梁景行不为所动：“骚扰别人的时候怎么没想想后果？”

三人等了一会儿，办公室门被推开，一个女生走了进来。她深深地埋着头，只留给大家一个光溜溜的头顶。

梁景行推了陈觉非一把：“过去道歉。”

陈觉非不情不愿地走上前去，嘟囔了一句。

梁景行脸色一沉：“大点声。”

陈觉非知道自己这位舅舅真发起火来比任何人都恐怖，不敢捋虎须，乖乖大声说道："对不起。"

女生微耷拉着的肩膀这才挺起来一点，她缓缓抬起头，冷冷的目光落在陈觉非的脸上："我接受道歉，但我不原谅你。"乌沉沉的一双眼睛不带丝毫情绪，好似两粒玻璃珠子。

梁景行顿时一怔，盯着对方看了数秒，终于确信眼前这个把头发剃得只剩下青色头皮的女生，就是暌违许久的姜词。

姜词也看到了梁景行，嘴唇微张，可最终没有出声，不动声色地移开了目光。

事情解决得波澜不惊，梁景行领着陈觉非走出办公室，而跟在后面的姜词被钱老师喊住："姜词，你等等，我跟你说两句话。"

梁景行脚步微微一顿，没有回头。

到了楼梯口，梁景行突然停下脚步："陈觉非，你自己滚去吃饭。"

陈觉非仰头看他："那你去哪儿？"

"我还有事。"

"还有什么事？"陈觉非盯着他，"舅，你该不会打算回去给那女生赔精神损失费吧？我跟你说，她这人压根不像外表看起来这么柔柔弱弱。她除了在这儿上语言班，还一直跟着一个画家学画画，学费可不低，一年就要上十万，可她爸妈都死了，真不知道钱都是从哪儿来的……"

"陈觉非。"

陈觉非一愣。

"十几年书读狗身上去了？就学会了随意诋毁他人名声？"梁景行沉眉肃目，一双狭长漆黑的眼睛紧盯着他的脸，目光像结了冰，冷得吓人。

陈觉非到底有所忌惮，立即住了声，往后退一步："我……我吃饭去了，舅，你去忙你自己的吧。"说完，他拔腿一溜烟儿地跑下楼梯。

等陈觉非的身影消失不见，梁景行转过身，立时一怔。

前方楼梯上，姜词手搭着扶手，静静站着，不知道来了多久，也不知道听到了多少。

梁景行仰头看着她："好久不见了。"

姜词微微垂下目光："嗯。"

梁景行不禁打量起她来。

她比三月的时候更显消瘦，整张脸像纸片一般苍白，若不是光头的造型平添了几分滑稽，整个人都往外透着森森病气。

"你……这段时间过得怎么样？"

"还好。"姜词低头看着脚尖，声音平淡。

"看你精神不大好，是不是生病了？"

"没有……"姜词轻摆了一下头，"没怎么休息好而已。"

她从头到脚都透着抗拒深聊的意思，梁景行如何觉察不出，可他不知为何，偏接着追问："经济上有没有困难？"

姜词手指收拢几分，仍是摇头："没有。"这次，不再给梁景行开口的机会，她抬起头，率先说道，"梁先生，谢谢你的关心——我还有事，先走了。"

梁景行看了她数秒，点了点头。

姜词垂下目光，从梁景行身侧越过，一步一步走下楼梯。白色宽松的 T 恤套在她身上，显得她更加瘦削。

梁景行不由得想到第一次见到姜词时的情形。

那时候姜词父亲姜明远的生意正如烈火烹油，蒸蒸日上。姜明远白手起家，早年卖盒饭，后来卖建材，手里攒了些闲钱，就开始忌讳别人称自己为"暴发户"。对于附庸风雅一事，他造诣颇深，已臻化境，除了收集古玩字画，结交文人骚客，还让姜词拜在了油画大师的门下。对于这一决定，姜明远分外自得，甚至还在姜词生日宴会开始前举办了其处女画作的拍卖会，说是拍卖所得将尽数用以资助有志却贫穷的青年画师。

拍卖会开始之前，姜词款款出场。十五岁的女孩穿一条白色的小礼服，黑色长发盘成一个优雅的髻，微仰着头与人说话时，仿佛天鹅引颈。

最后那幅画以二十三万成交，姜词微笑致谢，整个人透出一种骄傲，却又光华内敛，并不令人生厌。谁也没想到再怎么附庸风雅也脱不了一股子粗鄙之气的姜明远，竟能有这样一个让人啧啧称叹的女儿。

可短短三年，世殊时异，昔日的掌上明珠，落得今日这般田地，不免让人唏嘘。

梁景行点燃一支烟，不顾自己身穿西服，手肘撑在落灰的栏杆上，目光追随着姜词而去，看着她一直穿过马路，走进了对面的树影里。

她这光头造型格外醒目，一路上不少人张望指点，而她微仰着头，像检阅自己疆土的女王，脚步缓慢而又坚定。

恍惚之间，似又见到了十五岁那年的姜词，梁景行眯了眯眼，将烟掐灭，扔进一旁的垃圾桶里。

他想，自己这傻外甥，这回兴许真是当了冤大头。

陈觉非吃了憋，心里终究有些不忿，开始悄悄留意姜词。他跟踪了她半个多月，终于让他抓住了“把柄”。

陈觉非父母平日忙于事业，对他疏于照顾，凡事只会拿钱弥补，对其荒诞行为，多半也是睁一只眼闭一只眼。这种态度让陈觉非越发骄纵，总想着有人善后，行事更加肆无忌惮。

有钱的公子哥，身边少不了几个狐朋狗友，三五成群一合计，连上天揽月、下洋捉鳖的胆子都生出来了。尤其陈觉非上大学之后，家里更管不住他，趁着周末去趟酒吧寻欢作乐这种事，简直不值一提。

陈觉非是在城东的一家酒吧发现姜词的。

他初时没认出来，只觉得端酒过来的服务员长得十分面善，目光追随而去，琢磨她仰头与酒保谈话时的神情，才发现那人竟是姜词。她戴了顶红棕色的假发，妆化得浓，粗而浓密的假睫毛好似一排苍蝇腿。

他顿时生出看好戏的心情，唤她过来续单。

姜词面无表情，好像并不认识眼前这人，平平淡淡地问道："先生还需要什么？"

陈觉非跷起腿，手臂张开搭在沙发椅背上，似笑非笑地看着她："你们一般收多少小费？"

"顾客给多少，我们收多少。"

她用词十分微妙，"顾客"，而不是"客人"，这话听来便也不那么让人浮想联翩了。

陈觉非笑了一声，忽将手臂放下来，伸手将面前的黑方往前一推："喝一杯，我给你一千元小费。"

跟他过来，围坐一旁的其余几个男生立时怪笑连连。

"抱歉，我不喝酒。"

陈觉非斜眼看着她："是服务员吧？"

姜词没说话。

"服务员，顾名思义，提供服务的人员，凭什么就喝不得了？"

姜词冷脸道："如果你需要找人陪你喝酒，我帮你喊人过来。"

陈觉非笑了一声："我今天还非得让你喝不可。"

男生们连声起哄，言语之间已有调笑之意。

陈觉非见姜词神情平淡，丝毫不见怒色，更是好胜心切："你把你们值班经理叫过来。"

姜词看他一眼，拿着菜单走了。

片刻后，一个满头大汗的胖子跟着姜词过来，到了跟前，未等陈觉非开口，立即连声道歉："这位先生，不好意思啊，她就是个普通的服务员，您要找人陪你喝酒，我帮您找，您看行不行？"

陈觉非笑道："一不要她唱歌，二不要她讲笑话，站这儿……"他伸手点了点台子前方，"就站这儿，把这杯酒喝了，我连她一根汗毛都碰不着，怎么就不普通了？自己心思龌龊，看谁都像西门庆。"

姜词嘴唇紧抿成一线，那双漆黑的眼睛静看着陈觉非。

陈觉非嗤笑一声，耸了耸肩，吆喝着几个朋友开始喝酒，再不看姜词一眼。胖子伸手拉了拉姜词制服的衣袖，低声说："走吧。"见姜词没动，胖子又拉了一把。

姜词忽然从他手里挣开，从兜里掏出今日刚发的工资，"唰"一下丢在台上："那我给你一千，你把这酒喝了。"说罢，未等陈觉非回应，她便抄起黑方，朝他身上泼去。

陈觉非从沙发上弹起来，低头朝自己身上看了一眼，棉质的T恤湿了一大片，正滴滴答答往下淌着酒。这一切只发生在数秒之间，其余几人也惊呆了，等反应过来时，姜词已将制服上的胸牌摘下，塞进胖子手里："曹哥，得罪客人，我引咎辞职。"说罢，她越过胖子，头也不回地朝后面的休息室走去。

胖子擦了擦头上的油汗，急忙哈腰道歉。若换作平时，陈觉非恐怕早就炸了，可这时他竟没有发作，只紧抿着唇，望着姜词消失于灯红酒绿之中。

"觉非？"有一人拍了拍陈觉非的肩膀。

陈觉非没理，忽然提脚踩过一地的酒水，追了上去。

休息室门上了锁，非工作人员不得入内，陈觉非就靠在门边的墙上耐心等着。约莫十分钟后，门"咔嗒"一声打开。

姜词卸了妆，摘了假发，青色的头皮上已冒出些许发楂。她穿一件极为普通的白色T恤，背着一个黑色的包，手插在牛仔裤的口袋里，一转身看见陈觉非，顿了一下，又接着往前走。

"喂。"

姜词脚步不停。

陈觉非冲上前一把抓住她的手臂："喊你呢，你聋了？"

姜词先是望了他的手一眼，紧接着目光上移，落在他的脸上："干什么？"

陈觉非抖了抖自己身上湿漉漉的衣服："就这么算了？"

“不是赔给你了吗？”

陈觉非气极反笑：“让人抓一下马尾就铰了头发，方才有个男人在你的大腿上摸了一把，怎么不见你干脆把腿也剁了？”他盯着姜词，“都来这种地方工作了，还装什么贞洁烈女？”未等姜词动作，他率先松开抓住她的手，退后一步，嘴角带着一抹讥讽的笑。

姜词的脸“唰”的一下就白了。

“知道你上次是拿我立威，我大人有大量，不跟你计较。”他忽从兜里掏出手机晃了晃，

“下回最好别落在我手里，不然这里头的照片我一定交给你们系的辅导员。”大学虽不如高中那般管控严格，但校内女生在酒吧打工，若被人揭发出来，少不得也要惹出很多的麻烦。陈觉非相信姜词一定不愿意惹这个麻烦。

姜词没说话，只冷冷地看着陈觉非。陈觉非自觉扳回一城，心里总算舒坦了，正要将手机揣回兜里，忽见眼前一晃，手机被人一把夺下。

陈觉非愣了一下，而姜词已拔腿跑了。陈觉非赶紧追上去：“手机还我！”

姜词充耳不闻，从后门跑出酒吧，不要命似的奔向巷子口。她到底是女生，赶不上陈觉非腿长又有体力，眼见就要被追上，忽抬手一丢……

手机啪的一下落在马路上，正好被一辆疾驰而过的小轿车碾过。

陈觉非停下脚步，看着刚换的手机在自己面前粉身碎骨，愣了半晌，带着几分委屈号叫道：“你有病啊！”

姜词也有些愣神，过了片刻似乎才反应过来自己干了什么事。

经过这么一遭，陈觉非对姜词彻底服气。他缓缓走上前，瞪着气喘吁吁的姜词：“我可是亲眼看见你在酒吧工作，你是不是干脆把我的眼珠子也抠出来？”

谁知姜词竟真的缓缓抬起头，目光定在他的眼上。

陈觉非脊背发凉，这下彻底服了：“你真是个神经病。”

他追得出了一身汗，衣上的酒还没干，两相混合，贴着皮肤，像糊了胶水一样难受。他也不打算回去找那几个朋友了，在他们面前吃了这么大一个瘪，到底有些丢人。

“手机借我，我打个电话，让人来接我。”

姜词站着不动，只警惕地看着他。

“我不会把你的手机也扔出去，你要不放心，自己帮我打。”说完，他也不管姜词同不同意，自顾自报了一串号码。

姜词沉默片刻，从斜挎的包里掏出手机，拨出号码。

电话响了几声，那端传来一个低沉悦耳的声音，听着有几分熟悉，姜词也没多想，说道：“陈觉非在晚霞路，沃尔玛对面，请过来接他。”

那边静了几秒：“姜小姐？”

姜词一愣，听出来是梁景行：“梁先生。”

“觉非和你在一起？”

“偶然碰到的，他丢了手机。”

陈觉非在一旁听着，瞪大了眼睛，简直没想到姜词能一再刷新他对“厚颜无耻”这词的认知。

梁景行不再多问：“好，你让他在原地等着，我马上过去。”

姜词挂断电话，瞥了陈觉非一眼，干巴巴地说道：“他马上来，让你等着。”说罢她就要走。

陈觉非一把抓住她的背包：“你就这么走了？”

姜词回头看着他。

“衣服我就不说了，手机呢？”

姜词垂眸：“我暂时赔不起。”

她倒是坦诚得很。

陈觉非彻底没了脾气：“不说别的了，你帮我买件上衣不过分吧？”

往前走几步就有夜市，一整条巷子，沿途皆是地摊。陈觉非从小锦衣玉食，一件普通的衣服就没有低于一千块的，何曾穿过这种在他看来粗制滥造、假冒伪劣的地摊货？

可身上黏得难受，他也顾不得许多，从货架上随便挑出一件："就这件吧。"

姜词问摊主："多少钱？"

"四十。"

"便宜点，三十。"

陈觉非匪夷所思地看着姜词，简直不敢相信都廉价到这份上了，她还要讲价。姜词不但讲价，还跟摊主讨价还价了半天，最终以三十五块的价格成交。

离开摊子，陈觉非找了个人少的地方，将身上的T恤脱下来，套上这辈子穿过的最便宜的衣服，将脏衣服随手丢进一旁的垃圾桶里，微讽道："刚才把那一千块钱甩出去的时候，怎么不像这么斤斤计较？"

姜词没说话，当然陈觉非也没指望她回答。

两人沉默地走回沃尔玛对面，姜词忽然低声开口："那不一样。"

陈觉非莫名其妙："什么不一样？"问出口，他才陡然反应过来，姜词是在回答五分钟之前的那个问题。

他不由得朝姜词看了一眼。

夜色中，姜词微垂着眼，那神情带着几分说不出的寂寥。可这份寂寥，仿佛只属于她一人，外人无论如何也闯入不得。

"你自己等，我先回去了。"姜词开口。

"你住哪儿，怎么回去？"陈觉非的话脱口而出，可他说完就想咬掉自己的舌头，他居然主动关心这个神经病，简直是撞了鬼。

"不远，走回去。"

她话音刚落，前方车灯一闪。

陈觉非招了招手："梁景行！这儿！"

车在两人跟前停下，车窗打开。梁景行探出头，挑眉看着陈觉非："你刚刚叫我什么？"

陈觉非嘻嘻一笑，拉开车门跳上去。

梁景行目光落在姜词身上："姜小姐，你也上车吧，我先送你回去。"

姜词摇了摇头，伸手朝着右边黑暗中的某处一指："我住那儿，很近。"

梁景行顺着她手指的方向看过去。

晚霞路属于老城区，这一带的房子最新的也有二十年历史。夜里看不出，白天倒是十分明显，楼房和街道斑驳破旧，像是日新月异的大都市身上急需抠掉的一片癣，形容成脏乱差都算客气。这里也是犯罪多发地段，小偷小摸是家常便饭，阴暗的巷子里发现一两具溃烂发臭的尸体，也算不上多大的新闻。

梁景行收回目光："好，谢谢你给我打电话，回去注意安全。"

姜词点了点头，等梁景行发动车子之后，转身走了。

梁景行把车往右拐，恰巧跟姜词一个方向，便见她双手拉着背包的带子，微垂着头，一路避过两侧卖水果的板车、冒烟的烧烤摊，和不知喝了多少酒，正蹲在路边哇哇大吐的醉汉……

"舅，上回我走之后，你肯定回去找姜词了，是不是？"

梁景行回过神，转头看向前方，没有否认："找她说了两句话。"

"你和她有什么话可说？"

梁景行沉默了一下才道："她是故人之女。"

陈觉非立时起了兴趣："你认识她？"

"见过几面。"不等陈觉非开口，梁景行反问他，"反倒是你，今天怎么跟她在一起？又找她麻烦了？"

"嘿！我敢找她麻烦？她饶过我，我就谢天谢地了！她先在酒吧泼了我一身酒，又把我的手……"他陡然想到姜词先前的话，不知怎的不想拆穿她的谎言，便将手机一事略去，"总之，别看她是个女的，发起狠来，什么都干得出。"

梁景行蹙眉："她在酒吧干什么？"

陈觉非撇了撇嘴："打工。"

“打什么类型的工？”

“舅舅，你这话真有意思，这种地方，打什么工不得被人占点便宜？”

梁景行紧抿薄唇，不再说话。

陈觉非伸了个懒腰，不再关心这事，换了个话题：“舅妈什么时候回来？”

“叫她阿姨。”

陈觉非嘻嘻一笑：“迟早是舅妈。”

陈觉非口中的“舅妈”，是指许尽欢。许尽欢小梁景行两岁，两人从小一块儿长大，在外人眼中，早是注定的一对儿。但个中曲折，只有当事人自己清楚——实际上许尽欢心有所属，但求而不得。为了抵挡家里催婚的压力，一直拿梁景行做挡箭牌，身边很多人都当他们是一对情侣，许尽欢的家人也一直当梁景行是自家的准女婿。

三天之后，许尽欢从帝都回来，在梁景行家里吃了顿饭，聊了聊近况。

许尽欢得知他公司即将开张，笑说：“要不我就在你这儿工作吧，管饭就行，也不用多高的薪水。”

梁景行弹了弹烟灰：“我这座小庙怎么供得起你这尊大佛。”

许尽欢窝在沙发里，一旁立灯奶白色的光洒下来，衬得她脸部轮廓极为柔和。她朝梁景行伸出手：“给我支烟。”

梁景行亮了亮盒子：“不是万宝路，这个你抽不惯。”顿了顿，他又问，“你不是说要戒烟吗？”

许尽欢笑了一声：“是在戒啊，你看我烟都没带呢，不然怎么会找你要。”

随后她又问：“你姐的公司装修得怎么样了？”

梁景行掐了烟：“还有一条走廊，不知道该挂谁的画，你给我做个参谋吧。”

许尽欢笑说："你也算是艺术家，需要我做参谋？要我说，直接找人画吧。"

"画什么？"

"画什么不重要，端看画家水平。"

梁景行沉吟片刻，采纳了她的建议，又问："你下月过生日，打算怎么办？"

"不办了，年年家里来一堆人，也不知是贺寿还是攀关系，没意思。我妈就想押着我赶紧结婚，我说不过她，还是逃吧。"

"逃得过初一，逃不过十五。"

许尽欢笑起来："能逃几天是几天吧。"

许尽欢在崇城留了一个星期，趁着生日还没到，寻了个由头又走了。

陈觉非倒显得比任何人都失望："舅，你明年都三十了，打算和舅妈拖到什么时候结婚？"

梁景行笑了笑："你是觉得我老了？"

陈觉非赶紧摇头："你年纪不算大，就是老气横秋，板起脸教训人的时候，比我家老头还可怕。忠言逆耳，你听我一句，面色和善一点才招女人喜欢。"

梁景行轻哼一声："你要是能省点心，我肯定比任何人都和善。"

姜词那天从酒吧回家，睡到半夜被一阵敲门声惊醒。为了方便打工，她仍旧住在家里，没住在大学宿舍。

姜词住的地方周边环境不好，这一片总有人闯空门。她警觉地起身，抄起床边的一条铁棍，走到门口，透过猫眼看了看，外面黑灯瞎火，什么也看不见。

等了一会儿，外面再没动静，姜词正打算回床上，防盗门又"咚咚咚"响起来。

她心脏悬在嗓子眼："谁呀？"

“阿词，是我！”

听见是曹彬的声音，姜词取下锁链，将落下的铁门推上去，打开防盗门锁：“曹哥，你怎么来了？”她将客厅灯打开，侧身让曹彬进来，又仔细关好门。

曹彬显然是直接从酒吧过来的，上衣被汗浸了个透，他长得胖，本就怕热，站在闷热的房里，哼哧哼哧喘着粗气。

姜词要去取电风扇出来，曹彬摆了摆手：“不用麻烦了，我马上就走。”他从口袋里掏出一沓钱，“这是你丢的那一千块钱，我跟老板说你一个人生活不容易，老板表示理解，还给你发了五百块钱奖金。”

姜词低头看着那一沓厚厚的粉色纸币，没有伸手。

曹彬将她的手拉过来，一把将钱塞进去：“傻姑娘，何必跟钱过不去。”他擦了擦脸上的油汗，“你也是年轻，心气儿高，以后遇到今天这种情况，开几句玩笑也就过去了。”

姜词捏紧手指，没有吭声。

“工作不做了也好，你正正经经的小姑娘，做这个坏名声。今后需要用钱的地方，尽管跟曹哥说。”

曹彬是姜词的一个老乡，早些年受过姜明远的照顾。有一天姜词在超市门口发传单，被曹彬认出来，就被领着去酒吧当了个端酒的服务员。

姜词笑了笑，摇头说：“没事，钱我还有。”

曹彬点了点头：“那行，你有我的电话号码，要有什么困难尽管打给我。”临走前，他又嘱咐姜词，“把门锁好，别随便给人开门。”

曹彬走了以后，姜词回到卧室，将那沓被汗濡得有几分潮湿的纸币数了三遍，然后塞到枕头底下。

生活就像一个四面都是窟窿的面粉袋子，塞住一处，又漏了另一处。过日子，处处都要用钱，吃饭穿衣、水电煤气，还有画画的颜料，尤其最后一项，怎么省都省不下来。

姜明远去世之后，姜词原本是不打算接着学画的。可她这人没其他特长，唯有画画一技傍身，真要半途而废，也是可惜，而且她的老师陈同勖是崇城有名的画家，收徒标准极高，三十年里就教过四个人。在姜词身上，陈同勖花费了许多心血，姜词自然也不愿意辜负了恩师的多年栽培。

好在梁景行那十万块钱雪中送炭，她一咬牙，还是坚持了下来。但在读大学这件事上，她却不得不做出妥协——原本她想去念北京最好的美术学院，但艺术专业花钱如流水，她早已不是锦衣玉食的千金小姐，禁不起这般折腾，只得去了本地一所综合大学学广告设计，算是与画画勉强沾边。

又一个周末，姜词照例去陈同勖的画室。

临近期末，崇城气温越升越高，隐隐已有“火炉”的威力。

姜词坐了四十分钟公交车，热得出了一身汗。陈同勖给她倒了杯冰水，先不提今日的课程：“阿词，想请你帮我一个忙。你还有一周放暑假是吧？我的一位小友委托我替他画两面墙，这事儿烦琐费时，你替我去。”他顿了顿，“对方报酬给得颇为丰厚……”他比了一个数，“这个价。”

姜词沉吟：“我怕画不好砸了您的招牌。”

陈同勖笑道：“我相信你，绝对砸不了。”

陈同勖本是不太赞成自己学生还未学成就出去招摇，曾经为了姜词拍卖画作一事气得吹胡子瞪眼，整整一个月没跟她说话。但如今情况特殊，他想着能帮衬一点是一点。得知姜词家里生变之时，他主动提出可免去接下来一年的学费，姜词自然是毫不犹豫地拒绝了。

他时常觉得姜词像年轻时候的自己，一等一地傲，脾气顽固执拗，丝毫不肯转圜。她往年家底殷实，骄纵一些也就罢了，如今落难，这份清高变作戾气，便显得她是颗不容于世的螺丝钉，真要撞在一些看不顺眼的人手里，免不了要遭受敲打。

有句话说得好，强极则辱，情深不寿。

第二章
与君初相识

姜词背上一大包画具，按照陈同勖给的地址，找去了那家刚刚装修完的公司。一个穿灰蓝工作服、身材精瘦、皮肤黝黑的小伙子接待了她。

小伙子将她领到走廊，指向左右两面白墙："就这儿，半个月后公司要开张，时间可能有点儿赶……"他挠了挠头，笑说，"不过我们老板说了，不用太抠细节，整体看着像那么回事儿就成。"

姜词抬头，眯眼观测高度。

"还有，老板跟对面那家茶餐厅打过招呼，您过去吃饭说一声就行，账会记在我们老板名下。"

小伙子见姜词在墙边仰头踱步，半晌没说话，不知她听没听进去，但也不敢贸然上去打扰。自姜词进屋，他就觉得这人有些怪，好好的一个大姑娘，留什么发型不好，偏要剃成平头。不过他转念又想，他们搞艺术的，都有些性格，怪里怪气也是正常的。他嘟囔了一句，说："你要是有什么需要，我就在前面打扫卫生，我叫刘原。"

姜词在地上捡了张废报纸，席地坐下，仰头望着眼前的墙壁。半个小时后，她起身拍了拍身上的灰，去前面找刘原借了架梯子。她从背包里将丙烯颜料拿出来，正要稀释，忽起身看向正在架梯子的刘原："你身上这样的衣服还有吗？"

刘原愣了一下，赶忙点头，跑去工作间找来另外一件。

衣服带着股汗味儿，姜词皱了皱眉，拎在手中抖了抖。衣服是男式的，明显大了，罩在T恤外面，遮住了她身上的热裤，只从衣服下面露出两条细长的腿，从背后看过去，好似没穿裤子一样。

刘原急忙移开目光。

姜词动作不紧不慢，一层一层往墙上铺色，招呼着刘原帮忙挪动梯子，不时地上上下下。走廊冷气开得很足，但她还是热出了一身汗。刘原觉得这小姑娘怪不容易，抽空出去给她买了瓶冰水。姜词接过之后却并不喝，道了声谢，放到一边，继续埋头苦干。

她忙活了一上午，整面墙上都被涂得乱七八糟。吃中饭时，刘原最后去视察了一次，觉得自己老板是不是当了冤大头——这墙上颜料青一块紫一块，压根看不出是什么名堂。

可他不好意思直说，便憨厚地笑了笑："跟着看了一上午，还是没看出来这画的是什么。我这人没文化，兴许脑袋也有点笨。"

姜词轻轻笑了一声，这一笑，作画时那副仿佛全世界都欠她钱的严肃神情总算褪去，显出一种属于少女的憨态："我画的是湖。"

刘原又盯着墙壁看了一眼，张了张口，没出声，心想：这哪儿是湖，分明像是鬼画符。

姜词从包里掏出手机和钱包，将身上的工作服脱下，弯腰拎起放在一旁的矿泉水瓶："谢谢你，我先去吃中饭了。"

刘原闲来无事，便会去走廊逛一圈。对于姜词到底在画什么，他反正是不懂，也就不咸吃萝卜淡操心了。然而等到第七天完工的时候，他望着焕然一新的墙壁，目瞪口呆。

湖白天青，群山绵延，铺在宽广的墙壁上，辽阔浩大。

姜词一只手叉腰，扭头看他："你觉得怎么样？"

她额头上沾上了一点白色颜料，刘原看了一眼，立即移开目光：

“我……我觉得很好看，风景很美。”

姜词浅笑了一下，脱下工作服挂在梯子上：“我下午休息半天，明天来画另一面。”

有了经验，姜词速度明显提升。她画画停停，抽空还与刘原聊聊天。

刘原在她的询问之下，将自己家里的情况一股脑儿倒了个干净，但他怀疑姜词或许并没有听进心里去。

又画了两天，姜词突然感冒了。

崇城的夏天烈日凶猛，外面热浪腾腾，室内空调又开得极低，人进进出出，乍冷乍热之下极易生病。姜词强撑着坚持了半天，晚上回去却开始发烧。她打了两天针，眼看着刘原所说的开张的日子迫在眉睫，而画作进度刚过一半，退烧之后，她立即赶去公司。

刘原正要下班，见她戴着副口罩进来，愣了愣神：“姜小姐，你感冒好了？”

“还没，我今晚要赶一赶工。”

“那……那要不我在这儿陪着你？你一个人怪冷清的。”

姜词咳嗽几声，摆了摆手：“不用。”

夜色渐深，等姜词回过神时，已是晚上十点。在梯子上站得久了，全身骨头都往外泛着疼，似要散架一般。空间很静，只有头顶的中央空调卖力地呼呼吐着冷气。她揉了揉肩膀，缓缓爬下梯子，将画具清洗干净，脱下工作服走出公司。

这一带都是写字楼，夜里远不如白天热闹。姜词在公司门口站了一会儿，没看见一辆出租车。她打算走几步去路口，那里紧挨着主干道，拦车兴许更容易些。正在这时，前方突然灯光一闪，一辆车子朝着这边驶过来。

姜词眯眼，往旁边让了让，迈开脚步继续前行，没走出几步，那车子骤然停下，恰恰停在她身边。

车窗降下，驾驶座上坐着一道熟悉的身影。

姜词愣了几秒：“梁先生？”

梁景行手臂撑着车窗："我回公司拿点东西。"

姜词有些惊讶，指了指身后的建筑："这是你的公司？"

"算是吧……"梁景行点头，"你怎么在这儿？"

姜词正要回答，忽觉嗓子口一痒，立即别过脸捂住嘴咳了几声。咳完之后，她转过头来看着梁景行，笑了一下："替你画画呗。"

梁景行一愣："陈同勖先生派的你过来？"

姜词点头。

沉默了数秒，梁景行开口："上车，我送你。"

姜词想了想，没有推辞。这个点公交车已经停运，打车回去费钱。况且她画了数个小时的画，又生着病，整个人早累得像条狗。

上车坐好以后，她先从包里掏出口罩，重新戴上。

梁景行看她一眼："感冒了？"

姜词垂眸，点了点头。

"我每次见你，你好像都在生病。"

"没有……"戴着口罩，她声音显得很闷，"只有第一次和这一次。"

"吃药了吗？"

"嗯。"姜词累得无心交谈，伸手打开了车载广播的功放，身体往后靠去，闭眼低声说道，"我睡一会儿，到了请叫我。"

是首英文老歌，低沉的男声，十分具有年代感，像是复古照片，或者噪点严重的黑白电影。汽车缓慢行驶，姜词紧闭着眼，一首一首往下听，思绪渐渐模糊，陷入混沌。

不知睡了多久，她骤然惊醒，抬起头，茫然看了看四周，望见沃尔玛超市的招牌时，才知道已经到了晚霞路。车子已熄了火，停在一棵悬铃木的树影下，驾驶座上没有人。

姜词掏出手机看了看时间，已是十一点半。她拉开车门下去，走没几步，看见梁景行站在前方路边抽烟。他今日穿一身银灰色西装，身形挺拔，比前几次相见显得更加正式。

不知出于什么心理，姜词没有开口叫他。

梁景行目光不知落在何处，抽烟的姿态显得十分随意，仿佛正在做的并不是这件事本身，至于具体是什么，姜词却又说不出来。

过了片刻，倒是梁景行先注意到她了。他掐了烟，扔进一旁脏兮兮的垃圾桶里，朝着她走过来："醒了？"

"怎么不叫我？"

"看你睡得很熟。"

姜词沉默数秒："梁先生，谢谢你送我回来。时间很晚了，你回去吧，不耽误你了。"

梁景行看她："把你送到家。"

"不用……"

"天晚了，附近不安全。"梁景行语气显出几分从未有过的强硬，"如果你出了什么事，我不好跟陈老先生交代。"

姜词嘴唇微张，静默了数秒，才轻轻"哦"了一声。

这一片酒吧林立，霓虹招牌的灯光在夜里极为刺眼。约莫十分钟后，姜词拐入一条幽深的巷子，又往里走了几步，停在一栋破旧的楼房前面。

姜词没掏钥匙，将门拽了两下，被捣烂的门锁"咔嚓咔嚓"响了两声，应声而开。她掏出手机："楼道没灯，你注意脚下。"

手机的背光只能照亮数寸地方，梁景行低头跟在姜词身后。他只在早年做摄影记者到棚户区拍摄的时候，进过这样的楼。石灰的墙皮潮湿鼓包，大片剥落，露出里面灰色的水泥。墙根处生了青黑色的霉，散发出一股腐味。两人走到四楼，一只硕大的老鼠旁若无人地从他们旁边"噌噌"蹿下去。

姜词对这一切好似已司空见惯，老鼠从她脚边经过时，她连眼睛都没眨一下。

到了六楼，姜词转身停下："我到了。"

梁景行点了点头："生病了就多休息，画不完也无妨。"

姜词却想，拼了命也得画完，总不能砸了陈老师的招牌。

同姜词道别之后，梁景行转身下楼，走出几步，却又顿住。

他听见钥匙插入锁孔，门“咔嗒”一声，紧接着“砰”地合上。

到了车里，梁景行打着方向盘拐了个弯，重回公司。

夜更静，整栋写字楼只有数层还亮着灯。梁景行从办公室抽屉里找出一份合同，同时打开了一侧的打印机。在等着打印机预热的时候，他忽然想起什么，起身走向会议室。

通往会议室的路上，便是那条走廊。

他先是看见了走廊正中架着的梯子和散落一地的各种颜料罐，白色地板上也沾上了乳胶和各色的丙烯颜料。他抬起头，目光看向一侧的墙壁，立时一惊。

湖白天青，水的尽头，一行红羽的水鸟正向着天穹振翅。

他盯着那行水鸟细看了半晌，方迈开脚步，沿着湖的走势，从走廊的这端走向那端，紧接着转身看向另一侧——尚未完工，从轮廓隐约可以看出是绵延不绝的雪山，山尽头是云，云尽头是天。

手机陡然振动起来，梁景行回过神。

电话那端陈觉非打了个长长的哈欠：“舅，你这份合同倒是拿得快，这都去了快两个小时了。”

梁景行走回办公室：“路上遇见一个人，先送她回去了。”

“谁？”

梁景行将合同放进打印机里，没有回答：“你怎么还没睡？”

陈觉非又打了个哈欠：“这不是在等你带夜宵回来吗？我都要饿死了。”

梁景行声音平淡：“你不会自己滚下去买？”

陈觉非嘻嘻笑了一声：“我在打游戏，脱不开身啊！”

文件复印好之后，梁景行关上打印机，将原件和复印件装入一个牛皮纸袋。已走到门口，他又停下脚步，折回走廊看了一眼。

之后的几天里，姜词没再见到梁景行。

她紧赶慢赶，最后画完成时只比约定时间晚了一天。

收拾好东西，她背上包，调整带子，转过身来看着刘原：“这几天谢谢你了，帮我替你老板说一声，劳务费让他交给陈同勖老师就行。”

刘原挠了挠头，笑说：“行，姜小姐，以后你再有机会过来画画，尽管找我。”他将姜词送到门口，又嘱咐她回去路上注意安全。

外面日头已经西斜，暑气却并未消退，被太阳晒了一天的白色水泥地热浪腾腾。硕大的背包像块巨石压在背上，姜词没走几步，就出了一身汗。她正要过马路，身后突然传来刘原的喊声：“姜小姐！”

姜词转过身，刘原站在门口，挥了挥手机：“老板刚刚打电话过来，说请你吃晚饭，亲自把钱给你！你进来等一会儿！”

姜词站着没动。

“赶紧进来啊！外面热！”

人一旦尝到了便利，就不愿再过没便利时的艰难日子了，姜词不免有些唾弃自己，可双腿倒是诚实得很。

刘原将她背上的包接过去，放在前台，给她搬来一把椅子。

反正无聊，姜词开始跟刘原聊天：“你上回说你家乡在哪儿，重庆什么地方？”

“巫溪。”

“好玩吗？”

刘原呵呵笑答：“我觉得不太好玩，就是能看见长江，还有个古镇。”

“有什么特产吗？”

“没有……”刘原挠了挠头，似乎有些不好意思，“土豆倒是管够。”

姜词“嗯”了一声：“你们老板今年多大了？”

话题转得突然，刘原一时没反应过来，愣了一下：“二十九。”

“是大学老师？”

“嗯，在崇城美院教摄影理论还是什么，具体我也不太懂。”

姜词沉默了几秒，方又开口："你不是一般的员工吧？"

刘原笑起来："我跟梁哥认识很久了，以前给他当过助手。"他似乎并没有意识到自己变了称呼。

姜词抬眼："什么助手？"

"摄影助手，帮他开车、背背单反什么的。"

姜词又问："那你跟他怎么认识的？你们老板不是巫溪人吧？"

刘原摆手："当然不是，他就是崇城的，老家在苏州。以前他去工厂采访，帮了我大忙，就这么认识了。"

姜词看他一眼："他还当过记者？"

"当然！"刘原说起自己这位老板，十分自豪，"还得过奖呢！就是采访我们拍的那组图片，登报之后救了不少人……"他便开始详细描述那篇图片新闻的事，讲到一半，却见姜词微抿嘴唇，目光沉了几分。刘原一愣，立即住嘴。他闹不清自己刚刚讲的话哪里惹得姜词不高兴了，便不敢再吱声，心里想：这小姑娘，果然不那么好相处。

过了一会儿，姜词缓缓抬眼，又问："你们老板结婚了吗？"

刘原摆头："没有。"

姜词看他："他是不是同性恋？"

刘原的脸"噌"的一下就红了，姜词微讶："被我猜中了？"

刘原急忙摇头："不是不是！姜小姐你别误会！我们老板不是！"

他目光躲躲闪闪，仿佛对"同性恋"这一词颇为避讳。

姜词好奇："你们老板不是，难道你是？"

刘原头摆得更快，好像要把它从他那副瘦弱的身体上摇下去一样："我也不是！"

姜词勾了勾嘴角："那你脸红什么？"

刘原这下彻底红透脸："姜小姐，你别调戏我了。"

就在这时，梁景行推门进来。刘原立即从椅子上跳起来："梁哥，你总算来了。"

"总算"这词，显得他忍耐已久。梁景行不由得朝姜词看去，她正规规矩矩地坐在椅上，神情平淡，全然不像干过什么伤天害理的事。

梁景行走过去，替她提起放在台子上的背包。他没料到竟然还挺沉，力道一时没使对，手臂被往下一扯。他站稳，却见姜词正静静看着他，笑意似乎没绷住，从微微吊起的眼角露出些许。

梁景行目光微敛："走吧。"

姜词点了点头，起身朝门口走去。

梁景行看向刘原："你也跟着一起去吧。"

刘原急忙摆头："不了梁哥，我想早点回去。"

梁景行点了点头："明天周五，你多休息一天，周一过来上班。"

吃饭的地方在一家独门独院的私家菜馆，远处是斜桥凉亭，隐隐有丝竹流水之声。

梁景行引姜词落座，又唤来服务员斟茶倒水，呈上菜单，请她点菜。

姜词摇头："客随主便。"

梁景行看她一眼："有没有什么忌口？"

"没有。"

梁景行沉吟，他着实摸不准姜词爱吃什么，便按照陈觉非日常的口味点了几道。

姜词则一边喝茶，一边趁此机会默不作声地观察梁景行。

几回相见都很匆忙，直到今日她才真正看清他的样子。

浓眉薄唇，鼻峰挺拔，双目狭长，十分英俊的长相，且因为经过岁月的洗礼，透出一种成熟而不世故的气质。

这个男人长得很有味道，但这味道姜词说不清楚，因为现实生活中，她以前从未在别的男人身上见过。

"四道菜够不够，要不要饮品？"

"哦……"姜词回过神，赶在梁景行抬头之前，迅速移开了视线，"够了。"

梁景行食指在菜单页侧轻抚了一下，然后合上，递给服务员："暂时就这些。"

姜词注意到他手指很长，指节分明，指甲修剪得干净而平整。

等上菜的时候，梁景行掏出支票簿和钢笔，填上一笔数额，递给姜词。

姜词接过看了一眼，低声说："多了。"

"你中途生病，算是一点赔偿。"

"那也多了。"

"拿着吧。"

姜词眼皮一颤。他仍是这句话，语调十分寡淡，既非劝说，亦非恳求，也似乎并不在意听话之人拒绝还是接受。

服务员端上来两盏甜品，姜词张了张口，最终没说什么，将支票仔细收好。

梁景行将杨枝甘露和杧果西米露移到姜词跟前："你挑一个。"

"哪个甜一些？"

梁景行指了指西米露。

姜词拿起陶瓷调羹，往嘴里喂了一勺，低声含混地说了一句，梁景行没听清楚，便又问了一遍。

姜词微微抬眼："我说，以前没觉得甜食好吃。"

梁景行目光微微一沉。她以前锦衣玉食，想吃什么都唾手可得，可现在这样一碗毫不起眼的西米露，也能哄得她心花怒放。

菜很快上齐，梁景行与姜词说起自己公司开张的事："你若是有空，可以过来做兼职。"

"要上语言班。"

梁景行才想起之前陈觉非对他说的关于她的情况："我听说，你打算考雅思？"

"嗯。"

"准备出国？"

姜词语气分外平淡："准备申请国外的艺术专业。"

梁景行向她看去，斟酌着语气："你当时……为什么没报考美院？”

“缺钱呗。”

一时沉默，过了半晌，梁景行沉声道：“若你出国留学，需要帮忙的话……”

姜词手指一松，调羹碰上碗沿，发出清脆的声响：“你打算资助我？”

梁景行看着她，没开口。

“你这人一贯好做善事吗？以前留下的职业病？”姜词看着他，“升米恩斗米仇，你不怕我从此赖上你？”

梁景行笑了一声，盯着她的眼睛：“你会吗？”

不待姜词回答，他从口袋里掏出烟盒，抽出一支点燃，又顺带打开了窗户。溽热的夜风吹进来，淡蓝烟雾缭绕而起，隔开了两人。

十二岁的年龄差距，足以使一个男人显得从容不迫，进退有度。这话介于疑问与反问之间，摆明了他并不在意姜词如何回答，因为是与不是都不会对他造成分毫影响。

沉默了许久，姜词正打算开口，梁景行却轻轻摆了摆手，平淡地说了一句：“不着急。”

什么不着急？不着急回答，还是不着急还他那十万块钱？姜词低垂着头，轻轻咬了咬唇。

梁景行看她一眼，在心里叹了声气。她到底才十八岁，不管如何逞强，仍然是个孩子。

“你父亲曾救过我一命。”梁景行沉缓说道，“四年前，我在西南山区采风，开车遇上山体塌方，你父亲那时候在那边找地建厂，正好经过……”他顿了顿，继续道，“我并非慈善家，自然没有多余的同情心随处布施善意。”

姜词倒没想到还有这一层渊源，惊讶之下，默不作声。

众人眼中非法集资、害得无辜之人家破人亡的无良企业家，无意种下的善因，却也结了善果。

梁景行将烟掐灭："你是有才华的人，我不希望你轻易放弃，一时的艰难算不上什么。"

一时的艰难……可她只觉眼前是条荆棘之路，永远到不了头。

吃完之后，梁景行将姜词送回家。

两人行到三楼，忽听见上面黑暗中传来不可描述的声音，姜词不由得停下脚步，面露尴尬。

忽听"啪"的一声，是梁景行打燃了打火机："附近有没有超市？先带我去买包烟吧。"

姜词忙不迭点头。下楼往巷口走了几步，她陡然反应过来，梁景行早知道这里有家沃尔玛，哪里需要她带什么路。

既然明白梁景行是专门替她解围，她便不会真的傻乎乎往超市去了，只漫无目的地往前走。

时间刚过八点，附近的酒吧街正是热闹的时候。梁景行朝着远处闪烁的霓虹灯望了一眼："你还在酒吧工作吗？"

姜词摇头。

她本以为梁景行要借机教育几句，谁知他并没有，只低头看她一眼："包沉不沉？我帮你背吧。"

姜词看了看他身上整齐挺括的西装："不用。"

两人走了一段路，看见路边一条破破烂烂的长椅，姜词走在前，那包挂在她单薄的肩上，似乎要将她整个压塌。梁景行眯了眯眼："坐一会儿吧。"

姜词卸下背包，从里面抽出张废报纸，递给梁景行。

梁景行微挑了挑眉："你自己呢？"

"我没事，衣服反正脏了。"

这椅子本能容纳三人，背包占去一格，姜词坐下以后，与梁景行便只隔了一拳的距离。

梁景行掏出烟盒，抽出一支烟，正要将烟盒收回去，姜词伸出手："你抽的什么？"

烟盒呈褐色，侧翻盖，上书一个书法的“道”字。姜词把玩着盒子：“你知不知道以前云南有一种烟叫作‘茶花’？”

梁景行沉默数秒：“不知道。”

姜词垂眸，“哦”了一声，将烟盒还给他。

这里离最繁华的那条街已经有些远了，四下很安静，间或有车驶过，身后的树丛里藏着几只知了，冷不丁叫两声。

狰狞的现实一时仿佛远去了，她只觉这样宁静的时刻分外奢侈，细想仿佛已是上辈子的事。

时间一分一秒地过去，许久后她终于回过神，强迫自己从长椅上站起来：“我该回去了。”

梁景行低低地“嗯”了一声，带着点鼻音，细听有几分模糊。

抢在姜词之前，梁景行拎起了那个背包。

姜词走在后面，静静望着他的背影，背影挺拔修长，好似立于巉岩之上迎向苍穹的树，孤高而笔直。

道旁路灯昏暗，两人的影子投在地上，时短时长。

到了六楼，姜词正要掏钥匙开门，想起一件事：“能不能给我陈觉非的电话？我找他有点事。”

梁景行点头：“手机给我。”

他输入一串号码，替姜词保存好，心念一动，打开通讯录，点了下右侧导航处的“L”——

自己的名字赫然在列。

陈觉非接到姜词的电话时简直受宠若惊，这念头甫一闪过，他便在心里骂了一句：嘿，还被虐上瘾了！

姜词言简意赅：“有没有空见个面？我有东西给你。”

陈觉非从没被姜词这么客气地问候过，觉得分外稀奇：“你又想要什么花样？”

姜词不耐烦道：“到底有没有时间？”

“有是有，不过我告诉你……”

“嘟”的一声，姜词把电话挂了。

陈觉非气得骂了一句脏话，骂完过了一会儿，却又乖乖回拨过去，按捺着性子，客气地问道：“说吧，什么时间，什么地点。”

陈觉非提前赶到，点了杯冰镇西瓜汁，玩着手机游戏，优哉游哉地等姜词过来。

等他回过神时，才发现离约定时间已经过去二十分钟。他正要打电话催，姜词推门而入。她显然是赶路匆忙，出了一身汗，双颊热得发红。

陈觉非责问的话便说不出口，喊来服务员帮她倒了杯冰水。姜词坐下，顺了顺呼吸，将冰水咕噜噜喝下大半，从包里掏出一个厚度可观的信封，递给陈觉非。

“这什么？情书？”他打开封口，往里看了一眼，顿时一愣——里面装着厚厚一沓纸币。

“赔你摔坏的手机。”

“你钱哪儿来的？”陈觉非下意识问道，抬头，对上姜词陡然一沉的眼神。他自知失言，忙道：“你上回不是说赔不起吗？”

“上回是上回。”姜词平淡地回答。

静默了数秒，陈觉非将信封合上，推回给姜词：“我真不至于缺这点钱，也没打算要你赔。”

姜词不接，看他一眼：“要不要是你的事。”

陈觉非有些无语：“姜词，我发现你这人总在不应该的地方特别固执。你知不知道你这性格容易吃亏？”

姜词掀了掀眼皮，将剩下的半杯水喝完，站起身：“我还有事，先走了。”

“什么事？”

姜词没回答，脚步不停。

陈觉非跟着站起身：“钱你拿回去啊！”

姜词已推门出去了。

外头日光毒辣，晒得头皮发烫，火烧似的疼。姜词上了一辆公交车，赶去崇城第一医院。

住院部的十二楼静悄悄的，姜词敲了敲病房门，听见里面应了一声，便自己将门打开。

病床上躺着一个男人，手臂上插着输液的软管。床边坐着一个中年女人，手里端着一个塑料碗，正就着糊作一团的番茄炒蛋飞快扒着饭。女人先是怔了一下，紧接着放下饭盒，离弦之箭一般倏地从椅子上弹起来，带着几分嫌恶地盯着姜词："你怎么才来？"

姜词神情淡漠，走到中年女人跟前，从包里掏出一沓钱。

女人在牛仔裤上揩了揩双手，接过钱，掂了掂重量："这是多少？"

"一万五。"

"也就够住两个星期。"女人低哼一声，捞起放在一旁椅子上的黑色皮包，将钱塞进去。她想了想，忽从包里掏出一张卡，扯出张超市购物的小票，将卡号抄上去，塞给姜词："以后你别过来了，钱直接打进卡里。"

她话音刚落，洗手间门被打开，一个十五六岁的女生走出来，冲着姜词笑了笑，又皱眉看向女人："妈，你说什么呢？"

女人嗤了一声："怎么，说不得了？人家早不是姜家的大小姐了，还要巴巴地供起来不成？"

女生气得不行，正要分辩两句，衣袖忽被姜词轻轻一扯。

女人目光在姜词脸上扫了扫："还觉得委屈你了？怎么，当时把黑锅推到我老公身上的时候，没想过天道轮回，善恶有报？"

姜词垂下目光，嘴唇抿成一线，没有作声。

女人冷哼："父债子偿，我老公一天不醒，你一天别想脱掉干系。"

"妈！"女生听不下去了，握住姜词的手腕，将她拉出病房。女生松开手，将门轻轻掩上，回头看了一眼，带着几分愧疚道："姜姐姐，你别听我妈瞎说，这事跟你没关系……”

“没事。”姜词打断她，“语诺，张叔叔怎么样了？”

张语诺嘴角一垮，叹了口气：“还能怎么样，医生说脑袋里有块瘀血，但在关键的地方，不敢动手术取出来，只能等它自己散掉……兴许那时候我爸就醒了。”

姜词静静站了一会儿，一时无话可说，低低地道了声：“那我回去了。”

张语诺点了点头，又抬头看了看姜词满头乌黑的发楂：“姜姐姐，你的事我都听说了，今后别那么冲，多好的一头长发，何必跟人赌气？”

姜词低头看着张语诺。十六岁的女孩儿，手臂纤细洁白，小腿匀称有力，娉娉袅袅，好似春日绿梢头上带雨的花骨朵。

姜词敛起目光，跟张语诺道别，慢慢地朝电梯走去。

刚刚到手的钱，流水似的，“哗哗”就散出去了。

她神情恍惚地下了楼，一抬眼，忽见前面树荫底下站着陈觉非。他将T恤的下摆掀起来扇着风，脸上的汗“啪嗒啪嗒”往下滴。一看见姜词现身，他立即放下衣服，飞奔过来：“你来医院做什么，生病了？”

姜词机械地摇了摇头。

陈觉非抹了一把汗，将信封往她手里一塞：“真不要你赔，你自己记住这个教训就行，别一冲动就头脑发热。”

这时候，他才发觉姜词手冷得吓人，惊问：“你怎么回事，真生病了？”他想也没想，伸手便朝她的额头探去。

姜词立即侧头避过，这才彻底回过神来，周身血液仿佛重新开始流动，头顶炽烈的日光也仿佛终于重新照在身上。她把手往回抽，陈觉非却抓得更紧，将信封死死按在她掌中：“拿着吧。”

姜词一怔。

陈觉非见她终于没挣扎了，立即往后一退：“我走了！钱拿好，今后可就没这样的好事了！”说着他又退后一步，转身跑出去，拦了辆出租车，一弓身钻入车内，车子一溜烟驶远。

姜词手指微微收拢几分，捏着已被汗液濡湿的信封，嘴角往上微勾——舅甥俩简直一个德行。

经过这一遭，陈觉非自以为和姜词已经算是朋友了。暑期在语言班上课的时候，他一有空就去姜词座位旁晃悠，时不时给姜词递瓶可乐，递支雪糕，即便姜词鲜少理他，他也始终乐此不疲。

有一次，被一起上课的哥们儿追问是不是在追求姜词，陈觉非猛一拍桌子，眼睛瞪得老大："瞎说什么，姜词那是我哥们儿，你会追求你哥们儿？"

当然陈觉非也有觉得挫败的时候，尤其是逮着机会和姜词聊天，说十句都不一定能换来姜词一句回应。他觉得还是因为两人交往不深，得找个机会拉近彼此的距离。

夏天快结束时，陈觉非的生日到了。

这天语言班一下课，姜词就背上书包走了。陈觉非赶紧追上去，在一楼门口，他看见姜词正在跟一个女生说话。

陈觉非蹑手蹑脚地走过去，猛一下拍在姜词肩上，吓得她身体一抖。姜词回头瞪他一眼："你有病是不是？"

陈觉非哈哈大笑："在说什么悄悄话？"

"你管得着吗？"

陈觉非看了看她对面的女生："这是？"

女生赶忙自我介绍："我叫张语诺，是姜姐姐的妹妹。"

"妹妹啊，难怪也长得这么好看。"

姜词瞟了陈觉非一眼："你别打她的主意。"

陈觉非哈哈一笑："对了，星期六我生日，你俩一块儿来吧。"也不管姜词和张语诺答不答应，他自顾自说了碰面的时间和地点，丢下一句"不见不散"便又一阵风似的跑了。

张语诺缓缓收回目光："姜姐姐，你打算去吗？"

姜词看她："你想不想去？"

张语诺勉强笑了一下："自从我爸出事，我妈就不准我参加这些活动了。"

静默了数秒，姜词低声说："那就去看看吧。"

周六傍晚，姜词和张语诺照着约定时间到了地铁三号线终点站。等了十分钟，迎面开过来一辆宾利，张语诺惊叹："原来陈觉非家里这么有钱。"

车在两人跟前停下，陈觉非从副驾驶座下来，替她们拉开后座车门，绅士地做了一个"请"的动作，虽然身上那颜色夸张的 T 恤分外滑稽，姿势倒是像模像样。

姜词朝着驾驶座上看了一眼，是个不认识的人，并不是梁景行。她说不上来自己什么心情，似乎多少有几分失望。

车行了半个小时，前方蓊郁的林木中灯火点点，隐约现出白色别墅的一角。

三人走进大门，露天游泳池边已聚了一圈人，一看见陈觉非现身，立时围拢过来。

一群人拥着陈觉非进屋，偌大的客厅里并起两张长桌，上面摆满了各色食物。陈觉非招呼一声，音乐声轰隆隆响起来，聚会正式开始。

这生日派对果真也是陈觉非的风格，闹哄哄、乱糟糟。陈觉非凑近姜词她们，大声道："你们想吃什么自己拿！"说完他便又混入人群，一眨眼就不见了踪影。

姜词领着张语诺去拿食物，然后找了个角落坐下。她不太喜欢吵吵嚷嚷的场合，一会儿便坐不住了。

姜词跟张语诺打了声招呼，搁下餐盘，自己走到一边去了，目光在来客中搜寻一圈，没看见那人的身影。静立片刻，她又拿了一杯红酒，避开人群，悄悄去了外面。

后面庭院里有个喷水池，一旁树下砌着汉白玉的石凳。她走过去坐下，将红酒杯放到一旁，蹬掉高跟鞋，赤脚踩上还带着热气的草地。

屋内震耳欲聋的摇滚乐立时远了，隐隐约约不再分明，似在另一个空间。已是暮色四合，头顶橡树投下的浓郁阴影覆盖住这方寸之地。

姜词将还剩些许的红酒一饮而尽，将杯子搁在草地上，蜷起腿躺下去试了试，石凳恰好容她一人安睡。她侧过身，以手做枕，垫在头下，望着前方的喷水池。

只有这时候，她才能将背上之轭卸下，放纵地偷一会儿闲。

姜词酒量小，喝半瓶啤酒就会上头，刚刚喝下去的红酒开始发挥作用，制造出几分恰到好处的眩晕。

浓烈的草木气息被溽热的夜风送入鼻腔，她眼皮渐渐沉重，不知不觉便睡着了。

在她迷迷糊糊间，一只手轻轻拍在她肩上。

姜词迷迷糊糊地“嗯”了一声，那手又拍了一下。姜词骤然惊醒，条件反射般坐起来。她忘了这是在石凳上，一时没坐稳，差点跌下去，一只手适时地抓住她的手肘用力一提。

姜词仰头，对上一张熟悉的脸。

梁景行松开手，声音含笑：“陈觉非在找你。”

夜色沉沉，她只能看见一个模糊的轮廓，呼吸间却嗅到了他身上浅淡的烟味。

梁景行在她身侧坐下，开口道：“有一阵子没见了。”

姜词低低地“嗯”了一声：“在忙什么？”

“公司新开张，全是杂事。”梁景行顿了顿，“你那两幅壁画很好。”

姜词垂着眼，张开手指，仔细地分辨着：“时间太赶了，不然还能更好。”

梁景行低笑一声：“你放心，并未辱没陈同勖先生的名号。”

静默了一会儿，梁景行问她：“最近怎么样？”

“还好。”

“打工累不累？”

“还好。”

极为平常的询问，就像以往姜明远工作之余例行公事了解情况一般，那时候她总是不耐烦，现在有大把的耐心，却再没有人这样问她。

“你还年轻，不用太拼命……”顿了顿，他又说，“似乎比上回见面更瘦了，还是要多吃一点。”

姜词轻轻攥住自己的手指，半晌后，“嗯”了一声。

梁景行笑了笑，从石凳上站起身：“走吧，陈觉非要切蛋糕了。”

姜词也站起来，低头去找自己的鞋，眼前乌漆墨黑，她伸手摸了摸，只找见一只。

“怎么了？”

“还有只鞋找不到了。”

梁景行蹲下身去，掏出手机点亮背光照了照，从凳脚后面拿出另外一只鞋。姜词正要弯腰去接，脚踝忽被梁景行轻轻捏住。

一时间，先前喝下的酒仿佛都化作热血涌至耳根，她直愣愣地站着，任凭梁景行将鞋缓缓套上她的脚。

片刻后，梁景行直起身：“走吧。”声音如常，低沉平缓，并无丝毫异样。

姜词将嘴唇狠狠一咬，双手在身侧静悄悄攥紧，绷着脸，跟在梁景行身后，缓慢走回别墅。

忽然想起那个倒霉的红酒杯还落在草地里，可她再不想踏入那橡树下一步。

张语诺立即凑上前来：“姜姐姐，你去哪儿了？”

姜词淡声道：“出去散了散步。”

陈觉非笑说：“你好歹打个招呼啊，语诺急得都要报警了。”

语诺……

姜词抬眼，看了看张语诺——她有点本事，就这么短短一段时间，已经和陈觉非混熟了。

吃完蛋糕，时间已过了八点。张语诺必须得赶在九点之前回去，陈觉非是寿星，又正在兴头上，姜词不好扫他的兴，便拉着张语诺悄悄走了。

她出门才发现这附近压根拦不到出租车，而此处离地铁站开车都要半个小时，遑论步行。

没办法，她还是得回去拜托陈觉非。

她刚转身，便看见梁景行从大门走了出来。

梁景行愣了愣："不玩了？"

姜词点头："嗯，语诺不能回去太晚。"

"我正要回家，送你们一程。"他掏出钥匙按了一下，停车坪上一辆黑色保时捷响了一声。

路上，张语诺似意犹未尽，仍在讲派对上遇到的种种。

姜词意兴阑珊，鲜少搭腔，可张语诺沉浸在兴奋之中，丝毫没有察觉，见姜词不回应，便与梁景行攀谈起来。

姜词脑袋里轰隆隆炸得难受，听见张语诺已在询问能否去梁景行的公司实习，终于忍不住："语诺。"

张语诺愣了一下。

"我晕车，能不能稍微安静一会儿？"

张语诺张了张口，委屈地闭了嘴。

梁景行目光移到后视镜上，看了一眼。

车先去了张语诺住的小区，她下车以后，跟姜词道了再见，又郑重感谢梁景行："梁叔叔，谢谢您送我回家，也麻烦您跟陈觉非说一声我们已经走了，谢谢他今晚的招待。"

梁景行似笑非笑地看着张语诺："好。"

张语诺招了招手，转身脚步轻快地进了小区。

梁景行不忙发动车子，转头看了看姜词："晕车的话，来前面坐。"

沉默数秒，姜词拉开车门，坐在了副驾驶的位置上。

车转了一个弯，往晚霞路驶去。

在路口等红灯时，姜词忽然想到，她与梁景行相处的时候，总在车上。

“刚才这小姑娘，跟你是什么关系？”

姜词回过神：“我爸一个下属的女儿。”

“年纪小小，很有本事……”梁景行语气有些意味深长，“要是往正道上使，兴许也是个人才。”

“什么人才？”姜词忍不住刺了一句，“放在你公司的前台，当个能说会道的接线员？”

梁景行印象中，姜词鲜有这样生气以至于口不择言的时候，他转头看着她：“你在迁怒于她？”

姜词闻言一怔。

她的确愤怒得有些反常，可张语诺并未做错什么，真要计较起来，不过以她为踏脚石接触到了陈觉非。但能与陈觉非打成一片，靠的也是张语诺自己的本事。

那么她在气谁，气什么？

姜词微微抬眼，看向梁景行。

两侧路灯隔得很远，车厢里只有仪表盘亮着幽幽的光，梁景行的侧脸隐于昏暗中，轮廓显得尤为迷人。

姜词在心里叹了口气，低声道歉：“对不起。”

梁景行看她一眼：“你要是心情不好，可以告诉我，我兴许能够开导你两句。”

怎么开口，又从何说起？

姜词摇头，微微抿起嘴唇，转头看向窗外。她这态度表明了不打算继续交谈，梁景行笑了笑，点了支烟，安静抽着，也不勉强。

一直到了自家门口，姜词掏钥匙开门时，才再次开口：“进去坐一会儿，喝杯茶吧。”

梁景行目光一敛，一只手插进裤兜里：“不了，我还有个重要电话，什么时候你白天有空，我再过来拜访。”

姜词自然懂了他真正的意思，紧抿着唇，动作粗鲁地将钥匙捅进锁里，把门打开了，方转过身来，冷淡地瞥了他一眼：“谢谢你送我和语诺回家，不耽误你接重要电话了。”她顿了顿，语气到底软了几分，“开车注意安全。”

说罢，她也不等梁景行回应，便拉开防盗门闪身进去。

“砰”的一声，门在眼前合上，梁景行跟着这一声巨响眨了下眼，有些哭笑不得，想着她到底还是孩子，闹起脾气来和陈觉非别无二致。

下楼之后，他掏出方才振动不停的手机，拨给许尽欢。

“可算接了……”许尽欢语气沉重，“去哪儿了？”

许尽欢一般不用这种口吻讲话，梁景行一愣：“出什么事了，你到机场了？”

“在我爸车上呢——景行，有个不太好的消息要告诉你。”

“你说。”

静默了片刻，许尽欢沉声开口：“我听说叶篱病了，刚刚确诊，是癌症晚期。”

梁景行本在下楼梯，闻言脚步立时顿住。

“不过我没见着人，听我们班长说的……”许尽欢斟酌用词，“你要是想了解情况，我就再帮你问问。”

黑暗笼着四周，只从气窗里漏进来几缕微弱光线。

“不用，我自己打听。”梁景行低声回答。

许尽欢“嗯”了一声：“我先回去，明天见面再细说。”

“你明天直接来我的办公室，跟你谈件正事。”

“好，你……你别想太多……”许尽欢顿了顿，才道，“对了，今天是不是觉非生日？我居然把这茬给忘了，我得赶紧给他打个电话，先挂了。”

第二天，许尽欢去梁景行与其姐姐梁静思的公司。

这是公司开张之后，许尽欢第一次来，她没先急着去见梁景行，而是在刘原的带领之下参观了一圈。

许尽欢留着干练的短发，打扮走欧美简约风格，不笑的时候，显得极为严肃。新来的小员工们以为她是空降来的领导，或是哪位不能得罪的大艺术家，一个个正襟危坐。

许尽欢逛了一遭，朝办公室走去，半道上一抬头望见走廊两侧墙壁上的画，停下了脚步。

“这谁画的？颇有功底啊！”

刘原赶紧介绍：“是个叫姜词的女生画的。”

许尽欢嘴里念了一遍名字：“没听过，梁景行找来的？”

“梁哥说是陈同勖先生推荐的，是他的学生。”

许尽欢恍然大悟，拖长音调“哦”了一声：“原来是那个小姑娘，我以前见过一面，想不到看着柔柔弱弱，画风竟能如此开阔。”

刘原嘟囔一句：“柔柔弱弱，姜词看起来可跟这词一点边也沾不上。”

梁景行的办公室装修得很简洁，一张办公桌，一组布艺沙发，沙发前搁了块羊绒地毯，毯上放着浅胡桃色的茶几。一旁的墙壁前立着长而低矮的书柜，因是新装，只摆了几排常用的工具书。

许尽欢在沙发上坐下，梁景行亲自帮她沏了杯茶。许尽欢浅啜一口，赞道：“要喝茶还是得找你，这么好的大红袍叶子，我在帝都的高档饭店都没喝上几次。”

“你要喜欢，还剩的那一罐全给你。”

许尽欢瞥他一眼，笑了一声：“你那些茶叶宝贝得跟什么似的，现在竟肯主动送我……你先说说，这陷阱底下是什么，我再决定要不要跳。”

梁景行在她对面坐下：“我打算去趟南京，把你的导师周老师获奖的那本小说版权要过来。”

许尽欢一愣，轻轻将茶杯搁下：“周老师的脾气你应该听过，她这人十分憎恨商业化。”

“嗯……”梁景行不疾不徐道，“所以让你陪我走一趟。”

许尽欢急忙摆手：“我混成这样，可没脸回去见她。”

梁景行不为所动："你是她的得意门生。"

许尽欢沉吟，片刻后一咬牙道："也不是不行，我还有个条件。"

"说。"

"你跟陈同勖先生说说，借他那位小徒弟一用，帮我的新书画几张插画。"

梁景行好奇："怎么指名要她？"

许尽欢笑道："看了你那两堵墙呗，小小年纪，天分了得啊——话说，这建议还是我出的，你得好好感谢我。"

两人谈完正事，不可避免地再次提及叶篱。

叶篱是许尽欢的同班同学，也是梁景行曾经交往四年的女友。叶篱毕业以后去了帝都，加之种种矛盾，两人最终分手。

许尽欢觑着梁景行的神情："你有什么打算？"

梁景行语气平淡："看情况再说。"

几日之后，梁景行定下行程，与许尽欢飞去南京。

姜词平日上课、上语言班和打工连轴转，忙得喘口气的时间都没有。时间一晃到了九月末，这天在学校的第一教学楼上完课，姜词一出门，便跟陈觉非迎头撞上。姜词一点儿不好奇陈觉非跟她不是一个系，又怎么会知道她在哪儿上课，她知道这个纨绔子弟有的是本事。

陈觉非开门见山："喂，国庆假期有没有什么安排？"

"没有。"

"水库钓鱼，去不去？"

"不去。"

"别这样嘛，我全程接送，包吃包住，也不远，就在城南郊区的山庄里。"

"不是人人都像你这么闲。"

"那也得讲究劳逸结合啊！"陈觉非迎难而上，毫不气馁。

姜词犹豫片刻："还有谁去？"

“还有我舅舅和舅妈，他俩凑一起就聊工作，没意思得很，所以让你……”

姜词打断他，声音一沉：“你舅舅结婚了？”

“哦……”陈觉非摸了摸鼻子，“还不是我舅妈，我舅舅的女朋友——这不重要，你只说去不去吧，又不要你花一分钱……”陈觉非说着说着便住了声，因他看见姜词突然咬紧了嘴唇，面色铁青。

“姜词？”

她没有反应。

“姜词？”陈觉非又喊了一声。

他话音刚落，姜词忽地将书包带子一抓，径直从他身前走过，一句话都没说。

陈觉非望着她的背影，叹了口气，有些悻悻。老这么热脸贴冷屁股，他也觉得没劲得很，一时间打定了主意以后再不主动去找她。

谁知没过几个小时，他便接到了姜词打来道歉的电话，她语气虽称不上温柔和善，但也足够礼貌客气：“抱歉，我去不了，假期要做兼职。”

陈觉非那点决心立即被抛到了九霄云外：“什么兼职？”

要换作平时，姜词必然懒得与他多说，可刚才无故甩脸子，迁怒在先，她便耐心回道：“发传单。”

“多少钱一天？”

“四十。”

陈觉非一愣，敢情只穿了几个小时就被自己扔进垃圾桶的那件地摊货，抵她一天的工资？也难怪她会为了五块钱跟人斤斤计较。

陈觉非莫名有些愧疚，也不好意思再怂恿她去了：“那……那好吧，假期愉快。”

姜词自然愉快不起来。

国庆假期，街上摩肩接踵，旁边有家箱包店开着大喇叭，一声一声吼着：“清仓甩卖，清仓甩卖！一律三十，一律三十！”

姜词戴了顶藏青色鸭舌帽，站在路口派发着传单。她耳膜被震得生疼，抬头望了望天上，日光白晃晃的，虽已过了秋分，仍然毒辣非常。

发传单自然也有取巧的法子，比如一次性发两到三张，效率就高了一倍不止。姜词最初也是实诚，傻乎乎一张一张地发，结果别人比她先发完早领工资，而她反被商家质疑贪闲偷懒。几次之后，她也就学乖了。

传单发了一半，张语诺打来电话。

姜词将传单夹在腋下，一只手举着手机，一只手取下帽子扇风。

“姜姐姐，你现在在哪儿呢？”

“栖月河广场……”姜词重新戴上帽子，擦了擦鼻上的汗，“怎么了？”

“我过去找你。”

姜词心下疑惑，正要细问，张语诺已挂了电话。

半个小时后，一辆黑色保时捷停在路口，副驾驶车窗降下，陈觉非探出头：“姜词！”

姜词一愣，目光越过陈觉非，看向驾驶座。

那人也正好朝她看来，两人目光相对，梁景行冲她淡淡一笑。

陈觉非拉开车门矫健地跳下来：“别发传单了，我给你找了个更好的差事。”

“什么差事？”

“我舅妈要出新书了，想拜托你帮忙画几幅插画。稿酬上肯定不会亏待你，绝对比你现在这么辛辛苦苦发传单强多了。”

姜词古怪地看他一眼：“你舅妈怎么知道我的？”

“还能怎么知道的，我舅舅说的呗。”陈觉非大大咧咧，丝毫没有察觉姜词表情陡然一沉，“别发了，好不容易放假，放松一天吧，语诺也在。”说着，他冲后座招了招手。

后座车窗降下，张语诺喊道：“姜姐姐，赶紧上车吧，这里不能停车的！”

姜词抬眼，看见张语诺旁边还坐着一个女人，短发，化着淡妆，长相和一个内地演员有几分神似。想来，这人便是陈觉非口中的“舅妈”。

“你们去吧。”姜词别过身，往一旁走去。

“喂！”陈觉非跟上去，伸手猛将她的手臂一拉，“姜词，我说你这人怎么这么不识好歹？”

姜词使劲一挣：“关你什么事。”

她冷冷清清的一双眼斜睨着陈觉非，眼底分明已有怒意。

陈觉非也生气，好端端给她介绍兼职，她不领情不说，反冲他发火。他觉得没意思，便提步重回车上了。

他刚拉开车门，梁景行便问他：“怎么了？”

“还能怎么……”陈觉非从鼻子里哼了一声，“简直是茅坑里的石头。”

坐在后座的许尽欢笑道：“觉非，你对这位姜小姐倒是上心得很。”

张语诺咬了咬唇：“那……姜姐姐不去，我也不去算了。”

“你千万别学姜词，一个不去就够闹心了。”陈家大少爷身体往后一靠，叹了口气。

车子发动之前，梁景行又朝姜词看了一眼。她正往来往行人手里递传单，脸上笑容礼貌而疏离。炽烈的太阳光照着她的手臂和小腿，一片晃眼的白。

这事原本就这样结束了，直到梁景行有天去公司，赫然发现自己桌上放着一个信封，里面装着一千块钱。

他立即喊来刘原询问。

刘原一拍脑袋：“我差点给忘了，这是前台送过来的，说是一位姓江的小姐……”话音骤停，刘原突然反应过来，强调应该是“姜”，而不是“江”。

梁景行眸色一沉，拿起电话便准备打给姜词，想了想，又按捺下来：“嘱咐前台，以后她要再过来，不管送什么东西，一律拒收，同时立即给我打电话。”

刘原点头出去了，梁景行拿出信封里的纸币，不算厚的一沓，新旧掺杂，捏在手里，却是沉甸甸的。

梁景行揉了揉眉心，终于意识到问题的严重性，开始回想发传单那日，到底是什么事惹得姜词做了这样的决定。

梁景行思前想后，觉得恐怕症结还在陈觉非身上，便打电话给他，让他将那天对姜词所说的话复述一遍。

陈觉非莫名其妙，但听电话里梁景行语气严肃，还是照做，末了，忍不住问：“姜词又怎么了？”

节气过了霜降，崇城也降温了。梁景行站起身，拉开百叶窗，外面正飘着雨，一片迷蒙。

“陈觉非，你知不知道姜词家里的事？”

电话那端的人静默了片刻才道：“听说她爸是出车祸死的？”

梁景行将玻璃窗也打开，清冷潮湿的风灌进来，潇潇冷雨随之潜入，很快将窗台淋湿。他点燃一支烟，叼在口中，想说什么，最终作罢：“算了，你今后别去招惹她。”

陈觉非冷哼一声：“我又不是贱得慌！”

沉默片刻，梁景行准备挂电话，想起一件事，说道：“你爸妈要回来了。”

陈觉非顿时蔫了：“什么时候？”

“三十号，你这阵子规矩点，别怪我没提醒你。”

陈觉非一想到逍遥自在的日子就要到头了，顿时一阵哀号。

第三章
孤岛

姜词这天在语言班上完课，出门发现下雨了。

崇城深秋多雨，天色连日阴沉，乌云堆在远处建筑的顶上，似随时要坠落而下。

姜词缩了缩脖子，正要收回目光，脚步立时一顿——对面树影下站了一个人。他手里拿着一把黑色长柄伞，伞尖轻轻磕在地砖上，风衣也是黑色的，衬得他身形挺拔修长。雨雾迷蒙之中，他眉目较之以往少了几分严肃，显得更为清隽。

姜词下意识将伞降下，遮住自己的脸，然而——

“姜词。”

清越低沉的声音穿透雨幕，清晰地传入她耳中。

姜词低垂着头，立在原地。雨声之外，有脚步声缓慢靠近，片刻后她眼前的地上出现了一双鞋，锃亮的鞋面沾染了些许雨水。

紧接着，一只手将她的伞往上一推，眼前豁然开朗。

姜词缓缓抬眼，他手里的伞没撑开，风衣上沾了雨水。

姜词咬了咬唇：“你把伞打上。”

梁景行高她许多，伞也撑得高，盖住了她手中的那柄伞。

这情形细思有些好笑，姜词觉得不自在，退后一步，与他拉开距离。

梁景行低头看她：“有时间吗？”

姜词没说话。

“我去你的住处坐一坐。”

他话音刚落，一辆车呼啸而来。姜词忽觉面前光线一暗，却是梁景行往前一步将她虚虚护在怀中，将车轮碾过路面激起的积水完全挡了下来。

姜词一惊，低头看去，他的西裤裤腿已经湿了个透。已是十月末，加之连日降雨，气温骤降，这积水洒在身上的滋味，想来不甚美妙。

姜词已到嘴边的婉拒，便被自己咽下了。

到了车里，梁景行打开暖风，脱下风衣扔到后座。他里面只穿了件灰色衬衫，打方向盘之前将袖子挽起来一截，露出手腕到小臂处利落的线条。

“冷不冷？”梁景行将暖气调高一挡。

姜词收回目光，摇了摇头。

下班时间，路上堵成了沙丁鱼罐头。梁景行似乎怕她觉得无聊，将车载广播打开，里面传来接连不断的路况播报，全城各处都在塞车。

姜词心想，一时恐怕回不去了。

车子走走停停，到了高架桥下，被彻底堵死，梁景行索性松了油门。车内温度渐渐升起来，玻璃窗模糊一片。

梁景行掏了支烟点燃，将车窗打开一线，稀疏的雨丝飘进来，落在他的肩上和发上。

姜词伸出一根手指，在雾气弥漫的玻璃窗上胡乱画了几笔，正要伸手抹掉，身后传来梁景行的声音：“我说过，不用着急。”

姜词动作一顿，张开手，在窗上飞快抹了一把，淡声道：“总是要还的。”

“一个月一千，你打算还到什么时候？”

姜词咬牙，一转头，直直对上梁景行的视线。他的眼神极为复杂，姜词一瞥之下，看不分明，目光沉沉道：“你是不是觉得我很可怜？”

梁景行一时没吭声，而姜词紧抿着唇，别过脸去，只留给他一个倔强的后脑勺。

梁景行叹了口气，这声叹息里似乎包含了无尽的情绪。姜词心脏跟着一紧，却也只是垂下了目光，神情漠然。

车流开始动了，梁景行踩了一脚油门，压着离合，跟着挪动的车队缓缓往前。半个小时后，他们终于离开最为拥堵的路段，拐入车流较少的车道。

到达晚霞路时，雨已经停了，空气里飘着泥土的腥味。梁景行拿起后座的大衣，搭在臂间，跟在姜词身后。灰蓝格子的伞被姜词拿在手中，无意识地转着，溅开一圈细小的水滴。

到了六楼，姜词从书包里掏出钥匙，正要插进去，回身看了他一眼："家里有些乱。"

她打开门，抬手按下墙壁一侧的开关，浅黄的灯光倾洒而下。

梁景行目光匆匆一扫，顿时一惊。他早料到室内必然简陋，但没想到能简陋到这个地步。

房子约莫只有四十平方米，南边拿布帘隔开，里面支着单人床、布艺衣橱和一个书架，紧挨书架堆着好些画具；西边靠墙立着电风扇、取暖器和一张可折叠的桌子，旁边则是一摞红色塑料凳，就是上回他在别墅里见过的那种；角落窗户边摆着燃气灶和液化气罐、一个低矮的碗柜、一台旧冰箱，这便是厨房了；一旁有个小小的隔间，门紧掩着，想来该是洗手间。

除此之外，房中再无其他。

房子有些年份了，地砖缝隙已经发黑，石膏板的简易吊顶由于楼上渗水，大面积鼓包，泛着黄色。房子大约采光不太好，进屋便有一股潮湿的霉味。

梁景行无法想象，曾经娇生惯养的姜词，如今就住在这样的地方。

姜词从那摞塑料凳中抽出一个，递给梁景行，又将取暖器提过来按下按钮："你坐一会儿，烤烤裤子，我烧点水。"

梁景行坐下，将取暖器对准自己湿漉漉的裤脚，目光却一直定格在姜词身上。

只见她熟练地扭开了液化气罐的阀门，给燃气灶打上火，往水壶里装了半壶水，放在灶上。不一会儿，没安装抽油烟机的房间里便弥散开一股刺鼻的煤气味儿。

姜词将冰箱门打开，转头问他："你吃晚饭了吗？"

"还没。"

"面条行不行？"

"随意。"

很快水烧开，姜词找了一圈，发现一次性纸杯用完了，便去卧室拿来自己平日用的马克杯，在水龙头下涮了涮，倒了大半杯开水，递给梁景行："家里一般不来客，没备茶叶，你将就一下。"她似觉得寒碜，面色有几分尴尬。

马克杯上宽下窄，深红色，梁景行接过："没事。"

他将杯子搁在一旁的桌子上，仍旧抬头看着姜词。

她将水壶中剩下的水注入暖瓶之中，取下挂在一旁的锅烧水，又从冰箱里取出数个番茄，切成几瓣，而后立在灶旁，单手叉腰，静静等水沸腾，神情带着几分愣怔。

片刻后，水开了。姜词揭开锅盖的瞬间，腾腾的白色热气一扑而出，将她的眉目隐去，像是云雾缭绕之下，水汽氤氲，远山苍茫。雾气散去之时，橙黄灯光洒下，衬得她清丽的侧脸一时分外柔和。

梁景行一怔，忽然万分遗憾自己没带着相机。

姜词浑然不觉，将西红柿和面条丢入锅中，等了片刻，又往锅里打了两个鸡蛋，放入些许调料，关了火，将面条盛进两个海碗。

梁景行立即站起身过去帮忙，两人各端一碗，到餐桌旁坐下。姜词似被烫了一下，抬起手指捏了捏耳垂。

"我不喜欢葱姜蒜，家里没有。"姜词将筷子递给梁景行，"要是觉得味淡了，可以再加点酱油。"

"没事，我也不爱吃。"

眼看着梁景行挑了一筷子面，姜词立即停下动作，盯着他送入口中："怎么样？"

梁景行抬眼："还行，稍微煮久了，面有点坨。"

姜词撇了撇嘴："你这人可真不会聊天。"

梁景行笑了一声："实话实说有利于你今后进步。"

"果然是大学老师，说话口气都像在训人。我没天分，再怎么进步也就现在这水平，平常都在学校食堂吃，只周末做饭。"

"比陈觉非强多了，他连水都不会烧。"

姜词看他一眼："陈觉非和你一起住？"

"他爸妈时常出差，他经常会去我那儿。"

"难怪他胆大包天。"

梁景行笑了笑："是有些吊儿郎当，但本性不坏。"

他本以为姜词和陈觉非这样形同水火，势必要反驳两句，谁知她垂眼喝了口面汤，轻声说："还行。"

梁景行微微一怔，笑了笑，索性顺水推舟："既然没大的误会，你也就别生他的气了。我看得出来，他对你很上心。"

姜词手一顿，再抬眼看向梁景行时，神情陡然冷了："你是在撮合我和陈觉非？"过了三个多月，被她剃掉的头发已长了三四厘米，短而硬，发色如墨，衬得她脸庞冷峻而倔强。

梁景行静默了数秒，轻叹道："我对你没有任何恶意。"

姜词紧盯着他，没吭声。

"你与陈觉非如何发展，是你们自己的事，我只是在长辈的立场上说几句公道话。"

姜词本要反驳两句，但听见梁景行又低低地叹了口气，便将一肚子的不满按捺下去，张了张口，低声道："对不起。"

梁景行摇头，搁下筷子："我今天过来，是想问你为什么拒绝觉非的提议。"

雨似乎又开始下了，淅淅沥沥打在玻璃窗上，姜词垂首沉默，那神情让梁景行想到葬礼那日也是这样的雨天。

梁景行目光落在她的脸上，安静地等她开口。

过了许久，姜词终于出声："现在这套房子在我已经去世的爷爷名下，是我家唯一没抵押出去，也没被法院查封的财产。我爸妈刚结婚的那几年就住在这里，直到我五岁，生活开始好转，一家人才搬出去。后来，我爸觉得这房子有纪念意义，就买了下来……这好歹让我现在不至于流落街头。”

她缓缓抬起头，目光似水：“一切能用钱解决的问题，对我而言都是问题。”她摊开手，语气平平淡淡，“不剩什么了，所以，总得攥住点什么。”

梁景行一时无言以对，只得沉默。

“那十万块钱解了我的燃眉之急，交完学费之外，让我最初一段时间不至于吃不上饭。但是……”姜词顿了顿，“你不能因为曾借给我钱，就以为我万事都必须听从你的安排……”

“阿词……”梁景行打断她，未曾注意到自己变了称呼，“为什么你认为我将你介绍给许尽欢，是对你的‘安排’，或者在你看来，更像是一种‘侮辱’？”

姜词一愣，目光微微一闪，避开了梁景行的注视，心里却想，原来那个女人叫许尽欢——人生得意须尽欢，莫使金樽空对月。

“觉非是出于好意，你的才华不应浪费在诸如发传单这样无谓的事情上，接商稿或许是目前最适合你的创收方式。”

“陈老师不允许我过早接受商业眼光的审判，他认为这会损害一个人的艺术直觉。”

梁景行摇了摇头：“我倒觉得让你站在街头于烈日之下暴晒，对你的天分和精力才是更大的损害。”

姜词不说话。

“所以你拒绝帮许尽欢画画，仅仅是出于对陈老师的顾忌？”梁景行紧盯着姜词，留意她表情的细微变化，“还是，你有其他理由？”

姜词手指悄悄攥紧，又即刻松开，最终只平淡地回答：“没有什么理由，单纯不愿意而已。”

梁景行叹了口气，他知道姜词这人，要是她不愿说，撬开她的嘴她也不会说。

片刻后，梁景行重新拿起筷子——这下，面是真的坨了："这样，我去和陈先生沟通，你只告诉我，你今后愿不愿意帮我的公司画插画？"

姜词看着他："帮你，还是帮许小姐？"

梁景行一顿："有区别吗？"

"有……"姜词目光直直定在他的脸上，"帮你，我答应。"

梁景行无奈一笑："许尽欢以前是不是得罪过你？"

"没有，跟她第一次见。"姜词挑了一箸面，放得久了，面条黏糊糊的，毫无嚼劲。

"那就这么说定了？"

姜词没有抬头，过了半晌，终于低低地"嗯"了一声。

吃完饭，姜词将碗堆在水池里，打算送梁景行出门。

"外面在下雨，不用送了。"

姜词低头看了看："你的裤子干了吗？"

梁景行拿起立在一旁的雨伞："没事，差不多了。"

姜词将他送到门口："楼道没灯，你下楼注意安全。"顿了顿，她低垂着目光，又说，"谢谢你。"

梁景行笑了笑："你早点休息，进去后把门锁好。"

目送梁景行的身影消失在楼梯拐弯处，姜词方关门落锁，静立片刻后走到窗边，推开玻璃窗，往下看去。

潇潇冷雨打在脸上，远近灯火模糊一片，黑夜里遥遥地传来汽车碾过路面的声音。过了片刻，梁景行的身影出现在巷口，他没撑伞，点燃了烟，一星火光明明灭灭，似乎随时要被雨水浇熄。

就在姜词打算关上窗的时候，梁景行忽然停下脚步，从口袋里掏出手机。

姜词动作也跟着一顿。

隔得远，她只看见他手机屏幕的些许微光，看不分明。通话时间很短，似乎不到一分钟。

然而梁景行挂了电话，却站在雨中许久没动。漆黑的一道身影，似是融进了夜色，莫名显得有些寂寥。

姜词手指扶着窗棂，也忘了动，不知道看了多久，梁景行总算再次迈开脚，仍是淋着雨，伞被他提在手里，似是一根拐杖。

梁景行的身影消失很久之后，姜词方缓缓关上窗。雨水凝在眼睫上，她眨了眨眼，水滴滚落而下。

梁景行回到车上，坐在安静昏暗的车里，久久未动，恍若一座凝固的塑像。他耳畔仍在回荡方才那通恍若不真实的电话，以及此后短暂急促的忙音。

梁景行没想到时隔多年，会再次接到叶篱的电话。

雨声淅沥，她的声音便也显出几分潮湿的特质，沙哑沉缓，再不似以往那般清亮，语气倒是轻松，一字一句都仿佛带着笑："还是我自己告诉你，免得你从别处听见，以为我现在病得多么重呢。"她顿了顿，声音一时更加低沉，"景行，原来你还用着以前的号码。"

梁景行怔了怔，正要开口，那端有人喊叶篱的名字，她应了一声，对梁景行笑说："我要去做检查了，回聊。"

两人自然是没有"回聊"。

数日之后，梁景行在大学官方网站的滚动新闻中看到了关于叶篱病重的报道。

他仍在犹豫，一则不清楚叶篱到底病到什么程度，还剩多少时间；二则公司和学校事务繁多，交接起来麻烦重重。

一晃两周过去。

在此期间，姜词找了个时间，去了趟陈觉非的宿舍。

陈觉非正跟几个好哥们儿勾肩搭背地走出宿舍楼，忽觉眼前人影一闪，还没等把人看清，一罐可乐朝着自己丢了过来。陈觉非猝不及防，差点没接住，站稳以后，像见了怪物一样盯着来人："姜词？"

姜词却神情平淡："上回是我不对，不该冲你发火。"

陈觉非目瞪口呆，疑心自己听错了："你……你没毛病吧，再说一遍？"

姜词冷冷瞥他一眼。

陈觉非哈哈一笑，上前将她的肩膀一搂："姜词啊姜词，你也有今天！"

姜词嫌弃地给他一个肘击，他捂住肚子退开，脸上仍挂着灿烂的笑容："既然你诚心诚意地道歉了，我就大发慈悲地原谅……"

姜词白了他一眼，陈觉非却乐不可支。

两人这一段矛盾，算是就此揭过。

此后一阵，姜词记挂着梁景行说的话，几次去陈同勖那儿上课，都有些心不在焉，不是调错了颜色，就是弄错了排笔。

这次陈同勖刚去采风回来，自己也在画画。姜词目光越过画板看他一眼，轻叹了口气，拿不准梁景行是否已对他提及让她过去帮忙的事。

她磨磨蹭蹭到了正午，陈同勖将画笔一搁，喊道："阿词。"

姜词正在走神，吓了一跳，手里画笔没拿稳，差点掉下去。她定了定神，忙问："陈老师，怎么了？"

陈同勖站起身，披上外套："中午有人请客，陪我吃顿饭。"

姜词眼皮一跳，心里已有预感："谁请客？"

"上回你帮忙画过画的梁先生。"

"哦，好。"姜词也放下画具，心想，看来他还没说。

陈同勖凑过来往她的画板上看了一眼："不行啊，怎么一上午就这点进度？"

姜词笑了笑。

吃饭的地方离陈同勖画室不远，梁景行已经到了，替两人拉开椅子，又唤来服务员倒茶。

陈同勖介绍道："景行，这就是我的关门弟子姜词。"

梁景行微微一怔，没料到姜词丝毫未向陈同勖提及他们彼此相熟，也不拆穿，淡笑道："久仰。"

陈同勖又看向姜词："阿词，叫梁叔叔。"

姜词不情不愿，过了半晌才嘟囔一句："梁叔叔。"声音细若蚊蚋。

陈同勖无奈地笑道："这孩子是这种性格，景行你别在意。"

菜上齐后，梁景行提起正事："陈老师，今天请您吃饭，主要是为了姜小姐的事。"

陈同勖筷子一顿："你说。"

梁景行将陈同勖的酒杯斟满："公司新张，求贤若渴，我想让姜小姐兼职帮我画插画。"

陈同勖神色平淡："景行，你应该知道我带徒弟的规矩。上回你那壁画，我也是权衡许久才让她去的。但商业插画……恐怕为时尚早。"

"我保证不会对她所画内容做任何干涉，完全尊重她的意愿。"

陈同勖沉吟。

梁景行笑道："她现在在特殊时期，做别的兼职费时费力，我不会占用她太多时间，若您不放心，她的画作全经您审核再发表，您以为如何？"

陈同勖转头看向姜词："阿词，你的意思是？"

姜词目光低垂，低声道："老师，您做决定。"

陈同勖也并非刻板固执之人，考虑姜词如今的境况，最终点头："那行……不过我丑话说在前，阿词我是要将她往职业方向培养的，不希望她走野路子坏了品位，要是我发现有任何不合适的，会随时撤销这个决定。"

梁景行笑答："您放心。"

"行……"陈同勖看向姜词，将一旁的茶壶提过来，"阿词，你敬梁叔叔一杯，请他以后多多照顾。"

姜词一直默默听着，心里的念头百转千回，这时听见陈同勖唤她，方回过神来。她没接茶壶，微一抬眼，忽然伸手抄起酒瓶，拿起一个干净酒杯斟满，仰头一饮而尽。顿了顿，她将酒杯倒过来，似笑非笑地看着梁景行："先干为敬了。"

这一串动作一气呵成，陈同勖压根来不及阻止，愣了愣，反应过来后，低声呵斥一句："胡闹，你从没喝过，喝什么白酒！"

姜词笑了笑："喝酒才有诚意，您说呢？"

她伸手拿过梁景行面前的杯子，斟满递到他跟前："梁老师，该你了。"视线直直地落在他身上，黑亮眼睛中映着他的身影。

梁景行目光仿佛比方才深沉了几分，细看又似乎只是错觉，他接过酒杯放在一旁，笑说："姜小姐，太客气了，我以茶代酒吧。"

白酒的滋味实在不怎么好，姜词酒量差，以前从没喝过，此时只觉嗓子辣得生疼。她坐了不过十分钟，胃里便开始翻腾，脸颊也跟着烧起来。

陈同勖担忧地看着她："要不要紧？不会喝还瞎喝……"

姜词正要回答，胃里忽然泛起一股刺鼻的气味，她急忙伸手捂住嘴，"呜呜"两声，丢下筷子霍地起身跑出包厢。

胃里吐空，身体松泛了些，姜词往脸上浇了捧冷水，靠着洗手台站立片刻，喘了口粗气，扶着墙壁缓缓走出洗手间。

她脚步虚浮，眼前白花花一片，拐了几个弯，彻底不辨方向。一直走到走廊尽头，她抬头一看，前方是个露台，支了两顶阳伞，伞下是藤制的桌椅。

姜词到藤椅上坐下，头枕着双臂，趴在桌上。不知过了多久，忽感觉有一双手轻轻搭在了自己肩上，姜词腾地坐直身体，反手一打，转过头去，顿了几秒，目光方渐渐聚焦，看清来人是梁景行，这才卸下防备。

梁景行温声道："回去吧，让人给你煮了一碗醒酒汤。"

姜词思维迟滞，过了半晌，低低笑了一声，这笑容竟难得显出几分傻气：“谁让人煮的？你，还是陈老师？”

梁景行顿了顿道：“我。”

姜词又笑了一声，朝他伸出手：“拉我一把。”

今日天放晴了，正午日光充足，姜词逆光而坐，耳郭泛着红，衬着光线，似有几分透明。梁景行收回目光，低头看了看她细长白皙的手指，缓缓伸手握住。

姜词起身，却并未立即将他的手松开，就势向前一步，凑到他跟前，仰头直直地看着他：“梁叔叔，恐怕我今后真要赖上你了。”她语气半真半假，双颊在酒精的作用下烧得通红，黑亮的眼中水汽氤氲，含着几分朦胧的笑意。

梁景行呼吸一滞，过了片刻，缓缓笑道：“你是陈老师的徒弟，今后你我又是合作关系，我照顾你是应该的。”

姜词看他一眼，意味不明地笑了一声，松开手，转身向走廊走去。她脚步不稳，每踏出一步都似踩在松软的棉花之上。

梁景行跟在身后，轻叹一声，向前一步拉住她的手臂：“方向反了，走这边。”

姜词“哦”了一声，拐弯时脚下一歪，差点摔跤。梁景行赶紧伸手将她的腰一搂，这下，她便半个身体都靠在了他身上。

鼻息间尽是酒气，夹杂着她身上若有若无的香味，梁景行眸中一暗，呼吸不由得放缓。

姜词却浑然未觉，一路倚着梁景行回到包间。

陈同勖立即将姜词接过来按在椅上，向梁景行道歉：“阿词不懂事，给你添麻烦了。”

梁景行摇头笑说：“没事，觉非跟她一样。”

“说起觉非，也是有一阵子没见他了，听说他打算出国，准备申请哪里的学校？”

“美国、加拿大、英国和澳洲都申请了，哪儿过了就去哪儿吧。”

陈同勖笑道：“他从小没吃过苦，送出去锻炼锻炼也好。”说罢，他有些发愁地看了看姜词，“这孩子……我下午得接待几个客户，也没时间照顾她。”

“要不我送她回去吧。”

陈同勖犹豫片刻，点了点头：“那就麻烦你了，她住老城区，晚霞路附近，到路口了问她具体地址。”

陈同勖赶时间，先行离开了。姜词趴在桌上，一只手握拳抵着胃，眉头紧蹙。梁景行坐到她身旁，轻轻拍了拍她的肩膀：“阿词。”

姜词微微抬眼，半开玩笑地说了一句：“现在不叫我‘姜小姐’了？”

梁景行看着她，目光沉沉：“你是醉了，还是没醉？”

“你觉得呢？”

梁景行叹了口气：“把醒酒汤喝了，我送你回去。”

“不想回去。”

“你想去哪儿？”

姜词静静看他片刻：“去你的公司看看……”说完觉得自己语气似乎太过生硬，她又加了一句，“行吗？”

姜词已数不清是第几次坐梁景行的车了。他开车很稳，从不与人抢道，遇红绿灯时，踩刹车、松油门的时间都控制得很好。车内也很干净，没放置任何乱七八糟的东西，用了点香，柑橘味的，清冽浅淡，十分好闻。

在这样平缓的行驶之下，还没到公司，姜词就睡着了。

到了楼下，姜词仍在沉睡。梁景行静坐片刻，伸手将她轻轻一推。

姜词缓缓睁眼，似刚从水中被打捞而出，思维迟滞，脑袋炸裂似的疼。

“好些了吗？去我的办公室睡，车里容易感冒。”

片刻后，姜词点了点头，伸手按着额头，慢慢坐起身。有什么东西从身上滑落下去，她定睛一看，是梁景行的西服外套。

梁景行神色平静，将衣服拎起来搭在臂间，拔下钥匙，打开门，绕到另一侧将门打开：“走吧。”

姜词想也没想，抓住他的手臂，从车里钻出去。

周六公司几乎没人，只留了三四个员工值班。梁景行将姜词领进办公室，倒了杯热水搁在茶几上：“你要是不舒服就再睡一会儿。”

姜词喝过热水，侧身在沙发上躺好，却睁着眼睛，直直看着梁景行。他将衣服搭在椅背上，在椅上坐好，随手打开了电脑。他一只手握着鼠标，紧盯着屏幕，偶尔敲几下键盘。

四周静悄悄的，只偶尔有车驶过，但声音隔得远，模模糊糊，听不真切。

梁景行怕她感冒，开了空调，温度调得很高。片刻后，他似乎觉得热，又将衬衫的扣子解开一颗，将衣袖稍稍挽起来一些。

姜词静静看着，眨了眨眼。

半个小时后，办公室里忽然响起一声低沉的叹息。

姜词本是昏昏欲睡，听见这声叹息，骤然一个激灵，睁开眼，却见梁景行丢开了鼠标，身体往后靠去，头往后仰，整个身体的重量都似压在了椅背上。他紧闭着眼，维持这个动作，久久没动。

姜词忽觉心口一阵沉闷，因为此时此刻的梁景行，并不像她一贯见到的那个梁景行。

这让她想到那日巷中，梁景行在雨中久久伫立的身影，也是这般寂寥、脆弱，并且孤独，像一座岛，孤处海外，四周浪潮汹涌，无人可以靠近。

最终，梁景行揉了揉眉心，站起身来，一转头，却对上姜词黑亮的眼睛。

他愣了愣，清了清嗓子：“睡醒了？”

“我没睡。”

姜词从沙发上坐起来，将还剩半杯的水喝下去，水已经冷了，残余丁点温热：“你在做什么？”

“批改作业。”梁景行缓缓走到饮水机前，给自己倒了杯水。

姜词这才想起来，梁景行的本职工作其实是大学老师："你是打算转行吗？"

"公司最大的股东是我姐，我只投资了一小部分，替她管理罢了。"

姜词走到办公桌前，往他电脑上看了一眼，确实是文档的界面，下方任务栏中显示着一个邮件的图标，她目光微微一沉，盯着那图标看了片刻："你这个人，似乎只要愿意，能胜任任何一种角色。"

梁景行喝完水，将杯子搁在一旁，也不靠近姜词，将窗户打开，点了一支烟："随兴而已，这几年才专心做事。"

"那你最喜欢做什么？记者、摄影师、老师，还是现在的商人？"

梁景行转头看着窗外，静静抽着烟，似乎在认真思考这个问题，又似乎无心交谈。片刻后，他终于出声："记者。"

姜词还要再问，梁景行忽然转过头来看着她，抢在她之前再次开口："阿词，下周我要去趟帝都。"

姜词一怔。

"去多久还不确定，你要做的工作我会吩咐刘原告诉你，要有任何不清楚的，你尽可以问他。"

姜词神情一僵："哦。"

"你再休息一会儿吧，吃过晚饭我送你回去。"梁景行回到办公桌旁。

姜词却没动，抬眼看着他，目光太过透亮，甚有些犀利的意味："梁老师，这决定是你刚刚做的，还是一早安排好的？"

她喊"梁老师"时，语气总似带着几分深意，仿佛讽刺，或是别的什么。

梁景行没说话。

姜词再不看他，绕过去，回到沙发上。她翻了个身，将外套脱下来盖在身上。

梁景行静立片刻，想说点什么，然而姜词再没有任何动静，似乎已经睡着。

第四章

玻璃之壁

姜词上课、上语言班、打工，过着极为规律正常的生活，只是每次给张语诺父亲张德兴打钱的时候，都会觉得心口憋闷，似乎眼前这样暗淡的日子永远也到不了头。

有空的时候，她会问问张语诺最近的状况，但无论问几次，情况都是一样，张德兴脑中的瘀血渐渐消散了，但仍没有转醒的迹象。张母刘亚芬照顾这么一个“植物人”，耐心渐失，平日总是连声咒骂，骂已经死了的姜明远，骂姜词，生气到极点，也会骂张语诺。

十六岁的女孩，正是心思敏感的时候，每每提及此事，张语诺都愤愤不平：“难道我爸一辈子不醒，我就一直不能过正常的生活吗？成天哭丧着一张脸，怨天尤人，我爸就会醒过来吗？”

姜词无言以对。

重重压抑之下，她不由自主会想到梁景行。

只有这个人，不会同情她的境遇，亦不会因为她父亲的罪行而让她受到连坐，更不会让一直盘踞于她心中的阴暗泛起。

可这个人，如今也是杳无音信。

有好几次，姜词都打算找陈觉非或是刘原打听梁景行的近况，可话到嘴边，又被自己生生咽下。

她对于自己的软弱心生不齿，知道没人能替她经历眼下这些。水淹火烧，鬼蜮荆棘，都是她一个人的。

时间一晃，到了姜词生日这天。

往年她的生日都是花团锦簇、烈火烹油，但如今能有一个人记得这日子都属难得。

这一阵天气时雪时晴，她生日当天，竟恰好是个大晴天。她在家里背单词的时候，楼外通风管道上冰块融化滴下的水敲在空调顶上，“滴滴答答”，总让她产生外面正在落雨的错觉。

姜词将目光投向窗外，放任自己走了一会儿神。

冬日阳光晴好，她那些晦涩心事也如同被暴晒过一般，变得轻盈了几分。

她把书合上，摸过手机，给曹彬打了个电话，问他有没有事。

曹彬惊喜道：“你怎么想起给我打电话了？在酒吧呢，白天连只苍蝇都没有，闲得很。”

“那我过去找你吧。”

曹彬一怔：“怎么了，是不是出什么事了？”

姜词笑了笑：“没有，我今天生日，中午请你吃饭。”

姜词换了身衣服，去往酒吧。

曹彬正坐在吧台边与调酒小哥胡侃，见姜词进来，立即从高脚凳上跳下，迎上去将她轻轻一搂，手掌猛拍在她背上：“阿词，生日快乐！”

这一下拍得姜词差点一口气呛住，调酒小哥冲她抛了个飞吻：“赶紧过来，专门为你调一杯生日酒。”

姜词同曹彬一起坐过去，调酒小哥先来了套眼花缭乱的花式表演，随后将调好的鸡尾酒倒入高脚水晶杯中，放入两块冰。

浅浅的一个杯子，浅绿淡红两色，映着吧台浅黄色的灯光，晶莹剔透，十分好看。

“这叫半面妆，绿是翡翠绿，红是杨妃红……”小哥仰了仰下巴，“我自创的。”

“嘿——”曹彬端起酒杯看了看，“诌起来一套一套的。”

姜词浅浅喝了一口，酒味很淡，酸酸甜甜，分外可口，她弯眉一笑：“谢谢，不用给钱吧？”

小哥笑说：“给，当然得给，不然我喝西北风去啊？”

“没钱怎么办？”

“那只能把你人押在这儿了。”

说笑一阵，曹彬问起她近况。

姜词脸上笑容淡了几分：“就这样，还行吧。”

曹彬叹了口气：“你这人就是太逞强，你曹哥虽然没什么本事，但有用得着的地方，你尽管开口就是。”

“曹哥，你别这么说……”姜词将鸡尾酒一饮而尽，冻得她哆嗦了一下，“真困难的时候已经过去了。”

已到了饭点，姜词和曹彬就近找了家餐馆。吃完之后，姜词要结账，被曹彬拦了下来：“你过生日，我请你才像样子。”

姜词笑了笑：“哪有寿星让别人请的道理。”

“我也没给你准备礼物，蛋糕都没来得及定，请顿饭是应该的。”

姜词推拒不过，只得让曹彬付了。走出餐馆，曹彬问她：“快过年了，你有什么安排，打算回老家吗？”

“不回……”姜词很淡地笑一下，“家里也没什么亲戚了。”

曹彬和姜词同乡，是了解姜家状况的。姜姓在他们那一片是大姓，何至于没有亲戚？不过是人走茶凉，树倒猢狲散罢了。

安慰的话说多了也腻味，曹彬拍了拍她的肩膀：“要是过年无聊了，给我打电话，我包饺子给你吃。”

姜词笑答：“好呀。”

“我还得回酒吧值班，就不多陪你了。”他想了想，从裤子口袋里掏出张纸片塞进姜词手里，“别人给的，今晚是最后一天，你要是没事，拿去看吧。”

姜词也没拒绝，仔细收好塞进口袋，笑说：“曹哥，谢谢你。”

曹彬张了张口，想说什么，最终只叹了口气，摆手道：“那行，我先回去了，你自己注意安全。”

人觉得冷的时候，总会忍不住向四周寻点暖和的东西，但一旦离开了这处热源，便会加倍觉得冷。

姜词双手插在衣袋里，看着曹彬胖而敦实的身影消失在前方拐角处，自嘲地笑了一声，转身走了。

两日前，梁景行也踏上了归程。

尽欢叹了口气：“想开点吧，你跟她都分手这么多年了——你姐包了饺子，学生的论文时，许尽欢给他发来了一封邮件。

邮件最后，附上了叶篱的近照，她穿着病号服躺在床上，由于化疗，头发已经落光了，苍白的脸上挂着笑容，她冲着镜头比了一个“V”。

她真是瘦了太多，仿佛只剩下一把骨头。

正是这张照片，促使梁景行最终下定了决心。

他在帝都待了两个月，临近过年才回来。

他回来当天，许尽欢开车去机场接他，见面先嘲笑他一顿：“胡子好多天没刮了吧，看你这样子，说是刚从局子里出来，我一点也不惊讶。”

梁景行笑了笑，没说话。

回去的路上，许尽欢跟他汇报了公司最近的状况：“原本是该让刘原来接你的，可他最近累得够呛，连约会的时间都没有，女朋友都差点跟他分手。”

梁景行不知听没听见，只静静看着前方，没作声。

许尽欢看他一眼：“梁景行，你要不要紧？”

“没事……”梁景行掏出烟盒，“我抽一支。”

“我刚戒成功，你别诱惑我。”说着，她还是替他打开了两侧车窗。

梁景行手肘撑着车窗，将烟夹在指间，片刻后，才缓缓地抽上一口。

许尽欢叹了口气："还能活多久？"

"不到三个月了。"

车内一时安静下来，过了片刻，梁景行沉声开口："这半年，《西贡小姐》正在全国巡演，女主角的位置，原本是她的。"

许尽欢张了张口。

"她跟我说，这一生只有两桩遗憾，一是没能出演Kim，二是……"

梁景行停下来，紧抿着唇，寒风将他指间的烟灰吹散："二是，我没能拍一张她穿Kim戏服的照片。"

许尽欢一时不知如何搭腔。梁景行将一支烟抽完，并未关上窗户，冬日凛冽的风一阵一阵地灌进来。崇城下了一周的雪，暗黄路灯下，被踩得乱糟糟的积雪路面极为肮脏。

许尽欢叹了口气："想开点吧，你跟她都分手这么多年了——你姐包了饺子，觉非刚才就在打电话问你什么时候到。"

许久之后，梁景行不带感情地"嗯"了一声。

梁景行到达姐姐梁静思家时，饺子刚刚下锅。正在玩游戏的陈觉非冲上来给了他一个熊抱："舅，可想死你了。"

梁景行将他的爪子扒下来："我看你是想你爸妈不在的逍遥日子。"

姐夫陈臻打了声招呼："景行，回来了。"

梁景行点了点头："回来得匆忙，没带什么特产。"

"要什么特产，陈觉非已经够麻烦你了。"陈臻笑说，"你姐在厨房。"

梁景行去厨房跟梁静思打招呼。饺子已经熟了，梁静思关了火，梁景行在一边递碗。梁静思将饺子盛入碗里："叶篱的事，我听尽欢说了……"

"没事……"梁景行打断她，"她一直在配合治疗。"

梁静思叹了口气，想要安慰两句，却又无从说起，最终只将盛好饺子的碗往台子上一放："帮忙端出去吧。"

吃完，陈觉非留梁景行在自己家里睡，许尽欢说："觉非，快别折腾你舅舅了。"

陈觉非笑嘻嘻道："舅妈，你俩果然是一条战线上的。"

要在平日，许尽欢必然要揍得他改口叫"姑奶奶"，但此刻估计是看梁景行心情不好，便没多说什么。

将梁景行送到公寓楼下，许尽欢目送他走向大楼，又想起什么，喊道："景行！"

梁景行身影一顿。

"崇城大剧院有《西贡小姐》的演出，我没记错的话，是叶篱他们剧团的。"

梁景行没有转身，举起手来摆了摆，走进楼道。

反正闲来无事，姜词便拿着曹彬给的票去了。她那位置不大好，比较靠后，而且偏离舞台，音箱恰好就在头顶，演员一开嗓子，就震得她耳朵生疼。坐在她身旁的女人还带了个四五岁的孩子，剧一开始，那孩子就爬上爬下，嘴里还发出"咿呀"怪声。前排观众偏过头来警告，女人道歉，呵斥一声，孩子安分片刻，随即故态复萌。

要不是演员着实演技精湛、唱功精良，姜词早就走了。

结束时是九点，生日便算就这么过去了。姜词跟着队伍慢慢往前挪动，方才坐她身旁的那孩子被女人牵在手里，走在她后面。大家都归心似箭，出口的门不知为何只开了半扇，大家互相推搡之下，全堵在了门口。

保安前来疏散，姜词耐心等着前面的人走出去。拥堵的队伍刚刚稍得缓解，一只手忽然按在她的屁股上，将她使劲往前一推。

姜词趔趄两步，左脚一崴，顿时摔倒在地上。她疼得倒吸一口凉气，转头去找罪魁祸首，却见那熊孩子目光闪躲，直往女人背后缩。女人张了张口，忽将孩子一把抱起来，低头避过姜词往前走。

姜词想也没想，伸手抓住女人的裤腿。

女人使劲往后挣："干什么啊？你神经病啊！"

因为这出意外，队伍再度堵成一团，姜词咬牙想站起来，微一用力，脚踝钻心似的疼。

女人趁机将姜词的手指一掰，钻了个空当，挤到前面去了。

有人朝姜词递了只手，姜词说了声谢谢，扶着这人缓缓站了起来。她估计暂时走不了了，便慢慢退到队伍边缘，扶着栏杆，在台阶上坐下。

她脱下鞋袜，脚踝馒头一样肿得老高，一碰就火辣辣地疼。

生日当天遇上这样的事，真是倒霉透了。

姜词从包里掏出手机，翻找一圈，却不知该拨给谁，最后，手指停在了梁景行的名字上。

梁景行的电话，是她在酒吧与陈觉非闹矛盾那天存的，之前梁景行给她的那张名片，在她收拾东西搬家的时候弄丢了。

她存了那号码大半年，可一次也未曾主动打过。

她盯着这名字看了许久，最终却只是叹了口气，将手机锁屏。

正在这时，头顶忽然传来一道熟悉的声音："阿词？"

姜词身体一震，吓得差点将手机甩出去。她难以置信地转过头，阔别多日的梁景行就这样闯入视线。

他今日穿着很是休闲，烟灰色开司米大衣，配一条博柏利经典款式的围巾。他站得高，加之身高优势，姜词便似整个被罩在他的身影里。

姜词咬了咬牙，一把抓住栏杆，打算站起来。梁景行立即上前一步将她拦住，低头往她光裸的脚踝看了一眼："怎么了？"

"脚崴了。"

他一靠近，冬夜里的寒气似乎都消散了几分。

梁景行搀住她的手臂："能站起来吗？"

"能吧。"姜词靠着右腿站了起来，左脚踩着靴子，稍稍使了点力，顿时疼得轻轻"咝"了一声。

"别逞强了……"梁景行解开大衣的扣子，将衣袖捋起来寸许，

“我背你下去。”

姜词呆住。

梁景行弯腰把她的袜子塞进靴筒，递到她手中：“提着。”说罢，他往下走了两级台阶，手扶着膝盖，微微弓着背，“上来吧。”

姜词站着没动，梁景行回头看她一眼，笑了笑：“怎么了？”

“没……”姜词低头，往前一步，手攀住他的肩，一闭眼，爬了上去。

梁景行将她往上托起一些：“还行，比我想象中轻。”

“你以为多重……”

“有一年陈觉非小腿骨折，我把他从体育馆背出去，累得够呛。”天冷，梁景行说话的时候，呼出大团大团的雾气。

散场的队伍只剩下零星几人，四周一下安静了，空气里有股冷冽的气息。不远处大楼顶上的射灯光芒，将天空照得亮如白昼。

而姜词趴在梁景行的背上，微微的颠簸之中，呼吸间全是他身上清冽的气息，她一时间忘了说话。

“阿词？”

姜词回过神来，低声开口：“你怎么能拿我和陈觉非比，我和他不一样。”她没有觉察，自己的声调软得不可思议。

梁景行笑了笑：“有什么不一样？”

“哪里都不一样，他是男的，我是女的；他热情开朗，我尖酸刻薄；他是你的外甥……”姜词顿了顿，“而我不是。”

梁景行沉默一瞬，仍是笑说：“对我来说都一样，都是我的晚辈。”

姜词目光一沉，但没说什么。

梁景行又将她往上托起一些：“还是太轻了，平时多吃一点。”

姜词闷闷地“嗯”了一声。

三四十级楼梯，很快到底，梁景行又将她背去停车场，替她拉开副驾驶门：“上车小心。”

发动车子前，梁景行说：“先送你去医院看看。”

“喷点药就行了。”

梁景行不放心：“脚伸过来我看看。”

姜词脚趾一缩，顿了片刻，还是抬起了脚。

梁景行将她的脚拿起来搁在自己膝上，低下头，伸出手轻按着她的脚踝：“怎么样？”

姜词第一时间竟没觉得疼，只觉得他的手指有些凉：“比刚才好多了。”

梁景行换了一处地方，边按边问，最终松开手：“应该没伤到骨头。”

姜词脚背微微一弓，立即收回去，轻踩着座椅前的一小方地毯，过了许久，梁景行手指微凉的触感仍似留在脚踝上。

姜词问他：“你什么时候回崇城的？”

“前天晚上。”

她仍有千万的疑问，但仔细一想，自己并无立场询问，最后她垂眸，只淡淡地“哦”了一声。

梁景行看她一眼：“和刘原工作交接还顺利吗？”

“还行……”姜词想了想，“他可能有点怕我。”

梁景行笑了一声，又问：“陈觉非呢，最近有没有找你麻烦……”

弯弯绕绕，总讲不到重点，加上脚疼得厉害，姜词突然失去了耐心，出声打断他：“梁叔叔……”姜词看着他，“你去帝都是为了什么事？”

梁景行目光一沉。

这女孩，总能十分精准地掐住别人软肋，好比这一声“梁叔叔”，分明不带任何尊敬，连客气的成分都没有，可他就好像被刺了一下，浑身不适，对于她的问题也无法三缄其口。

“有个朋友生病了，绝症。”梁景行简短回答。

什么朋友，需要他一去多月？这问题，姜词并未问出口。梁景行大她十二岁，所经历的远比她想象的更为复杂，许多事情真要追究，不过是庸人自扰。

她别开目光，伸手拿起搁在前面的一瓶香水，假装感兴趣地研究起来，笑了一声，轻声道：“我还以为你是躲着我呢。”

这话像是玩笑，又不像玩笑，梁景行没有回答，只装作没有听见。

汽车缓慢行驶，两人一时没再交谈，不知过了多久，梁景行忽踩下刹车。姜词抬眼看了看窗外，是一条灯火阑珊的街道。

梁景行解开安全带：“你在车里坐一会儿。”

梁景行去了半个多小时才回来，拎着两个纸袋重回到驾驶座上，打开其中一个，取出两罐气雾剂和一个鞋盒，一并递给姜词。

姜词伸手接过盒子，打开看了看，里面是一双浅杏色的单鞋。

“你的靴子不合适，暂时穿这双。”梁景行解释道。

“嗯。”她将气雾剂拿过来，拔下盖子。

梁景行伸手将她的动作一拦，轻叹一声：“先喷那瓶。”

“哦。”姜词换了一瓶，躬着身，对准肿得老高的脚踝按了两下喷口，车厢里顿时弥散开一阵浓烈清苦的药味。

喷完之后，姜词将脚塞进鞋中，尺寸竟刚刚合适。

她抬眼看向梁景行，疑惑地问道：“我告诉过你我穿多大的鞋吗？”

梁景行摇头。

姜词古怪地看他一眼：“我以为看脚识码这项技能只存在于小说之中。”

“……”

姜词立即带着几分严肃地盯着他：“梁景行，你该不是恋足癖吧？”

梁景行：“……”

姜词勾了勾嘴角，也不再开玩笑了，真诚地道了声谢。大约是那气雾剂立竿见影，脚上肿痛稍止，她心情也跟着好了起来。这生日虽然不算太好，但她能在今天见到梁景行，也不算太糟。

梁景行并未着急发动车子，低下头，拎起另外一个纸袋：“阿词……”

姜词瞥了一眼，震惊地瞪大眼睛——纸袋上印着一家蛋糕店的logo。

梁景行抬腕看了看手表：“刚过十点，好歹赶上了。跑了几家，蛋糕不太新鲜，就当讨个彩头……”他顿了顿，看着姜词，目光一时温和深邃，“阿词，生日快乐。”

梁景行将袋中的蛋糕拿出来，尺寸很小，白色奶油上缀了一圈红色草莓，卖相确已有些差。

“我带回去吃……”姜词阻止他将蛋糕上的罩子打开，勾起嘴角，好歹笑了出来，声音却在发抖，“谢谢，你能记得，我很开心。”

梁景行摇头：“不敢骗你，我是刚刚在药店才想起来的。这么寒碜的生日礼物……”

“不……”姜词打断他，看着他的眼睛，“很好，真的，我很满意。”

梁景行笑了笑：“好吧。”他从口袋里掏出打火机打燃，凑到姜词跟前，“要不许个愿？没蜡烛，将就一下。”

姜词莞尔：“可这打火机吹不灭啊！”

“你吹，我配合你。”

姜词想了想，闭上眼睛，双手合十，片刻后睁开眼。一簇橙红色火焰轻轻摇晃，照亮两人的眼睛。姜词鼓起两腮，头往前凑了凑，吹了一口气。

梁景行适时松手，火焰瞬间灭了，他微挑了挑眉：“怎么样？”

“这蜡烛，比蛋糕还要寒碜。”姜词笑起来，眼角微微上挑的眼睛弯得月牙似的。

梁景行目光一敛——这是自姜明远去世之后，他第一次见姜词笑得如此开怀，可这里没有锦衣华服，没有高朋满座，甚至没有像样的蛋糕，也没有蜡烛……

她头发已经长齐耳郭，额发盖住眉骨，比起大半年前那标新立异的光头，如今这发型显得温和而娇俏。

时间不早了，可梁景行莫名地不愿意今天就这么跟她散了，沉思片刻，说道："带你去吃点夜宵。"

车七弯八绕，拐进一条僻静的巷子，四面的黑暗罩过来，离大道上的灯火越来越远。

姜词四下看了看，转头看着梁景行："你该不是要把我拖到什么地方卖给人贩子吧？"

"论斤卖，你还不到九十斤，能卖多少钱？"

"到九十了……"姜词一本正经地纠正他，"九十一斤。"

梁景行哑然失笑。

前方巷子里忽然出现一个灯箱招牌，印着大大的"阿嫂馄饨"四个字。梁景行停了车，绕过去替她拉开车门。

姜词一脚迈出，力道没使对，顿时疼得一个激灵。梁景行适时伸手将她搀住，一路扶着她到了店里。

隔得近，他身上的体温便这样温暖着她。

店面不大，收拾得倒挺干净。几平方米的空间里，支了六张桌子。除了姜词和梁景行，店里还有一对男女，面对面坐在最里面，压低了声音交谈，偶尔传来一声笑。

姜词挑了张桌子坐下，后面布帘被掀开，一个胖乎乎的女人探出身来，拿毛巾擦了擦手，满脸堆笑："吃点什么？"

姜词四下望了望，墙上贴着一张红色塑料纸，上面印着菜单。她研究了一会儿，转头问梁景行："你吃什么？"

"我不吃。"

"哦……"姜词看向老板，"一碗荠菜馄饨，加一个土豆饼。"

"不好意思，土豆饼卖完了。"

姜词摆了摆手："那就一碗馄饨。"她见一旁的饮料柜里陈列着小时候常喝的那种橘子汽水，便单脚跳着过去拿了一瓶。找了一圈，没看见开瓶器，她将瓶子递给梁景行："帮忙开一下。"

梁景行接过，在桌沿一磕，瓶盖"啪"一下弹开。

姜词饶有兴致地看着，心想：似乎所有男人都会这项技能，无一例外。

汽水冰镇过，姜词一口喝得猛了，冻得一个哆嗦，却心满意足。她扬了扬手中的瓶子：“你喝吗？”

梁景行摆手。

两人坐了片刻，馄饨上桌。姜词用塑料勺子舀起一个，尝了一口，比了个大拇指：“还不赖。”

姜词今天赶着去剧院，没吃晚饭，早饿得前胸贴后背。一碗馄饨很快下去一半，汽水瓶也见了底，她放慢速度，抬头看了梁景行一眼。

他正把玩着打火机，神情似有些无聊。

“要不你出去抽支烟？我就快吃完了。”

梁景行手指一顿，将打火机收回去：“没事。”

“这个店这么隐蔽，平时谁找得过来？”

“附近是居民区，日租房也多。”

姜词眨了眨眼：“什么是日租房？”

梁景行一顿，不由得朝着姜词看去。她鼻尖上浮起一层薄汗，日光灯下，皮肤羊脂玉般白皙透明，泛出水润的薄红，墨色碎发荡在额前，衬得脸只有巴掌大小。她一双黑亮的眼睛看着他，透着十足单纯的好奇。

“就是……以天计数的出租房，比较廉价。”梁景行委婉解释。

“可谁租房子只租一天？”

梁景行还没回答，而姜词已福至心灵，恍然大悟：“是不是……”

梁景行竖起一指抵在唇上，余光朝着角落里的男女瞟了一眼。

姜词立即噤声，然而她又想起更为重要的事：“可你是怎么知道的？”

梁景行沉默。

姜词一阵坏笑：“原来你租过。”

梁景行只说：“这条路出去是崇城大学。”

“你是崇大的？”

“嗯。”

“毕业好几年了吧？”

“嗯。”

“所以你还是我的老学长咯？”

梁景行笑了笑。

姜词继续埋头吃馄饨：“情侣恐怕不剩几对，店倒是长长久久。”

梁景行看她一眼，心想：倒是一针见血。

一碗馄饨很快见底，汤也没剩多少，姜词有些意犹未尽。梁景行看她：“再点一碗？”

“不点了……”姜词摸了摸肚子，目光仍是恋恋不舍地定在碗上。末了，她一咬牙站起身：“吃饱了，结账吧。”

梁景行掏钱包的时候，姜词的目光一直没从他手上挪开。出了店，姜词笑说：“都说男人掏钱的时候最帅，果然没有骗人。”

梁景行笑了：“吃完了，现在打算去哪儿？”

姜词脸上的笑容一时黯下来，沉默半晌，她低声说：“回家吧，明天还得早起上课。”

梁景行看着她：“你要是不想回去，我再陪你一会儿。”

“能陪一时，又不能陪一世。”姜词似笑非笑，转头望着前方的巷子，巷子幽深黑暗，两旁民居似幽灵蛰伏，巷口处透着一线灯火。

她声音渐低，一时竟似梦呓：“梁景行，你说，成年人就能无所顾忌吗？”

静默了数秒，梁景行方沉声开口：“不是，相反年岁越长，越无法随心所欲。”

姜词忽然转过头来，直直地看着他的眼睛。

视线相撞，让人猝不及防，梁景行第一反应竟是避开，然而他并没有动，只是坦然与她对视。

姜词似乎笑了一声，缓缓移开了视线，依旧看着那微微发亮的巷口，目光一时似有无限渴盼。

那光芒仿佛触手可及，可她仍在巷中，巷子曲折，幽深昏暗。

片刻后，姜词收回目光，脸上迷惘的神色已退得一干二净：“梁叔叔，开年我要开始准备雅思考试，恐怕不能再接着帮你了。”她转过头来，弯腰对梁景行深深一鞠躬，“感谢你这段时间的照顾，欠你的钱，我会在出国之前一并还给你。”

客气疏离，似那日别墅里的姜词。

盛宴终有离席之时，而人一旦放纵沉溺于不属于自己的温暖，就会变得软弱。此时的她，可以疯癫，可以悖逆，唯独不能软弱。

过了许久，似巷内灯火都冷了，四下静得可怕，梁景行终于出声：“好，好好加油，照顾好自己。”

一句话里，四个“好”字，姜词身体哆嗦了一下，很淡地笑了笑：“麻烦送我回去吧，这里真冷。”兴许药效过了，脚踝又开始疼了。

路上，两人都没说话。

到了楼下，梁景行仍要背她上去，她单脚跳着退后一步，拒绝了：“没事儿，我自己能上去。”

“就这么跳上去？”

“我明天还要去找陈老师，你能一直背我不成？”

梁景行看着她：“可以，直到你的脚好了。”

姜词咬牙：“别管我了行吗？我说了我不是陈觉非，你也不是我舅舅，更不是我的任何人！”这话一口气蹦出来，姜词自己都吓了一跳，也不知道自己怎么突然生这么大的气。

她张了张口，正要道歉，梁景行却忽然欺身往前一步。姜词整个人都被罩在他的阴影里，一股避之不了的压迫感重重袭来。

“让你接受一点好意，怎么就这么难？”梁景行似乎也大为光火，语调颇有咬牙切齿的味道。

“那你倒是先告诉我，平白无故，你何必对我这么好？”姜词仰头看着他，“要真为了报我爸举手之劳的恩，十万块钱绰绰有余。这么巨细无遗，是为了满足你那无限泛滥的同情心，为了享受做慈善事业的快感，还是你这人就是好为人师，见不得任何失足少女误入歧途？”

黑暗里，梁景行胸膛剧烈起伏，紧紧盯着姜词，眼中怒火燃烧。

半晌后，他深呼了口气，一拂袖，转身走了。

毕竟不是泥胎木身，话都难听到这份上了，是个人都会生气。姜词终于达到目的，然而望着梁景行远去的背影，一时却只觉得心里空荡荡的。

她提着两个纸袋，靠右脚支撑着走进楼梯间。她将袋子挂在手臂上，拿出手机照明，扶着锈蚀肮脏的栏杆，一步一步往上跳。这样蹦到二楼，她已经累得满头大汗，撑着栏杆，一声声喘着粗气，矮矮的六楼一时竟似遥不可及。

歇了一会儿，她继续往上跳，底下忽然传来一阵急促的脚步声。姜词只当是别的租客，站定打算等那人先走。谁知她低头一看，发现快步上来的，竟是去而复返的梁景行。

姜词立时愣住，还未开口，梁景行已三步并作两步到了她面前，也不说话，面上似罩了层寒霜，冷得吓人。手机的背光暗下去，她没来得及再次摁亮，忽觉梁景行身形一矮，将她的双腿一抱，就这么扛了起来。

姜词双脚离地，吓得差点尖叫出声。

梁景行冷声道：“照着路。”

姜词连忙按了一下手机，照着梁景行脚下。

梁景行脚步沉稳，扛着她好似扛着一个米袋或是汽罐，毫不费力。

姜词脸涨得通红：“梁景行，你放我下来。”

梁景行没理她。

“梁景行。”

梁景行恍若未闻。

“梁叔叔。”

梁景行脚步一顿：“你喊爷爷都没用。”

梁景行沉默数秒才道："你若真打定了主意，我自然尊重你的意愿，但那也得等你脚好了以后——别再拿那些话堵我，对我没用。"

"我可没怀疑你的本事。"梁景行低哼一声。

黑暗中，只他们两人，一缕微光。

很快便到了六楼，梁景行将姜词放下来："自己开门，我走了。"

姜词看他一眼："今天不进去坐坐了？"

梁景行不动声色地退后一步："这么晚了，不合适。"

姜词低头，从口袋里掏出钥匙将门打开。

"你早点休息，明天我派人来接你。"

"不用。"姜词断然拒绝。

梁景行看着她："阿词，一直闹脾气就没意思了。"

姜词霍地抬头："你觉得我在跟你开玩笑？"

梁景行沉默数秒才道："你若真打定了主意，我自然尊重你的意愿，但那也得等你脚好了以后——别再拿那些话堵我，对我没用。"

姜词咬牙："你这人简直不可理喻。"

梁景行神色如常，整了整衣服："你进屋吧，我明天让刘原过来。"

姜词气得"砰"一下将门摔上。

隔着门板，听见梁景行的脚步声响起，随后渐渐远去，终不可闻，姜词长长叹了口气。

已快到十二点，姜词洗漱之后打算去睡觉，看见放在桌上的纸袋，又走过去，将蛋糕拿出来。

她尝了一口，奶油腻得发苦，草莓已不新鲜。但她还是坐在桌旁，大口大口吃起来，边吃边回想方才与梁景行的对话，越想越觉怅然。

最后，她将还剩一半的蛋糕扔进冰箱，重新去刷了个牙，往脚上喷了一遍气雾剂，灌了个热水袋，塞进被窝里，脱衣睡下。

她看见搁在一旁的手机，伸手捞过来，找出梁景行的电话号码。犹豫许久，她一咬牙丢了手机，将被子拉过头顶。

第二天，姜词起了个大早，整理完毕之后，听见了敲门声。她一瘸一拐地将门打开，一张笑脸猛地凑上前："姜词，早上好！"

姜词吓了一跳，定睛一看，却是陈觉非。她目光从陈觉非肩上越过去，看见了一脸局促的刘原。刘原冲她一笑，赶紧打招呼："姜小姐。"

姜词神情漠然："早上好。"

陈觉非低头往她脚上看去："听说你的脚崴了，怎么样，没瘸吧？"

姜词抬了抬眼皮："让你失望了，没瘸。"

陈觉非嘻嘻一笑："东西收拾好了没有？"

姜词将一旁的书包背上："走吧。"

休息一整晚，她的脚好多了，已能勉强走路，便扶着栏杆，自己慢慢往下走。

陈觉非问她假期的计划。

"没什么计划。"

"在哪儿过年？我记得你祖籍不在崇城吧，打算回老家吗？"

姜词垂眼："不回。"

"我们老家在苏州，要不你跟我们一起回去？"

姜词瞥他一眼："我以什么身份过去？"

陈觉非挠挠头："也是。"

姜词看着脚下的楼梯："有个老乡，会来跟我一起过年，你不用担心。"

陈觉非笑说："那就好，我怕你一个人在崇城空虚寂寞冷。"

吃过早餐，刘原先将陈觉非送到学校，没想到在校门口，恰好碰上张语诺。

张语诺赶紧两步跑到车边，从书包里取出一个礼品袋塞进姜词手里："姜姐姐，生日快乐！"说完她又立马解释，"我昨天去你家找过你，不过你不在，只能来你学校找你了。"

姜词眨了眨眼，看了看张语诺被寒风吹得微微泛红的脸颊，心中一时五味杂陈，最终弯眉一笑："谢谢。"

一旁的陈觉非叫起来："昨天是你生日？！"

张语诺瞪他："我上周明明告诉过你的。"

"我忘了！"陈觉非抓了抓头发，"你怎么不再提醒我一次？"

送完了陈觉非，刘原再将姜词送去了陈同勖那里。

刘原将车停稳，笑说："姜小姐，我先回去了，下午再来接你！"

姜词立即看他一眼："不用了。"

然而刘原摆了摆手，发动车子走了。

这时候，姜词口袋里的手机振动了一下，她掏出手机一看，是梁景行发来的消息：这几天刘原接送你上下学，别逞强。

姜词轻轻咬了咬唇，没回短信。

下午，姜词离开陈同勖的画室，果见对面街上，光秃秃的梧桐树底下停着一辆车，刘原等在车前。

姜词站了片刻，走过去拉开车门。

一路安静得诡异，刘原本来就有些怕她，她不主动说话，他自然也不会随意开口。

在路口等红绿灯时，姜词忽然出声："刘原，你知不知道你们老板有个前女友？"

刘原吓了一跳："哦，知道，我认识梁哥那会儿，他俩刚分手……"顿了顿，他又说，"听说得癌症了，怪可惜的。"

"你见过吗？"

"没见过。"

"那你知不知道，她是做什么工作的？"

"唱歌的吧。"刘原想了想，"不对，演音乐剧的。"

姜词眉头一蹙——看来昨晚与梁景行在崇城大剧院的相逢，兴许并非偶遇。

到了晚霞路，刘原将车停下："姜小姐，梁哥这段时间可能都没空，他吩咐我每天接送，直到你的脚……"

"不用了。"姜词断然出声。

刘原挠了挠头："姜小姐，你别难为我，梁哥既然吩咐了，我肯定得办到才行。"

"那你不用真来，告诉他你完成任务了。"

刘原为难道："我怎么能撒谎呢……"

姜词已懒得开口，拉开了车门。

刘原也紧跟着下了车，可望着姜词蹒跚的身影，上前帮忙也不是，不上前也不是。他这么站了片刻，姜词已经进了楼道。

刘原叹了口气，转身回车上了。

第二天早上，他仍旧开车过来，然而姜词死都不肯上车，他只好慢悠悠开着车跟在她身后，看她上了公交车，又尾随公交车一路到了画室。这样持续一周，直到姜词在陈同勖那儿的训练结束。

最后一天，刘原正趴在方向盘上睡觉，忽听见有人敲了敲车窗。他霍地抬起头，姜词正站在窗外："解一下锁。"

刘原忙将车门解锁，看着姜词拉开车门坐上来，简直要喜极而泣："姜小姐……"

姜词转头看他："刘原，我不是针对你。这几天耽误你的时间了，我跟你道歉。你回去告诉梁景行，我的腿已经好了，谢谢他的好意。"

刘原笑道："没事我会转告梁哥的。"

姜词低下头，叹了口气。

她看不透梁景行，他究竟是毫无觉察以至于行事坦荡，还是动心忍性是以不动如山？

她感觉自己像只被封在瓶中的蚂蚱，跳得再厉害，外面的人也只当是在看戏，不会受到分毫影响。

可这玻璃瓶，快要把她逼疯了。

第五章
胭脂红

直到过年，姜词再没见过梁景行。

姜词这个年自然过得乏善可陈，商铺都关门了，天气又冷，委实没什么意思。她每天睡到自然醒，起来做一会儿作业，画一会儿画。除夕那天，她自己在家煮了一锅速冻饺子，凑合看了场春晚。

新年倒计时，她鼓足勇气试着给梁景行打了个电话，但他那边占线。她心里没滋没味的，挂断电话，然后挨个给陈同勖、陈觉非、张语诺和曹彬发去拜年短信。

长长的一串电话名单，最终竟只能找出这么几个人拜年，姜词索性开始整理手机通讯录，一百多人，最后删得只剩十几个。

她将手机和钥匙揣进兜里，上了顶楼天台。这一片斑驳的旧城区，在夜色掩映之下，收敛了白天狰狞疮痍的模样，被天空中一朵一朵炸开的烟花映衬着，显出几分温情。

空气很冷，姜词站了一会儿，冻得打了个喷嚏，正打算回去，口袋里的手机振动起来。

她掏出手机一看，是梁景行打来的。

梁景行低沉的声音里带了几分礼貌的笑意："不好意思，电话有点多。”

姜词听着他客气的语气，心口一阵沉闷，却笑了笑，大声说道：“我估计你回短信得回到手软，替你减轻负担，没凑这个热闹。”

“吃饺子了吗？”

姜词拿手指捂住另一侧的耳朵，电话中梁景行的声音似乎清晰了些，她回道：“吃了。”

“你在外面？”

“在楼顶上，周围在放烟花，有点吵。”

“赶紧回去吧，外面冷。”

姜词点了点头，又说：“那不占用你的时间了，新年快乐。”

“新年快乐。”

沉默须臾，姜词又想起什么，赶紧问道：“你什么时候回来？”

然而电话已经被挂断了。

姜词默默地垂下手，将手机塞进口袋，静立片刻，转身回去了。

初六，姜词继续去语言班上口语培训课。

上午的课程上完，姜词收拾东西的时候，听见窗外有人喊她的名字，抬头一看，是陈觉非和张语诺。

姜词走出去，张语诺先冲上来给了她一个拥抱。张语诺穿着新衣服，白色兔毛的上衣，整个像只雪团子。

姜词笑说：“你今天开学？”

“初九才开学。我和陈觉非专门过来见你的。”

陈觉非拎起放在脚边的一个袋子，递给姜词：“从老家给你带的特产。”

姜词往里瞥了一眼，似乎都是些吃的：“谢谢。”

“我也有一份……”张语诺笑说，“先前偷偷尝了一个，八珍糕特别好吃。”

陈觉非瞟她：“你什么时候吃的，我怎么没看见？”

张语诺仰了仰下巴：“你看见了还能叫偷吃吗？”

姜词笑了笑，问张语诺："语诺，你爸……"

张语诺脸上笑容顿时凝滞，叹了口气："老样子，我们没回老家，陪我爸在病房里过的。"

姜词心里很不是滋味，一时没吭声。

张语诺立即又笑起来："姜姐姐，没事，你别担心。"

姜词勉强笑了笑，顿了顿，看向陈觉非，问道："你舅舅回来了吗？"

"哦……"陈觉非丝毫不觉得姜词单独问梁景行的下落有什么不妥，"他没回崇城，直接去帝都了。"

姜词神情一滞："去帝都做什么？"

"他前女友癌症晚期，初四进了重症监护室，他第二天就去了……"陈觉非撇了撇嘴，"做得这么招摇，也不怕我舅妈不高兴。"

姜词拒绝了和他们俩一块儿吃中饭的邀请，一个人去超市买了点儿零食，将就解决了午餐问题。

她有点儿魂不守舍，想给梁景行打个电话，可犹豫数次，还是作罢。

她一咬牙，将这事儿从脑海里赶出去，专注于学习。

一晃就是一个月，姜词又抽空找刘原打听了一次，梁景行仍然没回崇城。

三月初，姜词奉陈同勖的命令，前去帝都替他参加一个交流会。

今年气温回升早，帝都三月天气已然暖和，就是风大，姜词在外转了一圈，落了满头的尘土。第一天会议结束，回宾馆的时候，她发现楼下的一株桃花开了，空气里浮动着隐约的草木气息。

三天的交流会结束，姜词给陈同勖打电话汇报结果。

陈同勖听完笑说："辛苦你了。"

陈同勖问她何时回崇城，又说："你梁老师似乎也在帝都，你要没事，抽空请他吃顿饭吧，也算是感谢他这大半年的照顾。"

姜词沉默数秒道："好。"

姜词先回宾馆洗了个澡，从浴室出来擦头发时，瞧见了扔在床上的手机。

这段日子，在她刻意不给自己放松机会的情况之下，她几乎已将梁景行彻底踢出脑海。方才听陈同勖提及，她才想起今日好像是梁景行的生日。

枯站了片刻，她忽然将毛巾往床上一扔，从包里拿出速写本，打开窗户，开始描绘楼底下那株掩映在绿叶丛中的桃花。她画得很快，不过半个小时就收工，在素描纸的角落里写了一行字，落上姓名和日期，然后换上衣服跑下楼，就近找了家快递，将画寄回了梁景行崇城的公司。

姜词重回宾馆，蒙头大睡。

醒来已是夜幕四合，在昏暗的房间里静坐了片刻，姜词从枕头底下捞出手机，翻开通话记录。她与梁景行上一次联系，还是过年的时候。

姜词狠狠咬住嘴唇，片刻后，尝到了一丝血腥气。

她既然已经一无所有，还怕失去什么？

他想逃避，她偏要让他无路可逃。

他想当正人君子，她偏要让他逆行倒施。

房间没开灯，只有手机屏幕幽幽一线亮光，照着她黑沉沉的眼睛。过了良久，姜词神情漠然地抬手将嘴唇一抹，按下拨号键。

“嘟嘟”响了两声，电话接通，姜词力图使声音显得轻松：“你还在帝都吗？”

梁景行惊讶：“你在帝都？”

姜词背靠着窗台：“嗯，替老师参加一个交流会。”

“结束了吗？”

“嗯。”

太久没联系，梁景行低沉的声音听在耳中，似乎有些陌生。姜词垂下眼睑，发现铝合金窗框上不知何时沾上的一点乳胶已经凝固了，她伸出手指无意识地抠了一下：“今天有空吗？”

一个小时后，姜词再次见到了睽违已久的梁景行。

夜里风大，他衬衫外面套着一件短款的黑色风衣，凝眸微笑时，神情有些憔悴。

姜词飞快地跑过去，在梁景行出声之前，将他一把抱住。

清冽的气息，带着点烟草味，满满当当充斥鼻腔，呛得她眼眶一热。

梁景行身形顿时一滞，攥紧了手指。

她头发已长到颈间，兴许是刚洗过，还带着浓郁的花香。一瞥之下，他只觉得她仿佛更瘦了，恐怕真已不到九十斤。

须臾，姜词抬起头来，坦荡地笑道："好久不见！"

梁景行便也淡淡一笑，伸手在她背上轻轻拍了一下："好久不见。"

两人都客气礼貌，似开年前的那通争执从未发生过。

姜词退后一步："陈老师嘱咐我，一定要请你吃顿饭。帝都我不熟悉，你带路吧。"

怀里一时空了，但空气中尚有一缕暗香，隐约浮动，充斥鼻间，久久不散。

梁景行目光深邃，笑说："好。"

车行驶了四五十分钟，到达后海公园附近，梁景行找地方停了车，领着她在胡同里穿行。走了约莫十五分钟，两人停在一家餐馆前面，不大的店面里坐得满满当当，露天支了五六张桌子，也都人满为患。

他们等了片刻，里面总算空出来一张桌子。

梁景行领着姜词进去，熟练地点完菜，将菜单递给服务员，转头对姜词说道："这里的烩羊肉和烧饼非常好吃。"

店里人多，两人等了许久，菜终于端上来了。姜词饿狠了，早顾不得什么形象，立即伸手去拿盘中热腾腾的烧饼。

"烫，小心！"

然而已经晚了，姜词被烫得飞快撒手，摸着耳垂："你倒是早点提醒啊！"

梁景行乐不可支："慢点，没人跟你抢。"

烧饼烤得香甜酥脆，上面撒了一层黑芝麻，姜词囫囵吞下一整个，转而伸手去拿第二个。

梁景行看她一眼，微微一怔：“你的嘴唇怎么了？”

姜词动作一顿，轻轻舔了舔方才被自己咬破的地方，目光低垂：“天气干燥，上火了。”

梁景行目光仍定在她的唇上，手指点了点自己嘴角：“喏，这里……”

姜词抬眼：“什么？”

“芝麻……”

姜词伸出大拇指擦了一下。

梁景行摇头：“还没掉。”

姜词撩了撩头发，拨到一侧耳后，仰起头：“帮我弄一下。”

日光灯下，她肌肤白若净瓷，鼻尖上浮着一点汗，双颊泛着浅淡的粉色，耳垂上戴着一枚石榴红的耳钉，随着她的动作，一点微光流转，好似星光。

梁景行目光一敛，顿了片刻，伸出食指，轻擦了一下，又飞快收回去，开口道：“好了。”嗓音低沉，带了点哑。

姜词目光低垂，浅笑着道了声谢，只当毫无觉察。

吃完饭，时间已经不早，梁景行送姜词回宾馆，路上问她：“什么时候回崇城？”

“明晚的火车。”姜词看着他，“你呢？”

“我还得待两天……等葬礼结束。”

姜词一愣：“你那位朋友……”

“去世了，大前天。”

姜词立时沉默。

梁景行却似毫不在意，转了个话题，问及雅思考试的情况。

“还好。”

“你准备去哪里留学？巴黎？英国？”

“巴黎。”

梁景行点了点头：“巴黎不错。”

姜词一时不再说话，垂着头，不知在想什么。

梁景行看她一眼：“怎么了？”

姜词回过神：“哦……没事，在想白天交流会的事。”

她另起了一个话题，与梁景行有一搭没一搭地聊着，很快便到了宾馆门口。

姜词没急着下车，伸手将自己耳垂上的耳钉取下来，递到梁景行跟前。

梁景行疑惑地看着她。

“今天没来得及给你买礼物，这个送给你吧……”她抬头看着他，眼中盈满笑意，“梁叔叔，三十岁生日快乐。”

梁景行惊讶：“你不说我自己都忘了——你怎么知道今天是我生日？”

“找刘原打听的。”

梁景行哑然失笑：“他倒是什么都说。”

“又不是什么商业机密。”姜词拉过梁景行的手，将耳钉放进他的掌心。

“送这个我用不上。”

“这可是上等的红宝石……”姜词不自觉地摸了摸空空荡荡的耳垂，“前几天在衣服口袋里发现的，可惜只找到这么一枚。把宝石抠下来，兴许还能换几百块钱，总比你那蛋糕贵是不是？”

梁景行笑道：“以前怎么没发现你这么锱铢必较。”

“你要是不喜欢这份礼物，过几天还有另外一份。”

“什么？”

姜词笑了笑，没有回答，忽然拉开车门跳下去，朝着梁景行摆了摆手：“梁叔叔，晚安啦！”也不等梁景行说话，她便转过身脚步轻快地走了。

梁景行望着她的背影，目光渐深。他缓缓收紧手指，紧捏着那枚耳钉。耳钉上带着针，扎着掌心，他却越攥越紧，薄唇抿成刀刃似的一线。

过了许久，他终于松开手，长叹了口气，拿出口袋里一直振动的手机："喂。"

"我到酒店了，你怎么不在？"

"有点事，在外面。"

许尽欢担忧道："我说，你要不要紧？该不会为了叶篱寻死觅活吧？"

"跟叶篱没关系。"梁景行揉了揉眉心。

许尽欢乐了："还有别的人让你忧心成这样？坠入爱河了？"

梁景行接上蓝牙耳机，发动车子："什么爱河，修罗场还差不多。"

"有没有这么严重？说说看，遇上什么事了，兴许我能给你参谋参谋呢。"

梁景行笑了笑，不置可否："操心你自己吧。"

梁景行和许尽欢参加完叶篱的追悼会，一起回到崇城。梁景行做的第一件事，就是找来刘原，问他最近姜词有没有转交什么东西。

"没有啊……"刘原猛摇头，"姜小姐好一阵子没来过公司了，她不是要忙着考试吗？"刘原挠了挠头，"梁哥，今后要跟她打交道，还是你自己去吧，她的脾气，我真琢磨不透。"

梁景行笑了一声："行，这段时间辛苦你了，我近期应该不会出差。"

"近期是什么时候？"

梁景行静了一瞬："等她雅思考试结束之后吧。"

姜词考试准备得不错，除此之外，张语诺又告诉她另一个好消息：张德兴前几天手指动了，医生给他做了脑部CT，发现瘀血全散了，要是情况乐观，估计一两个月内就能醒来。

去年此时，她被命运恶意的巨浪掀翻在滩头，经过一年垂死抗争，总算挣脱出来，不至于船毁人亡。

无论如何，最黑暗的一段日子眼看着就要过去，今后应该只会越来越好——再不会有任何坏事，抵得过家破人亡。

当然，唯独梁景行一事，毫无进展。姜词虽然气馁，但能分清轻重缓急，眼下雅思考试才是大事——她不着急，她有的是时间。

考试临近的前一周，姜词正在做英语听力，手机忽然响起来。

电话刚接通，那端便传来张语诺激动的声音："姜姐姐，我爸……我爸醒了！"

姜词一愣："真的？"

"我妈刚刚发短信告诉我的，我已经跟班主任请假了，马上去医院！"

仿佛是在海上漂泊已久，本已放弃了逃出生天的希望，却终于有船经过，姜词喉头一哽："那……那你赶紧回去看看张叔叔吧，要有什么情况，打电话告诉我。"

挂了电话，姜词长长地舒了一口气，心中最后一块大石也终于落下。

姜词一时只觉支撑不住，缓缓蹲下身，头埋进臂弯，想要笑一笑，眼泪却止不住地往下掉。她拿手掌捂着眼睛，泪水却越发汹涌。

听闻父亲出事，当场死亡的时候，她没哭；追悼会上众人怜悯的目光中，她没哭；得知所有家产均被查封，她成了身无分文的穷光蛋时，她也没有哭……

可此时此刻，这一年来郁积的委屈、狼狈、痛苦，接连袭来。她从来不知道自己竟能有如此丰沛的情绪，让她在这一刹深刻体会到，原来活着，是这样一件厚重而有意义的事。

第六章
合流

张语诺陆续给姜词打了数个电话，汇报了张德兴的状况：“医生还在给我爸做全身检查，目前没发现别的问题，就是好像腿没知觉，不知道是肌肉萎缩，还是神经方面的原因。”

姜词不由得安慰：“没事的，张叔叔吉人自有天相。”

张语诺笑了笑：“我爸还在问你呢，我说你马上要考雅思，考完了去见他。”

姜词垂眸，“嗯”了一声。

挂了电话，姜词冲了个凉，看了会儿书，见时间已到九点，便将东西收拾好，上床休息。她捞起一旁的手机设闹钟，发现有一条未读短信，一个小时前梁景行发来的，只有四个字：考试加油。

姜词看了又看，锁上手机。

她真想见他。

可她清楚，不能着急，还不到时间。

考试当天早上，姜词起床，打开门发现外面天色阴沉，地上都是湿漉漉的，才知昨晚下过雨。

她洗漱完毕，把要带的东西检查一遍，确认没有遗漏，便出了门。

走到楼下，她才发现雨又下了起来，正打算折回去拿伞，忽瞥见巷子前面站了个女人。

姜词定睛一看，顿时怔住——是张语诺的妈妈刘亚芬。

她穿着一件黑色上衣，手里攥着一个黑色提包，没有打伞，两粒眼珠子深井一样，往外冒着凉气。

姜词心里一“咯噔”，被她瞧过来的目光刺得头皮发麻：“刘阿姨？”

刘亚芬没有动。

姜词也无心再去拿雨伞了，冲刘亚芬点了点头，算是打了招呼，而后继续往前走。

她没走几步，刘亚芬目光一凛，嘴唇抽搐了两下，嘟哝两声，手伸进那黑色提包里，猛地掏出一把菜刀!

刘亚芬动作迅速，姜词一时竟未反应过来，只见寒光一闪，手臂一阵刺痛。她吓得一个激灵，惊声尖叫，转身朝楼里飞奔!

刘亚芬拎着菜刀在后面紧追不舍，厉声叫喊着：“我杀了你！”

姜词没命似的往上跑，一声声高喊“救命”。然而这楼里鱼龙混杂，大家为了避免惹上麻烦，都独善其身，一路上去，竟没有一人开门出来看看情况。

姜词飞快地跑上六楼，哆嗦着从包里找出钥匙，插进匙孔，赶在刘亚芬扑上来之前，进屋摔上了门。刘亚芬一刀落空，砍在了门板上。

姜词双手颤抖着将门上锁，刘亚芬使劲踢着门板，整个屋子都在跟着晃荡。

这时候，姜词发现桌上的手机正振动不停。

她猛喘了口气，定了定神，走过去拿起手机，是张语诺打来的。

“姜姐姐！姜姐姐你总算接电话了！”张语诺哭中带喘，“我妈去找你了，她带着刀……”

“语诺……”姜词打断她，“出了什么事？”

“我……我爸……”张语诺“哇”的一声哭出来，“我爸他……

他双腿瘫痪了，医生说这辈子都没法再站起来……”

姜词身躯一震，一阵寒气沿着小腿肚缓缓爬升，渐渐攫住她的四肢百骸。她眼前一黑，立即伸手扶住了桌沿。张语诺还在说什么，可姜词将电话挂断了。

刘亚芬仍在不断砸门，房门晃晃荡荡，似要应声倒下。

姜词撑着桌子，勉力支持，方没有一头栽下去。过了片刻，被抽离的五感重新回来，姜词举起手机，颤抖地拨出一串号码——

“梁景行，救我。”

半个小时后，梁景行和警察一起赶到，制服了刘亚芬。

梁景行敲了敲门：“阿词！”

里面没有动静。

梁景行抬高声音：“阿词！是我！开门！”

片刻后，一阵窸窸窣窣的声音响起，“咔嗒”一声，门开了。

姜词抱着手臂，全身筛糠似的颤抖着，像寒风中的一片枯叶。她缓缓抬起头，望着梁景行，乌目沉沉，似两粒无机质的玻璃珠子。

梁景行瞧见她手臂上鲜血淋漓，心口发闷，呼吸一瞬间滞在喉咙里，他想也没想，伸手一把将姜词按进自己怀里，一声一声安抚：“没事了。”

梁景行送姜词去医院包扎了伤口，所幸她躲得快，那刀只伤到表皮，未造成大碍。去过医院，姜词又去派出所做了一个笔录，等事情结束，已是正午。

雨还没停，越下越大，翻滚的黑色浓云压着地平线，天色晦暗，似是末日前兆。

梁景行没把姜词送回家，将她塞上车之后，直接载回了自己的别墅。

进屋后，梁景行从鞋柜里找出双拖鞋，放在姜词脚边，然而抬头一看，却见她目光呆滞，双颊似纸片般毫无血色。

梁景行叹了口气，握住她的手——她的手也冻得吓人，已全然不似活物——他将她拉进客厅，按在沙发上。

梁景行蹲下身，脱下她脚上湿漉漉的凉鞋，随手扔到一边。而后他去楼上浴室拿了块干净的浴巾，罩在她头上，动作轻柔地替她擦拭湿透的头发。

姜词忽然一动，捉住了他的手，清冷的目光落在他的脸上："这是不是就是报应？"

梁景行胸口沉闷，放缓了声音，看着她："阿词，这事不是你的错。"

然而姜词仍是直愣愣地盯着他："你说，这是不是就是报应？我爸害了那么多人，所以注定我这辈子也别想得到安宁——我当年挥霍过多少人的血汗钱，就背负了多少的债。"

她松开梁景行的手，从沙发上站起来，浴巾从头上滑下。她赤足站在原木地板上，脚踝上沾了些许泥水，身影逆着光，脸上轮廓一时晦暗不清。

她记得十五岁那年，曾随着姜明远旅游，在大理的一座小寺中掣了支签。寺里有个修行的老和尚，从落了灰的架上替她找出签文，脆黄的纸张上，赫然写着"下签"。

"家宅不宁，功名迟遂。官事得罪，钱财阻滞。"

姜词自然不信，那时的她，只觉未来一切全铺在眼前，璀璨光明，通达顺利，哪有一样和这签文上的内容沾得上边？

不过两年，一一应验。

从前她不信命，如今却隐隐觉得，冥冥之中自有一种力量，将这一切织为尘网，她仍在网中，没有片刻脱离。

"当时非法集资的事情败露之后，我爸决定让张德兴出来当替罪羊。结果有个受害人携恨报仇，开车撞伤了张德兴。生前最后那段日子，我爸十分后悔，嘱咐我，要是他进去了，无论如何，我得想办法照应张德兴。”姜词声音沙哑颤抖，似一根弦绷到极致，“前几天，语诺告诉我，张德兴醒了……”

“别说了。”

“我以为我终于替我爸把罪赎清，我也能开始过我自己的生活……”

“阿词，够了。”梁景行上前一步，握住她细瘦的腕骨。

姜词身体颤抖了一下，再不作声。

梁景行低垂着目光，心中一时只有无尽的悔意。

他早知道，这人一贯口是心非，脾气倔强得令人发指，却还是被她的几句气话戳中痛脚，刻意地疏远她，以至于让人钻了空当。

今天这事，原本不该发生。

梁景行深深叹了口气，松开姜词："你先去洗个澡——注意别让手臂沾水。"

静默了数秒，姜词极为惨淡地笑了笑："梁景行，你是不是觉得我很可怜？"

这问题，她曾经问过一次。

梁景行目光沉沉："阿词，你该知道，我从不觉得你可怜。"

姜词静默了片刻，只冷冷笑了一声："这话还是留着骗你自己吧。"说罢，她再不看他，赤脚踩过浴巾走向门口。

梁景行一把抓住她的手臂："你去哪儿？"

"跟你没关系。"

梁景行拧眉："刚才是谁打电话向我求救？"

姜词浑身一震，紧盯着他："你大可以不来。"

梁景行眉间带着一股沉郁之气："阿词，你说话可要讲点道理。"

姜词紧咬嘴唇，用力扭动手臂，打算挣脱梁景行的钳制。

梁景行却抓得更紧，语气强硬，不容置喙："你暂时留在这儿，哪儿都不许去。"

“你凭什么限制我的自由！”姜词喘着粗气，神色愤然，“梁景行，你想继续做你的正人君子，可不代表我得配合你。我不是你在某个贫穷山区里捐助的单纯小孩，每年收到你的汇款，就能自我安慰这世上还有人关心，然后乐呵呵、傻乎乎地活下去。”

她咬了咬牙，这些话早在她心中盘桓了大半年，憋得她几欲发疯，如今既已说出口，她索性一鼓作气：“你既然给不了我要的，就别再继续招惹我！”

梁景行胸膛剧烈起伏，只紧捏着她的腕骨，一言不发，深褐色的眸子里藏着一簇火，越烧越猛。

雨似乎更大了，噼里啪啦砸在玻璃窗上，似要将密不透风的黑暗砸出一个洞来。

姜词猛一用力，一把甩开了梁景行的手，伸手打开了房门，踏入外面的漫天风雨之中。

夜如泼墨，屋内的灯光只照亮了门前数寸地方。瓢泼似的大雨冲刷着眼睛，狂风似一只巨掌捂住口鼻，姜词跑出几步，彻底不辨方向。她往脸上狠狠抹了一把，将心一横，不管不顾地往前冲，似要从这浓重的黑暗里撕出一道口子。

忽然，她被一阵强大得难以抗拒的力量往后一拽，径直撞入一个坚硬的怀抱。

粗重的呼吸一声声喷在她耳畔，灼热滚烫，捏住她手腕的手指却冰冷异常：“姜词，你真是个疯子！”

姜词第一次知道，原来梁景行的身体这样硬，像一块岩石，撞上去时，疼得眼泪都涌了出来，似是薄而锋利的刀片，轻轻划在她心口之上。

好疼啊！

她张了张口，眼泪扑簌簌滚落，终于还是示弱，一字一顿，声如裂帛：“梁景行，你已经长我一轮，还要继续让我等吗……”

“啪”的一声巨响，似是不远处的树枝被大风折断。

她话未说完，沙哑的声音被一个深而粗暴的吻封缄于口中。

烟味、眼泪以及雨水全混在了一起，炙热浓烈，似要将灵魂灼伤。

吻并没有持续太久，梁景行便轻喘着气离开。

姜词长长的睫毛轻颤，雨珠滚落——她发现梁景行也在微微颤抖。

半晌后，他从胸膛里推出一声轻叹，喑哑着嗓子说道：“你快要把我逼疯了。”

姜词眨了眨眼，笑了。

她何尝不是要被他逼疯了，任何努力，都好似砸进了棉花里，没有半分声响。

她伸出手指，按着梁景行紧蹙的眉头，声音轻软得不可思议：“我就知道你不该是这样衣冠楚楚的模样，果然，装不下去了吧。”

“你这话真有意思，我什么时候装了？”

“以前当着我老师的面，一口一个‘姜小姐’，还摆出一副大义凛然的模样……”

“姜词，你讲点道理，你自己不告诉陈老师你我相识，我要是拆穿你，你岂非更要恨我？”

姜词笑起来：“那后来怎么说，你是看不出来，还是假装看不出来？”

“倒是谁一口一个‘梁叔叔’？”

姜词又眨了眨眼：“我以为你很享受我这么叫你。”

“……”梁景行咬牙，“姜词，你非把我气死不可。”

他一把攥住姜词的手，将她拉进屋内，往前一推：“你赶紧给我去洗澡。”

姜词这才发现，她脚上的拖鞋掉了一只，赤着的那只脚上满是泥水。

她弯眉一笑：“是。”

梁景行沉着脸：“你是不是欠揍？”

姜词赶紧退开：“浴室在哪儿？”

梁景行抬手指了指："楼上，左边。"

姜词飞快跑上去，片刻后，又从楼梯拐角处探出头："你要不要跟我一起洗？"

梁景行："……"

"我早就成年了。"

梁景行面无表情。

姜词笑了一声，赶紧往上跑。

片刻后，梁景行收回目光，拾起地上的浴巾，在沙发上坐下，掏出一支烟点燃，深深吸了一口，在袅袅升起的淡蓝色烟雾中，叹了口气。

一支烟抽得差不多了，他起身去楼上客房里找出一件浴袍，挂在浴室的门把手上，敲了敲门："浴衣在门口，我去做饭。"

里面水声停了一下，传出姜词的声音："好。"

姜词洗完澡，将浴室门开了一线，拿了浴袍，眯眼看了看，款式简单，女式的。她换上浴袍，一边拿吹风机吹头发，一边观察着流理台。

一套 LA MER 的化妆品、脱毛膏、香奈儿五号香水……梁景行这里女人的东西未免太多了。

姜词拿起洁面乳，掂了掂重量，似乎已用了一半。

她将头发吹至七分干，关了吹风机，走出浴室，观察着梁景行的这套别墅。别墅面积很大，统共三层，这一层有两个卧室，其中一间带有步入式衣帽间，里面挂着十几套女人的衣服，春夏秋冬的都有。

姜词正要细看，忽听见楼下传来喊她的声音，急忙走出去，应了一声。

梁景行站在厨房门口，仰头看她："还没洗好？"

"好了，我马上下去。"

姜词将脏衣服放进洗衣机里，设定了洗涤程序，跑去一楼。梁景行正在切菜，还在滴水的黑色衬衫衣袖被挽了起来，刀工看着虽不甚娴熟，倒也像模像样。

"你先去洗澡吧，都湿透了。"

“没事，一会儿洗。”

姜词从他已经切好的番茄里拿起一片，喂进嘴里。

梁景行动作停了一下：“饿了？”

“还好。”虽这么说着，她却眼巴巴地盯着一旁花花绿绿的蔬菜，似要找出什么能够开袋即食的东西。

“那吃面条吧，比较快。”梁景行拔下了一旁刚刚插上的电饭锅。

姜词跟着梁景行在灶台旁转悠：“你经常做饭吗？”

“不经常……”梁景行看她一眼，叹了口气，“你能不能停一停？晃得我头晕。”

姜词笑了：“这么快就嫌弃上了。”

梁景行将面条丢进煮沸的水中：“当然。我告诉你，姜词，我现在已经后悔了。”他低头看着她，“年纪不大，一脑子鬼主意，竟然好意思指责我招惹你。”

姜词忍俊不禁：“梁老师，你听没听过六祖慧能的故事？印宗法师讲经，风吹幡动，他问：‘是风动还是幡动？’有人说风动，也有人说幡动。惠能说：‘不是风动，不是幡动，仁者心动。’”她伸手在他腰上戳了一下，似笑非笑地瞅着他，“本来无一物，何处惹尘埃呢，梁老师？”

梁景行将她的手指捉住：“规矩点，小心一会儿不给你晚饭吃。”

“你舍得饿着我吗？”

梁景行面沉如水：“有什么舍不得，饿死一个算一个。”

面很快熟了，梁景行捞上两碗，端去餐厅。姜词兴许饿得狠了，也不说话，哼哧哼哧吃着，一大碗面条很快见底，又添了半碗，也吃得一点不剩，这才停了下来，摸了摸鼓起来的肚子：“厨艺比我好多了。”

“觉非父母忙，小时候常跟着我，他挑食，我就这么练出来的。”

姜词张了张口，想问问是不是许尽欢也常在他这儿住，还留了这么多东西，更想问他们两人究竟是什么关系，她插在中间，算不算是当了第三者……可她这人心高气傲，这样的话，无论如何说不出口。

但凡是个男人，三十岁且身体正常，都该有些男女关系，否则才是不正常。姜词虽然年纪不大，但因为是学艺术的，对这方面倒是看得很开。

吃完饭，梁景行冲了个凉，从浴室出来，没看见人影，便唤了一声，随即从楼上传来姜词的声音。

梁景行走去楼上阳台，见窗户大开，姜词正攀着栏杆，半个身体都探了出去。梁景行急忙将她一拉，一把关上窗户："小心点。"

她刚刚换上的浴袍淋湿了些许，素净的脸庞上沾了点雨水，她笑吟吟地望着他，黑亮的眼睛似被洗过一样。

梁景行收回目光："到客厅去，我们聊一聊。"

梁景行替她煮了杯热牛奶，搁在茶几上，到对面坐下，点了支烟，慢慢抽着："不过一个雅思考试，都是小问题，再考一次就是了。"

姜词神色一敛："这次申请留学名额就两个，错过了不知道还要等多久。"

"法国那么多学校，不必非得拘泥于这一所。我也会帮你多打听打听。"

姜词端起杯子，浅浅喝了一口，有些烫，但喝下去的瞬间，倒觉得极为熨帖。

梁景行仍没有开口，烟夹在他的指间，渐渐聚了一截灰。片刻后，他将还剩一半的烟掐灭，似是做了什么决定："下学期，我去崇城大学给你上课吧。"

"那你岂不是更能光明正大地管我？"

"我可管不了你，我要去，也只给摄影系的上课。"

姜词张了张口，将大半杯牛奶一饮而尽，垂头低声道："我明天得去医院见语诺的爸爸。"

刘亚芬没对姜词造成太大伤害，在派出所说明情况之后，在姜词的坚持之下，这事也就协调解决了。临走前，她狠狠瞪了姜词一眼，那黑漆漆的眼中，似有无限的怨恨。

“法律上，你并不对张德兴负有任何责任。至于你父亲，公司破产，所有财产均被抵押没收，加之出车祸去世，法院不会对其经济犯罪行为追究无限责任。换言之，阿词，你是清白无辜的。”

姜词神色恹恹：“这话，我爸的律师曾跟我说过。早年我爸的公司刚开张，张德兴跟着我爸走南闯北，立下了汗马功劳。张德兴如今瘫痪了，全因我爸而起，我不能凭着别人的一句‘清白无辜’，就丢下他不管……我良心上过不去。”

“那你打算管到几时？张德兴一辈子瘫痪，你准备照顾他一辈子？”

姜词没吭声，她对张语诺一家，尤其是对张语诺的情绪，实则十分复杂。

出事前，两家交好，姜词一直将张语诺当亲妹妹看待。出事之后，张语诺没与刘亚芬同仇敌忾，让姜词十分感激。但如今她的境遇与之前有着云泥之别，她再也无法如往日一样看待张语诺。每次张语诺笑吟吟地与姜词分享种种趣闻之时，姜词心里就会生出一种扭曲的嫉妒——嫉妒她是受害人，嫉妒她立场鲜明，更嫉妒她良心安稳。

当然，这些隐晦的心事，姜词肯定不会说给梁景行听。

梁景行叹了口气，思索片刻，说道：“你过几天再去，他刚知道自己瘫痪，恐怕情绪不稳。”

静默了半晌，梁景行再没开口说话。姜词抬眼：“这就聊完了？”

“当然，你还打算聊什么？”

姜词斜睨着他：“我们呢？”

梁景行移开了目光：“我们有什么可聊的。”

姜词立即从沙发上站起来，蹲到梁景行跟前，仰头看他：“梁叔叔，你不诚实。”

梁景行扶了扶额头：“别这么叫我。”

姜词乐了："你是不是真后悔了？"

梁景行的目光落在她脸上，沉静淡然，和他这人一样："不后悔，有什么可后悔的，活了三十年，什么样的结局接受不了？"

姜词并未细想他这话，听他这么说，心里满满胀胀的，只觉得高兴。她往前一步，将头轻轻靠在他的膝头，轻轻唤了一声："梁景行。"

梁景行"嗯"了一声，伸手抚着她的发，动作轻柔。

片刻后，姜词脚麻了，这才站起来。她还有无数的话想问他，可又觉得这数个小时发生的一切跌宕起伏，她应该花费些许时间捋一捋。梁景行既然接受了她，她有的是时间，有什么可着急的？

"我想先去睡觉。"

梁景行跟着站起身："好，你是该休息一会儿。"

姜词被领去有衣帽间的那间卧室，她在门口停了脚步，试探地问道："这房间平时谁睡的？陈觉非？"

"许尽欢。"

问这话的时候，姜词一直注视着梁景行，然而他神情如常，似乎并不以为有个女人常在他这里住有什么不妥。

她还要细问，梁景行搁在茶几上的手机忽然振动起来，他匆匆嘱咐一句："我就在隔壁，有事叫我，晚安。"说罢，顿了顿，他伸手将她虚虚一搂，便转身往客厅去了。

姜词望着他，见他接起电话，点了支烟，走到了窗边。烟灰色的家居服衬得他眉目沉静，在他身后，是一窗风雨。

姜词敛目，走进房里，轻轻阖上了门。

姜词这一觉睡得极沉，醒来已是天光大亮。窗外日色明净，隐约有鸟声啁啾。她从床上爬起来，打开窗户往外看了一眼，这才发现天已放晴，窗前青翠的枇杷树上，停了几只布谷鸟。

姜词静静看了一会儿，合上纱窗出去。二楼静悄悄的，没有人，姜词走到楼梯口，往下看去，梁景行正在往面包上涂果酱。

梁景行也不抬头："还不赶紧下来，都几点了。"

姜词看了看挂钟，时针赫然指向十点，她不由得咋舌："你怎么不叫我？"

梁景行将面包和牛奶递给她："我预备十分钟之后就上去叫你。"

姜词也不坐下，背靠着餐桌，咬了一口面包，笑看着他："你什么时候起来的？"

"七点。"

"起这么早？"姜词打量他一眼，衬衫西裤，穿着正式，"要出门了？"

"有点事。"梁景行并未细讲。

他这一趟，先去了崇城大学找副校长许秋实。

许秋实便是许尽欢的父亲，也擅文墨，早些年做过崇城书画协会的会长，本身也是赫赫有名的书法家。梁、许两家交好，梁景行小时候跟着许秋实学过几年书法，后来上高中读了理科，才渐渐荒废。

许秋实的办公室在行政楼的三楼，窗户朝南，正对着图书馆古朴的大楼。梁景行到的时候，他正在做早课。

许秋实四十多年的习惯，晨起一定要练一个小时的基本功，横撇竖捺，永字八法，酸梨木的案上，铺了厚厚的一沓宣纸。

"还有半张，景行，你先坐着，自己泡茶。"

梁景行提起一旁小火炉上的水壶，泡了两杯铁观音，等许秋实练完的时候，茶水温度正适宜。许秋实濯了濯手，端起茶杯浅啜一口，笑道："你一贯无事不登三宝殿，这回又是什么事？"

梁景行笑了笑："能有什么事，想在您屋檐底下讨口饭吃。"

许秋实瞥他一眼："怎么？你在崇美不是干得好好的吗？"

梁景行笑道："左不过也就三四年，今后全心全意帮我姐打理公司。"

许秋实意味深长道："实话实说吧，为了哪个亲戚来的？"

"算不上亲戚。"梁景行顿了顿。

“那是谁，能有这么大面子？”

“陈同勖先生的关门弟子，您听过吗？”

许秋实想了想：“人倒是没见过，不过我似乎见过她的一幅画。”

梁景行一怔：“什么画？”

许秋实搁下茶杯，微蹙眉头，沉思片刻，一拍手掌：“在一位藏友家里，我记得是幅人物画像。那人还说呢，那画买时花了二十三万，如今恐怕一文不值。”

梁景行忙问：“您还记得是哪位藏友吗？”

许秋实沉吟片刻，摇头说：“也是去年的事儿了，一时想不起来，回头我问问欢欢。”

梁景行点头：“行，您要是想起来，一定打电话告诉我。”

许秋实看他一眼：“依你的意思，陈先生这位爱徒，是在我们学校？”

“学广告设计的，暑假过了升大二。”

许秋实：“我记得她那幅画倒是画得不错，专业基本功过硬，怎么没去美院？”

梁景行便将各种原委告诉给了许秋实，许秋实颇为唏嘘。

又闲聊了一会儿，许秋实说回正事：“你准备开什么课？”

“开门选修课吧。”

“那我跟摄影系里打声招呼，具体的你自己去跟他们商量。”

“行，麻烦您了。”

临走前，许秋实问及许尽欢的下落：“她现在也是越来越野了，满世界跑，连声招呼都不打，你知不知道她现在在哪儿？”

“前几天给我打电话，说是去土耳其采风了。”

许秋实低哼一声：“采什么风，我看是发疯还差不多……景行，你俩的事抓点儿紧，结婚了好管管她。”

梁景行笑了笑：“这事儿得看尽欢自己的意思。”

车停在行政楼下，梁景行拉开车门，叹了口气。驾驶座上的刘原看他一眼："怎么了梁哥，又被逼婚了？"

梁景行没说话，点了一支烟。

刘原将窗户打开，发动车子："要我说，许小姐这做法不是长久之计，哪能一直拿你当幌子呢？梁哥你自己也得恋爱结婚吧，要是今后让你女朋友知道了，难道不会吃醋？"

梁景行立时一怔，片刻后在心里骂了自己一句。

他那房子里全是许尽欢的东西，从内衣到化妆品，应有尽有，昨晚姜词睡在她房里，莫非一点不多心？姜词是学艺术的，本就心思敏感，又七窍玲珑，怎么可能毫无觉察，可偏偏面上半点没显露……

"梁哥，现在回别墅？"

梁景行回过神来，目光沉沉："先去趟崇城一医。"

他从医院回来之后，就是现在这个点了。

姜词一口一口嚼着面包："你等会儿有没有时间？送我去趟陈老师的画室，我得负荆请罪。"

梁景行点头："顺便收拾几套换洗衣服，暂时住我这儿。"

姜词笑看着他："迫不及待要跟我同居了？"

梁景行沉着脸："满脑子乌七八糟——我是担心刘亚芬再去找你，你一个人住不安全。"

姜词几下将面包吃完，喝了口牛奶："梁老师，关关雎鸠，在河之洲。《诗》三百，一言以蔽之，曰：'思无邪。'你不能自己心思龌龊，就将别人想得肮脏。"

梁景行一掌轻拍在她头上："别废话了，赶紧去换衣服。"

吃过早餐，姜词去了陈同勖那儿，将昨天发生的事告诉给了陈同勖。

陈同勖瞧见她手臂上绑着的纱布，忙问："你人没事吧？"

"没事，只是皮外伤。"

陈同勖宽慰她两句，"人没事就行，学校以后慢慢申，你才大一，不用这么着急。正好，七八月陪我去趟青海参加交流会，沿途顺道采风。”陈同勖敲打她，“今后可要把画画一事当成职业，再不可随心所欲了。”

从画室出来，姜词随着梁景行去了趟晚霞路，将衣服和日用品整理出来，正式住进了梁景行的别墅。

第七章
近与远

姜词在梁景行的陪同之下，去了趟崇城一医，但没见到张德兴的人。她敲了门，在门口等着。过了半晌，张语诺静悄悄地出来了：“我爸刚输完液，还在睡觉。”

姜词心下了然，只问：“张叔叔情况怎么样？”

张语诺面色尴尬，避开了姜词的注视，拿眼角余光瞟了瞟站在姜词身后的梁景行，低声说：“姜姐姐，能不能借一步说话？”

姜词看了看梁景行，后者轻轻点了点头，她便随着张语诺走到了走廊那端。

“我爸的情况，也就这样了，脊柱受损，下半辈子只能坐轮椅。”先前活泼的小姑娘此刻满面愁容，这几日肯定也是没休息好，眼窝下一圈乌黑。

姜词嘴唇微张，一句“对不起”卡在喉咙里，她嗫嚅片刻，还是闭了嘴。

张语诺鞋尖轻擦着地板，目光也垂下去，似在犹豫。

“有什么就直说吧。”姜词声音发哑，一句话有半句都没什么声儿。

正是中午吃饭的时候，护士来来往往，走廊里吵吵嚷嚷，张语诺往旁边让了让，仍是低着头，没敢看姜词的眼睛："我爸让我向你转达几句话，他说……"她咬了咬牙，似乎难以启齿，"他说，今后张姜两家之间的恩怨纠葛一笔勾销，你不用对他瘫痪这事儿负责，他今后也不打算再见你……"

张语诺说着说着，声音里已带了几分哭腔："姜姐姐，请你理解，我爸毕竟……"

"没事……"姜词勉强勾了勾嘴角，按着张语诺的肩膀，"我知道了，我会照着张叔叔的意思做。"

张语诺捂住嘴，别过脸去，从手指缝里传来几声呜咽。

姜词脸上强堆出来的笑容慢慢淡了，她收回手，垂在身侧，低头静站了片刻："那我走了。"

张语诺吸了吸鼻子，没作声。

姜词退后一步，转过身，慢慢走回去。到了梁景行跟前，她仰头看他一眼，又收敛了目光。

梁景行明了，揽着她的肩膀，语带叹息："走吧。"

过了两天，姜词接到陈觉非的电话，约她聚餐。姜词思及上回陈觉非生日的景象，意兴阑珊，委婉地回绝了。

"和上回的派对不一样……"陈觉非忙说，"就在酒店里定了个包间，去的都是我朋友。"

姜词顿了顿："你邀请语诺了吗？"

陈觉非沉默数秒道："她听说我要请你，就说不去了——我正要问你这事儿呢，你跟语诺是不是吵架了？"

姜词心里五味杂陈："我就不去了，还有事，你让语诺去吧。"

陈觉非沉吟："那好吧。"

"回头找个时间，我单独请你，给你饯行。"

陈觉非笑了："那我可真是受宠若惊了。"

此后一阵，姜词和梁景行都忙得脚不沾地。姜词在画室帮陈同勖，梁景行除了要打理公司，还被系里抓了壮丁，负责招生工作。是以两人虽住在同一屋檐下，但每日见面的时间，只有睡觉前的数个小时。

陈觉非成功申请了澳洲的一所大学，暑期便提前过去了，临行前与姜词吃了一顿饭。

二十五号，姜词便要随同陈同勖出发去青海。

姜词临走前一晚，梁景行特意提早下班，去姜词家里盯着她收拾行李：“高原上夜里温度低，你怎么能只带短袖？”

姜词“哦”了一声，往空荡荡的箱子里多塞了几件长衣长裤。

梁景行一样一样检查她带着的日常用品，结果发现防晒霜系数完全不够，常用药全没准备。他无奈地叹了口气，拎着她出门买东西。

两人一起逛街，还是第一次。

老城区虽破烂不堪，但好在各类商铺应有尽有。两人先去选购防晒霜，经过男士护肤品的货架时，姜词瞥见了一款正在做活动的香氛凝露，心想，不知道梁景行平日里用的什么，一靠近便有一股浅淡好闻的气息，可闻着又不像香水那样浓烈刻意。

伺机而动的导购立即凑到姜词跟前：“小姐，现在这款正在做活动，买一送一的，夏天热，我们这款商品抹上去非常清凉，你男朋友用正合适。”

姜词听见“男朋友”这词，勾了勾嘴角，但还是谢绝了导购的推销：“谢谢，我们自己看。”

绕过货架，姜词笑看着梁景行：“看来你还不算显老。”

“大你十二岁，还不老？”

姜词笑起来：“一直没问你，你是什么时候见色起意的，又是怎么过心里这道坎的？毕竟，按你说的，你可大我十二岁。”

梁景行神色未变：“想知道？”

姜词点头。

梁景行笑了一声，凑近一步，低头看着她，微微挑了挑眉：“不告诉你。”

姜词顿时呼吸一滞，过道本就狭窄，梁景行这样一靠近，两人几乎挨在了一起，姜词便似整个被梁景行搂在了怀中。

姜词忙伸手在他胸膛上轻轻推了一掌："这么热，凑这么近干什么。"随即她又欲盖弥彰地拿手背擦了擦脸颊。

一声轻笑传入耳中，姜词耳根烧得更红。

去青海的队伍，一行五人，除了陈同勖和姜词，还有一位画家，带着两个年轻学生，一男一女。

男的叫方青岩，在崇城大学读大三，斯文秀气，与人说话时不疾不徐，戴一副窄边眼镜，颇像年轻时的香港演员吴启华。

而女学生谈夏和姜词同年，高个儿、长腿，身形苗条，一身健康的小麦色皮肤，大眼、丰唇、高鼻梁，长得颇具风情，典型的黑里俏。她是今年的应届生，且同样填报了崇城大学的广告设计系。

方青岩和谈夏显然此前就认识，在飞机上两人就凑在一起拿平板电脑看电影，相对的，姜词就落了单。不过姜词毫不在意，抓紧一切时间补眠。

到了西宁，他们先去了主办方提供的酒店。因为有人超额携带家属，最后留给他们五人的只有剩下的三间房。如此，姜词只得跟谈夏住一间。

方青岩帮姜词和谈夏将行李搬进房间，谈夏进去晃荡一圈，转头笑吟吟地问道："姜词，我能不能睡里面这张床？我喜欢挨着窗户。"

姜词淡淡回答："随意。"

方青岩放下箱子，笑说："你们先冲个凉换身衣服，等会儿出去吃饭。"

谈夏已摊在床上玩起了手机："知道了，师兄，你可真啰唆。"

方青岩出去之后，姜词打开箱子，问谈夏："你现在洗澡吗？"

谈夏手指翻飞不停："你先洗吧。"

姜词进浴室，刚刚脱衣往身上抹了沐浴露，忽听见外面传来一声惊叫，她吓了一跳，差点扔了花洒，忙高声问道："怎么了？"

谈夏不但没回答，反而迭声叫着，一声高过一声。

姜词急忙冲了水，拿起浴巾往身上一裹，拉开浴室门，便看见一道身影唰地从眼前晃过，打开了房门，高喊着“救命”。

过了片刻，方青岩从隔壁房间出来，按住谈夏的肩：“怎么回事？”

“我刚才正在玩手机，有只蜘蛛爬我头发上了！”

“没事儿，我进去看看。”说完他抬头进去，恰好撞上正要往浴室去的姜词——她只裹着一条浴巾，肩和腿大半露在外面，手里捏着张纸巾。

方青岩一怔，别开了目光，慌忙道歉：“对不起，我听谈夏……”

姜词一时羞恼，眉头紧蹙，将纸巾往方青岩手里一塞：“赶紧喊前台过来。”说罢，她一闪身进了浴室，“啪”的一下关上门。

方青岩愣了愣，打开纸巾看了一眼，里面包着一只褐色的蜘蛛。

很快酒店值班经理过来了，连声道歉，给她们换了个更好的商务套房。

姜词已在浴室换好衣服出来，还在滴水的头发搭在锁骨前，漆黑如墨。她神情不悦，蹲在地上将拿出来的东西又一件一件放回箱子。

方青岩想着得上去解释，又一时踌躇。

姜词收拾好东西，将箱子立起来。方青岩急忙上前：“我帮你提吧。”

姜词正想开口拒绝，一旁的手机振动起来，她便撒了手，由着方青岩，自己拿起了手机。

“到酒店了？”

姜词提着包，跟在方青岩和谈夏身后：“到了，原来的房里发现了蜘蛛，正在换房间。”

“你怕吗？”

姜词拧眉：“我住的地方可是蟑螂窝，怕蜘蛛像话吗？”

走在前方的谈夏脚步微微一顿。

梁景行笑了一声：“安全到了就行，跟着陈老师好好学习，别心有旁骛。”

姜词勾了勾嘴唇：“我怎么心有旁骛了？”

梁景行低沉的笑声立时飘过来：“你说呢？”

姜词耳根一热，绷起了表情：“好了，我晚上再给你打，等会儿要出去吃饭。”

谈夏放慢了脚步，看着姜词将手机揣进口袋，笑问：“你男朋友？”

“嗯。”

谈夏只笑了笑，再没下文，也不知道这问题用意为何。

到了楼上，方青岩替二人安置好，出去之前，走到姜词身旁，推了推眼镜：“那个……姜词，刚才我……”

姜词正在开行李箱，手指一顿，微微抬眼：“没事。”毕竟他并非故意，也没看到不该看的。

一旁的谈夏淡淡开口：“师兄，你赶紧出去，我要洗澡了。”

在西宁的几日，自然算不上多有趣，每日都是开会，吃饭，开会，吃饭……各式各样的会，各式各样的饭。她知道老师陈同勖也不喜欢，从他下了酒席之后总是冷着一张脸就可以看出。可现在正开的这些会，是西部某个文化项目的一部分，陈同勖是老派的文化人，身上总有种铁肩担道义的责任感。

一周后，姜词感觉自己都要把这辈子的会开尽了，交流总算结束，之后便马不停蹄地奔赴各个景点。

经过这些天的相处，姜词与谈夏和方青岩渐渐熟悉起来，但也只限于平日的正常交流。

大约是顾念着那日的失礼，在路上方青岩对姜词颇多照顾，买票、拎行李、扎帐篷这些事，全是他一手操办。

而谈夏吃不得苦，步行超过半个小时就会开始喊累。但她有一种本事，能不知不觉间发动周围人按照她的意愿行事，尤其是她的老师。这样的后果便是，他们游完了青海境内，又顺道去了西藏，计划两周结束的行程，生生拖到了二十多天。

一行人回崇城已是八月，夜里十点到达机场，陈同勖的一位朋友来接机，先将姜词送回了楼下。姜词拎了拎箱子，有些犯难，去时只带了衣服和日常用品，回来时却塞了半箱子的纪念品和特产，拎着箱子她走两步就得歇一会儿。

正这时，手机振动起来。

姜词喘了口气，接起电话："我刚到家。"

"那歇口气，赶紧下来。"

姜词一愣："下哪儿？"

"楼下……"顿了顿，梁景行似怕她再问蠢问题，又补充一句，"你家楼下。"

姜词低低地"啊"了一声，忙说："你等我！"她看了一眼沉甸甸的箱子，"等我！我马上下去！"

她又拎了几级台阶，眼看着到家遥遥无期，楼道里不知谁扔了个废旧的编织袋，她索性将箱子往旁边一放，用袋子盖住，飞快地跑下楼。

梁景行正倚着车子抽烟，见她来了，还没将烟掐掉，已被她扑了个满怀。他单手抱着她，另一只手先丢了烟，抬脚踝熄："慢点，我又不会跑。"

姜词将脸埋在他的胸膛上，只紧抱着他，不作声。

半晌后，梁景行一只手按在她背上，低声说："姜词，你先松开。"

姜词摇头，将他抱得更紧。

梁景行无奈，低低地笑了一声，修长的手指轻按着她的头顶，沉沉，贴着她的耳郭，声音似烈酒般醇厚："你不松开，我怎么亲你？"

姜词一愣，不由得仰起头来，还没看清，吻已落在她的唇上。

这还是两人第二次接吻。

她与他开玩笑时生猛不忌，可面对真枪实弹，却是羞赧无措。

片刻后，梁景行松开她，整了整衣领，状似无意地将她往后轻轻推了推，隔开一段距离，低头看她："吃晚饭了吗？"

姜词仍沉浸在方才这目眩神迷的亲密之中，温顺地点了点头，又摇了摇头：“只在飞机上吃了一点。”

“那带你去吃点夜宵。”

姜词点头，又想起自己扔在楼道里的箱子：“你得先帮我个忙。”

梁景行拎着行李箱毫不费力，一口气便上了六楼。姜词翻找出钥匙，开门将箱子放进去，关门的时候，想起什么，顿了顿：“你怎么不自己上来？”

梁景行神色如常：“太晚了，不合适。”

姜词将门反锁：“我在你家里住了那么多天，你怎么不说不适合？”

梁景行一时没说话，片刻后说：“那是权宜之举。”

姜词瞅着他，似笑非笑：“梁老师，我觉得你思想包袱有点重。”

梁景行掀了掀眼皮：“你再叫我一声‘梁老师’，恐怕我思想包袱就更重了。”

姜词乐不可支，挽着梁景行：“有一点你说对了，我就是个疯子，丝毫不在意别人怎么说我……”顿了顿，她却又微微蹙了蹙眉，缓缓松开了他的手臂——她不在意别人怎么说自己，可她在意别人怎么说他。

姜词这动作，梁景行自然是看在眼里的，目光沉沉，却一言未发。

两人走了一段路，找到一家仍在营业的糖水铺子，点了碗红豆汤圆。巴掌大的店面，没开空调，只在侧面墙上挂了架电风扇，吹出来的全是热风。

吃了两勺汤圆，姜词热得满头大汗，索性让老板打包：“太热了，我还是回去吃吧。”话音刚落，她便想起自己家里也是没有空调的，去年三伏天，最热的时候，她晚上只得将凉席搬去屋顶睡觉。可外面蚊子多，一晚上下来，被咬了一腿的包，她又是疤痕体质，留下的印子到今年都还没消尽。

“去我车上。”梁景行沉声道。

在车里，坐了片刻便凉快下来，姜词一口一口吃着汤圆，只觉惬意无比，却又不由得担忧今晚上在自己蒸笼似的房里该怎么睡觉——自尊心使然，她绝不会主动提出去梁景行处借宿。

等她忧心忡忡地吃完，已快到十一点，梁景行又将她送到楼上门口，临走前说道："你八月有什么打算？"

"我得跟陈老师交几幅画，好歹去西部进行了一趟'灵魂之旅'，得做出点成绩。"

梁景行笑了："好。"站了片刻，虽觉不舍，但他还是退后一步，目光落在她脸上，低声道，"那我走了，关好门，有事随时打我的电话。"

姜词没动，轻唤一声："梁景行。"

手机背光早就熄了，只从一侧的气窗能看到窗外暗蓝的天空，却也是昏昏沉沉的。

黑暗里，只有两人的呼吸声，一声，又一声。

姜词忽上前一步，抓住梁景行的衣领，踮脚凑了上去。

不同于先时那个久别重逢的吻，这一个充满了更多的意味。

父亲去世之后，她以为自己从此便是无根浮萍，可命运让她遇见这样一个人，像一根长而紧实的线牵住她，让她免受颠沛流离、雨打风吹。

七月流火，渐渐到了开学的时候。这一个月里，姜词交上了四幅画，不像十五岁那年闹着玩儿的拍卖品，如今的作品，是她进入职业圈的探路石。她惴惴不安，索性做只鸵鸟，不主动向陈同勖打听这些画的下场。

这学期，对姜词而言最大的变化便是，在梁景行的强烈要求之下，搬去了学校住宿。因是现在才申请，学院便将她同大一新生安排在同一层。

开学当天，姜词去新宿舍收拾东西。

正在铺床，忽听见门外传来一道熟悉的声音，姜词回头，果见谈夏的身影一晃而过。

姜词并不想与她多打交道，移开了目光，没有喊她，只当没看见。

铺完床，姜词坐在椅子上喝水，门口光线忽被遮住，她抬头一看，对上一张笑容明媚的脸。

“姜词，就说看着像你！”

姜词缓缓拧上瓶盖，也附上一个礼貌的笑：“谈夏，好久不见。”

谈夏见姜词对面的椅子上没人，转个身坐上去，手臂枕在椅背上，笑吟吟地看着姜词：“暑假过得顺利吗？”

“还好。”

两人不咸不淡地聊了一会儿，隔壁宿舍有人喊了一声，谈夏起身：“我就住旁边，有空找我玩。”

姜词应下，望着谈夏出去，脸上笑容立即隐去。

清闲了几天，社团招新开始，姜词顿时忙得焦头烂额——梁景行听说她大一独来独往，没有加入任何社团，便要求她无论如何，一定要跟着大一新生把缺下的这一课补起来。姜词不敢违逆，最后随便报了学生会的宣传部。

这段日子，她与谈夏的交往倒是频繁起来。两人宿舍相邻，新同学彼此还不熟识，无论吃饭还是社团面试，谈夏总会主动来找她。姜词顾忌陈同勖与谈夏的老师是朋友，不好与她闹得太僵，况且细论起来，谈夏只是脾性不对她胃口，并未做过如何出格之事。几次之后，姜词卸下心防，权当多个伴，不深交便是。

这天上完课，姜词回宿舍闷头睡了半小时，被谈夏叫起来：“姜词，晚上院办报告厅有个讲座，一起去吧？”

姜词打了个哈欠，睡眼惺忪：“谁的讲座？”

谈夏递给她一张折页广告。

石青底色，淡白文字，封面只有两句诗：万籁生山，一星在水。字是手写，遒劲洒脱，极具风骨。

姜词鲜少见到如此具有艺术感的广告，好奇地翻开。目光扫到主讲人的名字时，她立时一怔，困意去了大半。

谈夏笑说：“我很喜欢他的摄影作品，前几年他在家乡办过一场签售，我也去参加过。”

姜词目光定在那人的照片上，嘴角不自觉地向上一扬，答应下来。

秋高气爽，天空是水洗蓝夹了一点象牙白的色调，崇城少有这样纯净的天色。姜词和谈夏吃完饭出发往院办去时，琥珀色夕照已经退却，天空变成冷寂的青蓝。

两人到得有些迟，刚刚落座，主持人已讲完话，邀请主讲人上台。热烈的掌声中，梁景行走上讲台，优雅地微微鞠了一躬。

他今日穿一身正式的西装，从袖口露出一截白色的衬衫，系一条藏青色的领带，打着半温莎结。

姜词手托腮，饶有兴味地看着他。

讲座的主题主要针对摄影技术与文化表达展开，梁景行讲话有理有据、不疾不徐，只在讲到自己作品的例子时，情绪会高昂一些。

对于梁景行的几重身份，姜词并未认真去了解过。于她而言，梁景行以前是良师益友，现在是她的恋人，不是记者、摄影师或老师这些词语所能框定的。

是以此刻真看见他的作品，她立时震惊得哑口无言。

其中有一张让姜词印象最为深刻，那是一幅雪景图，镜头拉得极远，天地一色，上下皆白，只在空间尽头的冻湖中泊着一叶黑色小舟。

看到这张照片时，姜词心里陡然生出一阵难以名状的心慌。

这景物和构图太过苍凉、荒寂，她从未见过，更未曾体会，即便她经历过家破人亡的打击。然而死亡、失败，这些情感都是极其浓烈的，在绘画中，可以用上大片狂乱的红、厚重的黑来进行描绘……可这雪这天，全是留白。

这份“从未”让她莫名心慌，仿佛一个刚刚识字的孩童，突然发现原来这世界远比他以为的更加宽广，并且永远有一部分他无法知晓，更无法掌握。

这是她不了解的梁景行，是十二年的岁月错落造就的差异。

姜词回过神时，讲座已经结束。梁景行鞠躬道谢，干脆转身，没有留给其他人提问的时间。

谈夏有些失望："哎呀，没要到签名。"

姜词没说话，站在她身边，跟随退场人群慢慢走出院办大门。

路上，谈夏与她讨论刚刚讲座的内容，姜词心不在焉，偶尔漫不经心地"嗯"一声。

崇城大学随处可见高大的悬铃木，深深浅浅的树影铺了一路，向前延伸，从光明到黑暗。

姜词停下脚步。

谈夏侧头看她："姜词？"

姜词抬眼："我还有点事，你先回去吧。"

谈夏点头："那你注意安全，宿舍十一点关门，早点回去。"

姜词看着谈夏的身影走远，转身朝着来路飞奔而去。穿过后门和大楼后方的绿化带，便是院办的停车场，她踮起脚，举目搜寻，没想到自己竟这样幸运，丝毫不费工夫，就找到了那辆黑色的保时捷。

车里没人。

姜词想也没想，伸手一撑，跃上车头，在上面坐了下来。车子被惊动，哇啦哇啦响起警报，姜词只当没听见，晃悠着两条细长的腿，耐心等待车主归来。

不知道过了多久，车子忽然"嘀"地响了一声，姜词缓缓抬眼，看见水泥地上有一道极长的影子，正朝着自己慢慢靠近。

五秒钟后，影子停下来。

姜词缓缓抬头。

梁景行嘴里叼着一支烟，黑暗里一星红光忽明忽暗。惊讶的神情在他脸上浮现，随即很快隐去，化作一抹浅淡的笑。

姜词缓缓勾起嘴角："梁老师。"

梁景行走近："你怎么在这儿？"

姜词看着他："我刚刚听了你的讲座。"

"我的荣幸。"

"我室友很喜欢你，请我帮忙找你要个签名。"

"签在哪儿？"

姜词从车头上跳下，马尾也跟着一晃。她伸手掏了掏牛仔裤左边的口袋，摸出几张纸币；又掏了掏右边，带出一串钥匙；屁股后面的口袋则空无一物……她只好指了指自己身上的白 T 恤："这儿。"

梁景行顺着瞥了一眼，哭笑不得："那下次再签吧。"

军训这段时间，姜词忙得脚不沾地，压根没跟梁景行见上面，粗略一算，怕已有两周了。此刻好不容易见着，她自然不甘心就这样回去："我晚饭没吃饱，饿了。"

梁景行眼也没眨，拉开车门："走。"

车上，梁景行问她听讲座的感受。

"感受啊……"姜词歪头想了想，"听说你这学期开了选修课，这么多情敌，恐怕我是选不上了。梁老师，让我走个后门，给我留个名额。"她当梁景行那天只是随口一说，没想到他真来了崇城大学当老师，顿时倍感压力。

梁景行忍俊不禁，"就没别的了？"

"有啊……"姜词转过头，认认真真看着他，"替我拍套写真吧？"

"我不太擅长拍人物。"

"没关系啊，我就想看看你拍出来的我是什么样的。"

梁景行仔细想了想："行，找个时间吧。"

从学校西门出去，是一条极为热闹的小街，沿路都是餐馆，巷子里宾馆林立。几乎每所高校周围都有这么一个地方，人称"腐败街"。

姜词打开车窗，看了看前面五光十色的霓虹灯："要让人撞见你在这里，会不会不太好？"

梁景行神色平静："没事。"

姜词想了想，仍觉不妥，梁景行毕竟是老师，真要让人认出来，众口铄金，积毁销骨：“算了，还是换个地方吧。”

“真没事，不过吃个饭，何至于这样杯弓蛇影。”

姜词摇了摇头，神情严肃。

梁景行一时心情复杂，无声地叹了口气：“你明天有没有课？”

“正式上课要在十一之后，明晚院里开迎新晚会。”

“那去我家。”

姜词咂摸着这句话，总觉得要是让外人听见，恐怕会比“崇城大学副教授出没腐败街”更加糟糕，她想得乐了：“你家只有面条。”

“有面条你就该知足了，谁过了九点还吃东西？”说着他不由得偏头打量，不过半月没见，她仿佛又瘦了一点，“你在学校是不是没吃好？”

“还好，主要是军训累的。”

“多吃一点，瘦得都没形了。”

姜词笑起来：“是谁说的，‘过了九点还吃东西’？”

去了别墅，梁景行煮面条的时候，姜词挨他站着，“咔嚓咔嚓”啃着一个苹果。

梁景行问她在学生会习不习惯。

“还好。”姜词不想多谈，换了话题，“我趁军训的时候，把大一的男生看了个遍，没看见一个养眼的，我觉得这极有可能严重影响接下来三年我的创作欲望。”

“……”梁景行盖上锅盖，等水煮沸，“你知道我想说什么吗？”

姜词眨了眨眼。

“我觉得你胆大包天。”

姜词笑起来：“梁老师，大气一点，看男生算什么，我还……”她陡然住了声。

“还什么？”

姜词忙啃了几口苹果，连连摆头，含混地说道：“没什么。”

梁景行目光落在她脸上，意味不明地停了一瞬，缓缓移开。过了一会儿，面条煮好，梁景行揭开盖子，白茫茫的蒸汽立时腾起，笼住了两人。

吃完饭洗漱之后，时间已经不早了，姜词仍如之前一样去许尽欢睡过的那个房间，开门的瞬间，愣了一下——

挨墙立着数个瓦楞纸盒，而摆在桌上的化妆品和首饰都不见了。姜词赶紧去衣帽间，里面同样被收拾得干干净净。

“许尽欢过两天会把东西拿走。”梁景行不知什么时候到了门口。

姜词立即转身看他，心里生了数个念头，可最终只平淡地“哦”了一声。

梁景行走进房间，在床上坐下，仰头看她：“阿词，关于我和许尽欢的关系，我得跟你解释一下——我先问问，你是不是认为她和我是一对？”

“陈觉非叫她舅妈。”姜词闷声说，“不过我并不太相信，她要真跟你是女朋友，怎么会由着你半夜私会其他女人？”而且还由着他去帝都照顾前女友，一去就是数月。

梁景行被她的话逗笑了：“我就猜到是这小子瞎叫——她不是我未婚妻，她只是不想结婚，又怕被家里逼迫，所以拿我当幌子。”

各种念头在脑海里转了一圈，但姜词没问出口，仍是垂眸“哦”了一声。

梁景行盯着她：“你不信？”

姜词摇头：“没有……我相信你既然会主动，就一定已将所有的感情关系都处理妥当了，不至于陷我于不义。”

梁景行无奈地笑了笑：“我和许尽欢没有所谓的‘感情关系’，从前没有，今后也不会有。”

姜词微微抬眼：“哦。”

“……”梁景行伸手拽住她的手臂，将她拉到自己跟前，“别‘哦’了，有什么想法尽管说。我知道，你对我有意见又懒得说时，都是这反应。”

“那我问了？”

“你尽管问。”

姜词嗫嚅片刻，似难以启齿：“你们没有‘感情关系’，那……”她视线飘忽，“那‘肉体关系’呢？”

梁景行手一抖，片刻后，似被呛了一下，清了清嗓子：“你一天到晚都在想些什么乱七八糟的东西？”

“不是……”姜词神情严肃，“你尽管承认，我不在意这个。古往今来，艺术家多半私生活混乱，比如毕加索、张大千……”

“行了行了……”梁景行彻底被她打败了，“原来我在你心目中就是这么一个形象。”他叹了口气，“我跟许尽欢没有任何超越朋友的关系……不过非要说的话，我的初吻是被她夺去的。”

姜词瞪大眼睛：“你刚才还说你们没有关系，从前没有，以后也没有。”

“我是后来才知道，她亲我有她自己的原因。当时，我回去认真思考一番，觉得既然亲都亲了，我得对她负责……”梁景行表情一时非常精彩，似这段往事太过不堪回首，“结果她说‘要你负什么责，我又不喜欢你’……”

姜词憋不住了，十分不给面子地大笑起来：“那她既然不喜欢你，究竟是为什么要亲你呢？”

梁景行顿了顿，还是摇头：“这个不能告诉你。”

梁景行不说，自然有他的理由。

姜词看他一眼：“好吧，我相信你——应该说我相信许尽欢。”

梁景行笑了一声：“以前还与她势如水火，连帮她画几张插画都不肯……”他陡然一顿，眼神复杂地看着姜词，“我说，你那时候是不是在吃醋？”

姜词神色未变：“我以为你早猜到了。”

“那未免也太早了。”

姜词似笑非笑，忽又往前一步，站在梁景行身前：“你怎么不猜猜看我是什么时候喜欢你的？”

她刚洗过的头发还有几分湿润，随着她的动作，发丝轻轻荡了荡，似在空气中画了一道看不见的线，漾开清浅的香味。

梁景行呼吸不由得一滞：“猜不出。”

“想知道吗？”

梁景行缓缓地抿起嘴角，没说话。

姜词忽然蹬掉一只拖鞋，赤脚踩在他的鞋上，没用多少力道，可恰好不轻不重，让人无法忽视。

梁景行目光不由得往下看了一眼，瞥见莹白如玉的脚背，一时呼吸更加轻缓，片刻后，不由得伸手将姜词稍稍往外一推：“把鞋穿好，我去洗澡。”说罢他一只手轻扶着姜词的手臂，站起身，脚步平稳地朝外走去。

姜词一只脚踩在地板上，望着梁景行往浴室去的背影，目光深了几分。

梁景行反手将门锁好，走到花洒下，打开了开关。凉水从头顶淋下来，很快模糊了双眼。他一动不动，直到身上衬衫被彻底淋湿，方伸手在脸上抹了一把。

过了片刻，他伸手在瓷砖墙面上狠捶一拳，喘了口粗气，额头一下磕在墙上。

水仍然不住地往下淋着，浇在他的眉间发上，他神情疲累，目光沉沉，如暗海潜礁。

第二天吃过早饭，梁景行将姜词送回学校，想起落了份文件在家里，又开车折返。他一打开门，赫然见到客厅里坐了个人，正是已有数月未见的许尽欢。

她晒黑了，齐肩的头发编了一头的脏辫，似从哪个非洲部落来的。她没换拖鞋，歪靠在沙发上吃苹果，望见梁景行进来，笑道：“我来拿东西。”

"怎么不提前给我打个电话？"

"手机丢了，号码全没了，而且我还忘了备份。"

"……"

"真的！"许尽欢掏了掏口袋，拿出一部崭新的手机，"在埃及被人抢了包，也是倒霉，护照、签证、身份证全在里面，不然你以为我不想早点回来？"

"你以后出门记得跟你爸打声招呼……"梁景行抬腕看了看手表，"我还要去学校，你自便——记得把你的东西带走。"他顿了顿，"还有，你一直拿我当挡箭牌也不是个事，赶紧找个机会给你爸妈摊牌。"

"这么急着赶我走，是不是打算金屋藏娇？"

梁景行神情一僵。

许尽欢愣了，没想到自己竟然猜中了："梁景行，你背着我干了什么好事？"

"……"

许尽欢立即扔了苹果站起来："你都单身这么多年了，到了这岁数突然谈起恋爱，简直比铁树开花还难得。快告诉我，究竟是谁有这么大的能耐。"

梁景行懒得与她废话，迈开长腿："我走了。"想起什么，他脚步一顿，朝她伸出手，"钥匙也给我吧，今后要过来提前打电话。"

许尽欢默默计算着自己租公寓的花费，越想越觉得心在滴血，不由得抄起抱枕朝他扔过去："梁景行，我要跟你绝交！"

姜词回到宿舍，恰好碰上谈夏出门吃早餐。谈夏停住脚步："姜词，你昨晚上是不是没回宿舍？"

"我回家有点事。"

谈夏笑了笑："下回记得给我发条短信说一声，我怕你出了什么事，一直等到十一点才睡。"

姜词一怔："抱歉。"

“没事儿……我去吃早饭了。”谈夏提步要走，忽然想起什么，又说，“晚上的迎新晚会你会去吗？”

姜词对这所谓的迎新晚会实则没什么兴趣，自己读大一的时候就没参加，但她现在是学生会宣传部的一员，院系的活动必须出席。

姜词到达礼堂，与宣传部的成员会和，正要找座位坐下，斜后方传来一道清越的嗓音：“姜词？”

姜词扭头，对上方青岩礼貌的微笑。他旁边恰好还有个座位，便邀请姜词坐过去。

在她坐下之后，方青岩浅笑着问她：“最近怎么样？”

姜词点头。

方青岩又问了些寒暄的话，但瞧见姜词意兴阑珊，便笑了笑，坐正身子看着前方，再不说话。

过了十多分钟，晚会仍未开始，姜词掏出手机给梁景行发了条短信，等了片刻，没收到回复。姜词猜想他应该在忙，便收起手机，枯坐着发呆。

晚会正式开始时，姜词忽感觉口袋里一振，急忙掏出手机。

“在上课。”

姜词勾了勾嘴角，想了想，回复：“哪个教室？”

舞台上主持人报完幕，音箱里立时响起激情的舞曲。一旁的方青岩动了动，忽从包里掏出一个单反相机。

姜词掀了掀眼皮，往前扫了一眼，立时一怔——领舞的竟是谈夏。

手机一振，姜词收回目光。

“第三教学楼 203。好好看晚会，不许过来找我。”

姜词轻笑一声，忽听身旁的方青岩问：“姜词，能不能帮我拿一下单反？我接个电话。”

姜词收起手机，接过方青岩手里的相机，对准了舞台。

取景框里，谈夏穿着皮衣皮裤，戴一顶礼帽，化着浓妆，一头海藻似的长发披散着。她臀丰腿长，腰肢水蛇一般灵动，下颌微仰望着台下时，颇有放肆无忌的性感。

姜词对歌舞一贯不甚感兴趣，如今托着相机，竟也津津有味地看了三分钟，恐怕这与谈夏跳得十分精彩不无关系——与她那精准娴熟又有张力的舞步比起来，其他伴舞简直像在做广播体操。

很快，方青岩打完电话，舞台上表演也已结束。方青岩道了声谢，接回相机，见姜词忽然站起身，愣了一下："你不看了？"

姜词很浅地一笑："不看了，座位留给谈夏吧。"

出了闹哄哄的报告厅，姜词深吸了一口外面清新的夜风，走到路口，拦住一人："同学，请问第三教学楼怎么走？"

203是个小教室，前后门都敞着。姜词到的时候，恰是第一节课下课。她透过窗户往里看了一眼，梁景行正站在讲台上，身旁围了三两个女生。

姜词低哼一声，从后门悄悄地走进去，找了个空位坐下。

几分钟后，上课铃响起。那几个女生离开讲台后，梁景行点了点鼠标，投影上的屏保画面一闪，跳出PPT："好，我们接着上节课的内容。构图能很大程度决定一张摄影作品的质量，然而素材取……"梁景行抬起头，声音一顿，诡异地沉默了一瞬，"……舍，同样十分重要。"

他顿了顿，将衣袖往上一挽，清了清嗓子，对上姜词略带挑衅的笑容，说道："这位同学，假如给你一个'黄昏'的题目，你会怎么构建你的作品？"

旁边两个女生低声议论："这是谁，不是我们班的吧？"

姜词毫不在意，站起身，垂眸沉思片刻，声音清脆地答道："小巷、卖棉花糖的小摊、几个背书包的小孩儿。"

梁景行目光一敛，心里暗自惊叹，这题目，他常用来调查摄影系新生拍片兴趣，以便针对他们的意向因材施教。但教过四届学生，只有姜词的回答，与他的选择最为接近。

"我替你补充一个，一条大狗——中华田园犬，趴在小摊旁边。"

他嘴角浮起一抹浅笑，微微压了压手指，“请坐。下回旁听，请记得提前交条。”

姜词眼中笑意盈盈：“是，梁老师。”

梁景行手抖了一下——这人，总能把“梁老师”这明明严肃正经的称呼喊出别的意味。

接下来，梁景行旁征博引，将本是十分枯燥的理论课讲得生动十足。

姜词从未见过他如此意气风发的一面，无论是他讲话时带着的手势、他或高或低的声调、他聆听学生回答问题时专注深沉的目光，还是他转身写板书时潇洒的身影，以及黑板上龙凤飞舞、遒劲洒脱的字迹，都充满了旁人难以企及的魅力。

这个男人，这样风姿卓然。

四十五分钟弹指而过，梁景行宣布下课，收拾电脑和教案的时候，便立即有人围上去。姜词从座位上站起来，只觉走也不是，留也不是，正踌躇着，手机一振。

“去停车场等我。”

她刚看完，第二条又蹦了出来：“替我买瓶冰水。”

姜词勾起嘴角，往讲台上看了一眼——那人正将手机揣进口袋，并未看她，只侧头听着学生的提问，但眉目舒展，含着分明的笑意。

姜词在楼下自动贩售机买了水，去院办的停车场乖乖等着。迎新晚会似乎尚未结束，隐约能听见报告厅里传出的歌声。

她等了十五分钟，梁景行踏着夜色而来，行走时似带着一阵风。

打开车门进去，姜词四下看了看，夜色沉沉，阒静无声，她忍不住侧身钩住梁景行的颈项，凑上去吻他。

唇齿纠缠片刻，梁景行忽然一把搂住她的腰，让她上半身与自己紧紧相贴。呼吸急促灼热，一下下砸在耳中、心上，姜词渐渐气息不稳，只觉这一吻比之以往更加热烈，且充满了侵占掠夺的意味，好似梁景行心内蛰伏的猛兽一朝觉醒。

她并不排斥，甚至隐隐期待，报以更为热烈的回应。就在头晕目眩、呼吸艰难之时，她忽感觉自己齿关被轻轻撬开。

脑中隆隆作响，似是有一年她在画画，落地窗外响起一道惊雷，继而暴雨凶猛地击打玻璃，整栋屋子都似摇摇欲坠。她吓得惊声尖叫，却又在震耳欲聋的雷声中体会到一种畅快淋漓。她索性开了窗，半个身子探出去，在如注的雨中放肆尖叫，淋得透湿，退回来后仰躺在地板上一声声傻笑。

在梁景行拼命的纠缠之下，她几近窒息，只得伸手推开了他，大口喘气，呼吸新鲜空气。片刻后，她抬眼一看，夜色中梁景行的眸中似有一团火，烈烈燃烧。

两人对望了片刻，梁景行移开视线，掏出一支烟点燃，叼在嘴里，喑哑着嗓音问道："宿舍几点关门？"

"十一点。"

"那你坐一会儿就回去吧。"

"其实……"姜词看着他，目光中混合了隐隐的羞怯，心脏"怦怦"直跳，似是擂鼓，"我可以不回宿舍的。"

梁景行笑了笑，伸手在她发顶摸了一下，不置可否。

"我……"姜词轻咬了一下唇，终是羞耻与自尊战胜了别的，剩下的半句话，自然无疾而终。

梁景行换了话题："怎么没看迎新晚会？"

"没多大意思，哪有你讲课精彩。"

梁景行笑了一声："上了这么多年，这一次压力最大，让你别来，偏不听我的。"

"我要不去，哪能见到那么多小姑娘众星拱月的盛况呢！"

梁景行乐了："要这样就吃醋，恐怕你今后忙不过来了。"

"你倒是自恋。"

"不是我自恋……"梁景行吸了口烟，"在论文作业里夹情书，或是借请教之名约我拍私房照……这些事儿也不是没有。"

姜词啧啧叹道：“如今的女大学生，真是太不懂矜持了。”

梁景行闷声一笑。

姜词知道他是什么意思，轻哼一声：“我与她们不同，我是两情相悦的暧昧，她们是一厢情愿的奢想……”顿了顿，她斜眼看他，“话说，你给人拍过私房照吗？”

“你猜？”

“肯定的吧，有陈冠希老师这样的表率，后人怎能不前赴后继？”

“……”梁景行掐了烟，“我说，我在你心目中到底是个什么形象？”

姜词歪着头一本正经地想了想：“衣冠楚楚的闷骚？”

梁景行简直无话可说。

姜词笑起来：“我知道你不会。现在所谓的私房照，很多都是摄影师想要满足自己那点可怜卑微的癖好，却又不敢明目张胆，只好扯着人体艺术的虎皮大旗。陈老师可比他们磊落多了，起码那些女生都是真心实意，丝毫没有被胁迫。你这样的人，自然不用借着拍照的名义玩弄女人。”毕竟，能拍出那种荒寂清冷意境的人，能被她爱上的男人，理应在心底留存了几分赤子之心。

梁景行伸手轻按着她的额头，笑得有几分无奈：“虽是称赞，可这话怎么越听越古怪呢？”

闲聊片刻，听见报告厅里歌声停止，姜词一看时间，已到十点，便说：“我得回宿舍了。”

“好，晚上早些休息，别熬夜。”

姜词点头，凑上去在他的脸颊上轻轻碰了一下，拉开车门，摆了摆手，脚步轻盈地走了。

梁景行一直望着她的身影消失于拐角处灌木丛后，方收回目光，发动车子。

姜词刚到宿舍没多久，走廊里就响起谈夏与她的几位室友的笑声。有人盛赞她舞蹈精彩绝伦，她浅笑应和，态度倒是不卑不亢。

第二天，学生会宣传部第一次召开部门大会。姜词既然已是其中一员，也不好消极怠工，踩点去了会议室。前排有几个男生围拢在笔记本电脑屏幕前，发出意义不明的笑声。姜词觉得笔记本里传出的音乐有几分耳熟，瞟了一眼，果然是谈夏跳舞的视频。

那几个男生看完，各自归位，忽有一人瞥见姜词："这位同学，你是这届的新生吗？"

姜词正在研究宣传部拟定的奖惩制度，闻言微微抬头："不是，我大二的。"

那男生立即在姜词前排坐下，转头笑说："我之前去你们宿舍招新过，还记得我吗？"

"不记得。"

男生毫不在意："我记得你时常跟一个女生一起行动，就是个儿很高的那个，长发，皮肤有点黑……"

"谈夏？"

男生忙不迭点头："对对，就是她……"他顿了顿，"你有她的电话号码吗？"

姜词这才真正抬头，目光落在男生脸上，意味不明。

男生被盯得有些讪讪的，正要说算了，姜词冷冷淡淡地开口："你要喜欢，自己去问她要，这点勇气都没有，还是别学人搭讪了。"

男生被噎了一下，低哼一声，起身走了。

姜词在心里鄙夷地讽刺一句，垂头继续研究那冗杂枯燥的条例。

中午吃饭，谈夏依旧与姜词一起，在食堂排队时，提及自己校内网的好友请求快把消息箱塞爆了。

"校内网是什么？"

谈夏惊讶："你不知道？"

姜词神情平淡："我不怎么上网。"

谈夏笑问："那你平时空闲时间怎么过的？你也一定不怎么看动漫、韩剧、日剧这些吧？"

姜词点头："是不怎么看。"

尤其过去这一年负轭苦读，她更是远离了这些，并非排斥，只是算不上多喜欢。空闲时间，她除了看书就是画画，如今还多了一项娱乐：想梁景行。

"那注册一个账号吧，上面能看到同学的动态、社团和学校的资讯，还是挺有用的。"

姜词随口应下，却知道自己绝不会注册。

她最初觉得谈夏与张语诺在性格方面有几分相似，但相处久了，才发现两人实则差异很大。张语诺待人更加真诚，撒娇或是生气，都带着一股小儿女的情态，加之性格开朗，所以自然能吸引人汇聚到她身边；而谈夏的一言一行，似乎都带着仔细斟酌过的考量，知道怎样利用自己的优势，在他人不知不觉中达到自己的目的。

姜词并不害怕张语诺，大约是一起相处了这么多年，知道这孩子本性实则纯善，只是沾染了浮华，是以有几分虚荣，除此之外，倒无更大的毛病；但对于谈夏，她心里还是带着几分警惕。

一晃到了十一，姜词原是打算偷几天闲，但被陈同勖喊去了画室。

陈同勖正在创作一幅人像，画布上老年男子皱纹如同沟壑，嘴里叼着烟袋，眼神却有几分"横眉冷对千夫指"的沉肃犀利。

陈同勖见她正观察这画，笑说："这是我父亲。我常说要帮他画一幅画像，他说，又不是死人，画什么像。他今年八十大寿，身体不怎么好了，估计也就这几年的事……"

他叹了口气，说回正题："你暑假交的那四幅画……"

来之前，姜词已隐隐猜到陈同勖是要说画的事，此刻心里一"咯噔"，立即正襟危坐。

"我替你报了一个比赛，《牧民》那幅，得了银奖。"陈同勖啧了一声，"还行吧，还得努力，画挂在我朋友的画廊，卖不卖得出去，还得看你的本事。"

姜词瞪大眼睛，压根没想到陈同勖如此雷厉风行：“老师，什么比赛？”

“还能是什么比赛，丹青奖。”

姜词惊得半晌无言，也只有陈同勖才觉得丹青奖的银奖只能得一个“还行”的评价，这奖虽是针对青年画师设置的，但只要是获了提名，就够一个人用其刷十年履历了。

“你知道你为什么没得金奖吗？”

姜词立即恭肃回答：“请老师指教。”

陈同勖跷腿在椅上坐下，仰头看着姜词：“你还是年轻，看这世界过于局限狭隘。你这画，主题是想表达牧民维持生计的苦难……”

“可苦难难道不动人吗？”

“动人的并非苦难本身，你在牧区待了三四天，没听见黄昏牧民归家时的歌声？”

姜词垂下目光，沉默片刻：“我懂了。”

陈同勖拍了拍她的肩膀：“你生活大起大落，从高处跌落谷底，这几年的经历，给了你最为敏锐的情感直觉。但真正优秀的艺术家，理应是包容宽厚的——我并不是指性格，指的是精神境界和审美情趣。”

姜词不由得咂摸着这几句话。

陈同勖笑了笑：“没事儿，等你慢慢成长了，也就能渐渐明白——阿词，现在还不是享乐的时候，希望你牢牢抓住你的优势，千万不能荒废了才华。”

最后这句话，听得姜词心中一凛。

这段日子以来，她是否投注了太多精力在个人情感上，为了细微无谓的情绪费神费时呢？

第八章
夜深深处

在画室练习了几天，姜词接到久未联系的曹彬的电话，邀请她去参加生日派对。

梁景行听说派对在原来她打工的那家酒吧里举行时，强烈要求同行。

姜词拗不过他，只好答应："我提前说好啊，曹哥过生日，我过去肯定是要陪他喝一杯的。"

梁景行挑眉："就你那酒量，还是别逞能了。"

姜词似笑非笑："我逞能又不是第一次，你不是挺喜闻乐见的吗？"她自然是指上回喝醉"酒后吐真言"一事。

"我可不喜闻乐见，你喝醉了还得我来善后。"

两人到酒吧时，气氛已被炒得火热。曹彬先将二人领到吧台，又转身出了大门接电话。调酒的小哥还是上回姜词过生日的那个，冲姜词吹了声口哨："好久不见。"他继而将目光移到梁景行身上，"这位是……"

"我老师——好久不见。"姜词轻轻转着高脚椅，"给我和这位先生两杯……"她看了看小哥身后的酒架，琳琅满目，可一样都不认识。

梁景行接话：“一杯螺丝锥子，一杯柠檬水。”

姜词瞪他：“我成年了。”

小哥笑了：“要不还是给你上回那个？度数低，就是百利甜酒兑了点果汁。”

姜词与梁景行慢慢喝着酒，等曹彬回来。小哥漫不经心地擦着杯子，目光定在梁景行身上：“梁老师是做什么工作的？”

姜词差点一口呛住：“你都叫他老师了，还问他做什么工作？”

“哦……抱歉，那我换个问题……”他的视线落在梁景行的领口，“梁老师你结婚了吗？”

“……”姜词哭笑不得，“他跟你不是一样的，别问了，笔直笔直的，不骗你。”

这下，梁景行倒是呛住了。

所幸曹彬推门回来，领着二人去了二楼包间。包间隔音效果好，大厅里震天动地的音乐顿时被阻挡在外。

里面只放了点舒缓的爵士乐，长沙发上坐了十多个人，围坐几堆，各自闲聊。姜词和梁景行一个都不认识，便自己找个角落坐下。曹彬为两人端酒过来，坐下与姜词聊天，问了些她的近况。

坐了片刻，梁景行打了声招呼，起身去洗手间。

曹彬一直目送着梁景行出门，然后收回目光，脸上似有疑惑：“你这位老师我怎么看着这么眼熟？”

姜词一怔，仔细想了想，不记得以前两人照过面：“你应该是第一次见他吧？”

“应该是第一次见，我很擅长记住一个人，基本不会忘……”他眉头紧蹙，竭力回忆，忽然拍了一下大腿，“想起来了！”

姜词吓了一跳：“想起什么了？”

“有一阵子，我晚上来酒吧上班的时候，常在沃尔玛对面看见他。”

姜词一愣：“什么时候的事？”

曹彬沉吟：“今年四五月的时候……我第一次注意到他，是因为他穿着很正式的西装，站车边上抽烟。我觉得他这形象气质，不应该出现在这种地方。后来，只要轮到我上夜班，都能看见他……”他想了想道，“起码持续了有一个月。”

姜词大惊：“你确定是他？”

“确定，他还开着一辆黑色大众是不是？”

姜词摇头：“不是，他的车是保时捷的。”

“咦……”曹彬疑惑，“我记性不错，应该没认错人啊！”

姜词垂头沉思，四五月的时候，她从帝都回来，正在潜心准备雅思考试，每天埋头苦读，自然不会去留心沃尔玛对面是不是停着车站着人。

如果那真是梁景行，他连续一个月在那儿做什么？可真要是他，车子又对不上……

正在她百思不得其解的时候，梁景行推门回来，她只好暂时按捺住满腹狐疑，打算找个时间问问他这事儿。

曹彬交游甚广，半个小时内连续出去四趟，又接来十几人，将包厢塞得满满当当。

音乐也换了，轰隆隆的舞曲，吵得姜词脑仁生疼，吃过蛋糕，姜词陪曹彬喝了杯酒，便借故告辞。

曹彬知道她性子喜静，也不勉强，将二人送到酒吧外：“阿词，谢谢你今天过来。”

“应该的，曹哥，你帮了我这么多忙。”

曹彬看向梁景行：“梁老师，今后阿词还得仰仗你多多照顾。”

姜词笑起来：“曹哥，你说话的语气怎么跟托孤一样。”

曹彬摸了摸脑袋，也笑了：“今后有空多联系，我明年打算自立门户，要是没事，以后多过来捧捧场。”

姜词惊讶，不由得赞叹：“曹哥，你真有本事。”

曹彬哈哈一笑：“有什么本事，干了这么多年，才凑够启动资金。”兜里的手机响起来，他掏出来看了一眼，说，“那行，我得回去了，人在催了，再见啊！”

告别曹彬，没走几步路，姜词脚步已开始不稳了。

梁景行叹了口气：“我就知道。”说着，他将衣袖撸起来，双手撑在膝盖上，弓起背，“上来。”

姜词醉眼含笑：“我要憋不住吐你身上了怎么办？”

“还能怎么办，罚你给我洗半年的衣服——纯手洗。赶紧上来。”

姜词便也不推辞，爬到他背上。她脑袋昏昏沉沉，被这轻微的颠簸晃得更晕，上楼梯的时候，嘴里已开始冒胡话，“梁叔叔”“梁老师”“梁景行”混着叫，偏又说不出一句正经话来。

梁景行哭笑不得，到了六楼将她放下，伸手去掏她背包里的钥匙。她身子一歪，靠在他身上。梁景行一只手扶着她，一只手去开门，却听她嘴里嘟哝了一句：“太幸福了……害怕……”

梁景行心中一震。

进屋将她放到床上后，梁景行起身去给她烧热水。那老化的燃气灶仍没有换掉，烧水的时候屋里一股怪味。梁景行站在灶边，想抽支烟，又怕引起火灾，便将已经掏出来的烟盒又塞了回去。

他脑海中还回荡着姜词方才说的那句话，眉头紧蹙，又缓缓舒展，最后只长长叹了口气。

姜词躺了一会儿，还是吐了。梁景行收拾完秽物，喂姜词喝了半杯热水，替她盖好薄毯，起身去了门口。

他在一整面墙的小广告中随便挑了个号码拨过去，不过半个小时，一个工人就背着台崭新的燃气灶过来，手脚利落地换好了。

姜词还没醒，梁景行便坐在她的“卧室”书架前，随意取了本翻开。

不知过了多久，姜词喉咙里咕哝一声，缓缓睁开眼睛，望见灯下的场景，以为自己仍在梦里——

梁景行神情专注地侧靠着书架，微垂着头，修长的手指持着书页，衬衫衣领解了两粒扣子，锁骨分明。暖黄灯光自头顶洒下，将他的轮廓镀了一层朦胧的边……眉目清朗而风姿翩然，这一幕堪可入画。

姜词不由得想到了《情书》里柏原崇倚窗捧卷的那个场景，只觉心脏霎时漏跳一拍。

梁景行将书翻了一页，不经意抬头，撞上姜词带着几分愣怔的目光："醒了？"

姜词不自觉地点了点头。

梁景行抬腕看了看时间："那你自己起来洗个澡，热水在暖瓶里，我得走了。"

姜词坐起来："几点了？"

"十一点半。"

"这么晚了，就在这儿睡吧。"姜词的话脱口而出，片刻后，她歪头笑了笑，"我不会把你怎么样的。"

梁景行："……"

姜词从床上起来，走到他跟前，声音有几分低沉："留下来吧，这么晚回去我不放心，要不你睡床我打地铺？"

"姜词，你知不知道你三句话里有两句挑战我作为男人的尊严？"

姜词乐了："你这人太不会变通了，这楼里的人来来往往，常住的没几个，谁会注意到有没有男人进了我屋里？上回四楼死了个人，尸体都发臭了才被人发现。"

梁景行笑了，伸手揉了揉她的头顶："你这环境比我想象中还要险恶，让你住宿舍果然是对的。"

这么晚了，两人也懒得折腾。梁景行草草冲了个凉，仍穿着原来的衣服，等姜词从浴室出来，问道："你这里没有多余的褥子？"

姜词眨了眨眼："没了。"

"你不是说你打地铺吗？"

"你还真舍得啊？"

梁景行神色未变："话是你说的，我怎能让你食言而肥。"见姜词被噎得无言以对，他挑眉一笑，"以前都是让着你，你别太得意了。"

"梁老师，你真满三十了？怎么比陈觉非还幼稚？"她往床上一躺，“反正就这么一张床，你爱睡不睡。”

梁景行静站了片刻，无奈地叹了口气，在姜词身侧和衣躺下。姜词神情愉悦，抬手指了指梁景行那侧的墙壁：“关灯。”

梁景行坐起来，按了开关，房间立时陷入一片黑暗。

他动作轻缓，侧身躺下，尽量与姜词拉开距离。可这一米二的钢丝床，统共就这么宽，睡了两个人，一翻身就能大眼对小眼，所谓的“拉开距离”，也不过是心理上的自欺欺人。

四周寂静无声，两人平缓的呼吸和心跳清晰可闻。

不知过了多久，梁景行听见姜词翻了个身，紧接着，一只手从背后拥住他，额头轻轻抵在他背上。

梁景行立时放缓了呼吸，然而等了片刻，姜词并未有进一步的动作，连这拥抱也十分单纯，不含半分狎昵。

“梁景行……”

梁景行没作声，姜词似乎以为他睡着了，额头抵得更紧。

过了许久，再没听见姜词开口，就在他以为姜词已睡着的时候，忽听见背后飘来一声极轻的叹息，太过缥缈，似一缕薄烟，轻易就散了。然而这一声叹息中，却似含了无限的情绪。

适应了黑暗，梁景行才发现窗外竟有月光，疏淡的一缕，从窗帘的缝隙间洒进来，恰好照着他睁开的眼。

片刻后，姜词翻了个身。

梁景行睁眼等了等，直到再没任何动静，蹑手蹑脚地从床上起来，拿起桌上的烟盒和打火机，赤脚走去客厅的窗边。

他侧靠着窗台，取出一支烟叼在口中点燃，抽完一支又点一支，最后一捏烟盒，已经空了。

月已西斜，浅淡清冷的月光照着他，他的肩上、发上都仿佛结了一层薄霜。

假期过后，姜词除了上课，还要继续准备雅思考试。她课余要么泡在图书馆，要么就是待在院办的画室，只有周末的时候，才能抽空与梁景行见一面。但即便是周末，她也并非时常能抽出时间。至于梁景行的课，姜词也不敢去得太多，害怕被人看出端倪。而在四处都有人的校园里约会，恐怕就更不可能了。

这恋爱谈得简直就像地下组织的秘密活动。

比起她的小心翼翼，谈夏倒是高调大胆，周周去蹭梁景行给大二上的选修课不说，还搜集梁景行参加各种活动的简报。

由于新生晚会上谈夏那一舞艳动四方，现场视频在所谓的校内网上被各种转载，如今她的追求者恐怕已能组成一个加强连。

有一回姜词同她去校外的“腐败街”吃煎饼油条，店主是学院自主创业的学长，认出了谈夏，给二人免了单，还从隔壁奶茶铺替她们忽悠来两杯免费的冬瓜茶。这是姜词第一次在现实中见到所谓的“刷脸”。

但如今大学生恋爱早已不是全面撒网重点培养，压根就是炸鱼，往水里丢个雷，浮出多少算多少。

谈夏这样好看的姑娘，自小到大什么样的追求者没见过，自然对这一群脸上冒着青春痘，靠近十米范围内都能闻到一股子荷尔蒙过剩的气息，却又自诩艺术家，只信春风一度，不信地久天长的傻帽青年毫无兴趣。

而与谈夏“亲近”的姜词也遭受池鱼之殃——上回问她要谈夏的联系方式的那个男生是学生会的副会长，而且恰好是管理宣传部的，为了被拒绝一事，他没少给姜词穿小鞋，所幸都是些细枝末节的事儿。姜词虽脾气古怪，但责任之内便会全力以赴，是以也就暂且忍耐下来。

十月末的一个周五，通常都会回家的谈夏这次却没动静，吃过晚饭就来敲姜词宿舍的门。

姜词思考了一会儿，想起昨晚跟梁景行通过电话，他提及今晚在崇城美术学院有场辩论赛，他得过去做特邀嘉宾。

姜词一问谈夏，得知她果然是为这事儿。

“你有票吗？”

“当然，要搞到票还不容易？”

姜词这几天在给宣传部画一个巨幅的展板，部里催得急，只给了她三天时间。她起早贪黑，今天下午刚刚完成，累得只想赶紧洗澡睡觉，自然兴致不高，但听谈夏这么一提，也有些想去见梁景行。两种情绪角逐片刻，还是后者占了上风。

天气已经转凉，谈夏在打底衫之外罩了件针织的斗篷，底下是极细的铅笔裤和麂皮浅口靴子，一头海藻般的长发侧编成一个长辫，这一身打扮显得她极为明艳光彩。姜词则懒得收拾，将头发顺了顺，穿了件连帽的拉链开衫，就这么出门了。

两人往南门走，路上，谈夏笑说：“姜词，你是不是还没去校内网注册账号？有好几个男生都找我要过你的联系方式，你这人也太低调了。”

姜词一愣。她压根不知道，其实她也有一群追求者，并且数量还不少。只是她气场太过“生人勿近”，且网络社交工具一概不用，从根本上杜绝了男生前来搭讪。

姜词笑了笑：“我有男朋友。”

“这我知道，所以说你低调啊，我们都认识这么久了，你也不把他带出来认识一下。”

“有机会再说吧。”

两人在门口拦了辆出租车，谈夏接着说：“我其实挺好奇的，什么样的男人才压得住你这样的性格，一定非常强势吧？”

姜词神情很淡，“还好，不算太强势。谈夏，你很喜欢他吗？”

“谁？哦，你说梁景行啊？”

“嗯。”

姜词垂眸。

谈夏笑了笑，将窗户打开一线，手肘撑着车窗。三环以内全在堵车，司机选择从沿湖路过去，湖对岸灯火璀璨，清冷的风一阵一阵灌进车厢。

“有一年我老师办聚会，梁景行跟许秋实校长一起参加。那天我跟我爸吵架了，一个人跑出去，正好碰见他在停车坪那儿打电话，我就找他借了点钱。他见我只穿着裙子——那时候是二月末，天气还很冷，就把外套脱下来给我了……”

“他还记得你吗？”姜词打断她。

谈夏耸了耸肩：“应该记不得了，他跟我家没什么来往。我去蹭他课，课后跟他说了几句话，他似乎对我没什么印象。”

姜词松了口气，心里轻哼一声，这人，就爱到处拈花惹草。

“其实我会报崇城大学，有一部分原因也是为了他。”

姜词遏制自己心底泛起的复杂情绪：“你对他的‘喜欢’，是崇拜，还是……”

谈夏笑了一声：“你说呢？”

姜词别过头去，不再说话。

两人赶到崇城美术学院的报告厅坐下时，离辩论赛开始还有十五分钟。评委陆续进场，姜词不由坐直了身体，很快便在一群进来的老师里发现了梁景行的身影。他今日仍是身着正装，与一位老师比肩向前。那位老师凑到他耳边说了句什么，他爽朗却不失礼貌地报以一笑。所有人在前排落座，主席上台，辩论会正式开始。

姜词是第一次接触正规的辩论赛事，对赛制一知半解，听了一会儿，便觉正反双方唇枪舌剑，战得火花四溅，或是用逻辑思维正面交锋，或是揪住对方漏洞剑出奇招……一场听下来，她竟觉双方都有道理。

进入评委投票环节，经管院以三比二险胜。

在热烈的掌声中，梁景行接过麦克风，作为特邀嘉宾，开始对这场辩论进行点评。经过梁景行的分析，姜词才发现自己也与其他观众一样，受辩手言辞的影响太大，而忽视了其后的思辨过程。

她本不解何以经管院更胜一筹，经他点拨之后，顿觉醍醐灌顶、茅塞顿开。

颁完奖，观众起身退场。姜词刚将背包收拾好，谈夏忽然一把拽住她往前排跑去。姜词小腿肚在桌子腿上撞了一下，疼得她倒吸一口凉气："谈夏！"

谈夏恍若未闻，拉着姜词到了第一排，这才撒开了她的手。谈夏踮脚看了看，那人正与经管院的四位辩手讲话。她又一把抓住姜词，生生从面前几人中间挤了过去："梁老师，能不能和我合张影？"

姜词小腿这会儿还在隐隐作痛，被谈夏几拉几拽，心里怒火顿生，然而此刻听见这话，顿时一怔。就在这愣神的瞬间，她手里已被塞进一部手机："姜词，帮我拍张照。"

这一切进行得十分突然，梁景行还未来得及拒绝，便一眼看见了面有愠色的姜词，而下一瞬，手臂已被谈夏挽住了。

姜词目光沉沉，紧抿嘴唇，捏着那手机也不动作。谈夏生怕梁景行出言拒绝，不由得放软了声音央求催促："阿词，快帮我拍一下。"

梁景行目光定在姜词脸上，将手臂往外一抽："同学，我没有跟人合照的习惯。"

旁边那几个经管院的学生笑着劝说："梁老师，要不你就跟她拍一张，她专门冲着你来，也是不容易。"

气氛僵滞片刻，姜词面无表情地举起手机，对准了紧挨而站的梁景行与谈夏。

取景框里，谈夏双眼明亮，激动之情难以抑制；而在一旁的梁景行，嘴角却紧紧抿起，眉宇之间透着一股凛冽之气，目光似透过摄像头，直直落在了姜词眼中。

姜词按了快门，将手机塞入谈夏手里，转身就走了。谈夏本想借机再与梁景行说几句话，瞧见姜词走了，立即冲梁景行道了声谢，赶紧追出去。

姜词还未走远，刚到大门口。谈夏喊了她一声，急匆匆上去拉住她的胳膊："怎么走了？"

姜词一把甩开她的手，面沉如水，却不言语。

谈夏觉得莫名其妙，被她这么不给面子地甩开，脸色也不太好看了。她等了片刻，还是没听见姜词回答。正这时，前方忽射来两道车灯，她眯眼瞧了瞧，招了招手，再不看姜词一眼，拂袖而去。

车停在路灯下，谈夏拉开门上去。姜词远远地往窗户大开的驾驶座上瞟了一眼，觉得谈夏的父亲似乎有几分眼熟，仔细想了想，没记起在哪儿见过，但估计曾是姜明远的生意伙伴之一。

姜词这时候正站在路中央，挡了道，来来去去的人时不时地与她的胳膊撞上。过了片刻，她似乎意识到了，往旁边让了让。突然，一只手从后面攥住了她的胳膊。姜词一惊，回头一望，果然是梁景行。

梁景行也不说话，拉住她飞快远离了人群，将她一把塞进车里，拐了个弯，开入一条人烟稀少的小道，这才停了车，哑着嗓子同她道歉："对不起。"

姜词立即摇头："又不是你的错……"

当然也不是谈夏的错——她并不知道两人真正的关系，不过与任何追星的粉丝一般无二，真要为了这个谴责她，倒显得无理取闹了。

可道理虽懂，架不住她心里执念横生。

梁景行叹了口气："下回要来见我，提前跟我打声招呼。你总这样突然出现，我太惊喜了，心脏受不住。"

姜词歪着身子，听见他这话"扑哧"一声笑了，气总算消了一半。

梁景行伸手握了握她的手指，往她身上瞟了一眼："穿这么少，难怪手这么冷。"

"我是这样的体质，常年都这样的，不信你夏天的时候摸。"

梁景行还是嘱咐一句："多穿一点，别感冒了。"他松了她的手，支起身体，手臂从椅背顶端越过去，拿起后座上的一件风衣丢给她，"披着。"

姜词顺从地将衣服套上，细看，这风衣似乎就是去年雨天他在校门口等她时穿的那件。

在车里坐了一会儿，姜词心情总算好起来。

“既然来了，我带你在学校逛一逛吧。”

姜词点头，转而却又踌躇：“还是算了，万一被人看……”

话音未落，梁景行拉起她开衫的帽子，兜头盖上：“这样就行了。”

帽子有点大，姜词的眼睛都被遮住了。她笑了一声，掀开帽子：“这样岂不是欲盖弥彰？”

梁景行下车，绕去另一侧替她拉开车门。姜词刚钻出半个身子，被他拦腰一抱，下一秒双脚便落在了地上。

两人牵着手到了大路上，姜词望见来来往往的学生，微微一挣，手指从梁景行手掌中挣脱出来。

梁景行手里霎时空了，他偏头看她，却见她已将双手插入风衣的口袋里。风衣大了一圈，空空荡荡的，更显得她身形单薄。

梁景行神色复杂，姜词却似毫不在意，冲他一笑：“走吧。”

崇城美术学院校内道路并不平坦，常有陡坡岔路，曲折幽深。因是晚上，且在周五，校园里分外空旷。梁景行沿途向她介绍，一路走过了据说曾有人殉情的镜湖、常有情侣约会的情人坡、周末放露天电影的旧操场……最后到了一条林荫道。

“这条路两旁是樱花树，明年春天带你过来拍照。”

姜词掰着指头算了一下，笑说：“这还有好几个月呢。”

另一侧却栽着银杏，灰色地砖的人行道上，铺着薄薄的一层金黄。梁景行和姜词踩着地上的叶子，并肩慢慢走着。

这样的时候，梁景行却无端想到逝去的叶篱。

那时候他读大三，叶篱则刚刚入学，通过许尽欢的关系，两人渐渐熟识。叶篱是声乐系的，性格十分独立。两人从相识到恋爱，水到渠成，并不轰轰烈烈。梁景行毕业先去了帝都，两年之后，叶篱紧随而至。但不到半年，两人争吵频繁，最终分手。叶篱那时发展不顺，只能在末流的剧团里演龙套角色，压力大时，想找人倾诉，却每每在梁景行处碰壁。

梁景行本是读的经济管理专业，跨行做起新闻，自然是出于热爱。二十岁出头的年轻人，正是一腔热血无处挥洒的时候，总以为能以笔锋作刀锋，继绝学开太平。而原本十分省心独立的女友，骤然间变作患得患失的怨妇，这让他感觉受到掣肘，疲于应对。

叶篱不如许尽欢与梁景行家中殷实，光读书就已经耗尽了父母所有心血。可她拼争的领域，却是一个多数时候都靠钱说话的地方。她的自尊自然不允许她向梁景行提出资助的要求，生活如履薄冰，像攥在手中的一根绳索，悬着千钧重量，随时可能断掉。好在她还有最后一样天然资本——而这就是导致两人最终分手的致命一击。

面对梁景行的谴责，叶篱冷笑指控："恋爱四年，你何曾尽过男朋友的责任，自作主张将我冠上'温柔省心'的头衔，责问我'何不食肉糜'。梁景行，你有心吗？"

此后，当梁景行新闻事业生涯遭遇重创，转而故作洒脱地做起摄影师时，回想起叶篱的这番话，他顿似被迎头痛击。

"在想什么？"姜词忽然偏头看他。

梁景行回过神，摇了摇头："饿吗？带你去吃五星级煎饺。"

他原本只打算碰一碰运气，谁知卖煎饺的那家小店竟然还在，如今又新添了关东煮的业务。老板刚卖完一锅，只得现煎。姜词也不着急，翻看着摊在木板上的纪念品和明信片。关东煮飘出一阵阵浓香，橙黄灯光下，热气腾腾。

一刻钟后，煎饺出炉。姜词端着方便碗，梁景行往里淋了点酱汁。姜词早被关东煮勾得馋虫四起，此刻迫不及待咬了一口煎饺，立即烫得眼角泛泪，口中直哈气。

梁景行立即拿了瓶酸奶塞进她手里："慢点，没人跟你抢。"

姜词喝下几口酸奶，总算缓过来，朝老板比了个大拇指："好吃，果然五星级。"

走出店子，姜词喝完酸奶，待煎饺稍凉，忽然夹起一个，踮脚喂给梁景行："你怎么不多买一份？"

梁景行咽下口中食物，笑了笑：“如今不喜欢了。”

回去的时候，梁景行选了另一条路，沿途皆是茂盛高大的樟树，树叶被灯光染成淡淡的金黄，从缝隙间露出上方深蓝的天空。

四下无人，只有两人缓慢的脚步声。姜词忽然往梁景行身边靠了靠，伸手将他的手指轻轻一握，又飞快地松开。

然而下一秒，她刚垂下的手便被梁景行紧紧攥住。

她心里泛起一阵钝重的疼痛，却又说不出缘由。大约人总是贪得无厌，好比此刻，她心里生出近乎焦虑的渴望，希望自己早生十年，能与梁景行光明正大地走在这校园里，像一对普通的情侣一样坦然自若地拥抱、亲吻，有人侧目却无人质疑。

两人回到车上，离开崇城美术学院，途经附近的商业中心时，才记起今天是万圣节，难怪校园里人烟稀少。商厦仍未打烊，整条购物街流光溢彩，人头攒动。

“看不看夜场电影？”

姜词摇头，她一贯不爱往热闹的地方凑，逛了大半个校园，现在脚底隐隐作痛，只想有张沙发让她躺一躺：“还是回去看吧。”

梁景行的别墅铺了地暖，姜词脱了身上的薄外套，去浴室洗了个热水澡。对于这里，她已是轻车熟驾，许尽欢住过的那个房间，如今只有她在内生活的痕迹。

她从浴室出来时，梁景行已打开了投影，站在碟架前挑选：“你想看什么？”

“既然是万圣节，看个吸血鬼题材的？”

“《惊情四百年》？”

“看过了。”

“《夜访吸血鬼》？”

“我的偶像可是布拉德·皮特。”

梁景行笑了笑，取出一张碟：“那没办法，只好让你看《暮光之城》了。”

姜词差点一口呛住，急忙上前抢过他手中的碟盒：“梁老师，你的品位简直可怕。”她低头一看，自然不是《暮光之城》，是一部瑞典的电影，叫作《生人勿进》。

“看过吗？有点恐怖，你怕不怕？”

姜词挑了挑眉：“别小瞧我，我画画没有灵感的时候就看《咒怨》，百试百灵。”

那是部文艺类型的惊悚片，节奏有些慢，加之这时候有梁景行在侧，姜词自然难以集中精力，看一阵子，不免走神，不安分地伸手在梁景行膝盖上抠了两下。

梁景行一把攥住她的手指，故意沉着脸：“认真看。”

姜词笑了一声，也不挣扎，就势往他怀里一靠：“我还没找你算账呢。”

“算什么账？”

“多年前，你帮过一个小姑娘，你记得吗？”

梁景行摇头。

“你才跟她合过影，忘了？”

梁景行微讶：“你是说她？”

“不然你以为我在说谁？你借过钱给她，还白送了件外套——不对啊，你到底帮过几个小姑娘？”

“我帮过这女生？我怎么不记得了？”

姜词“啧”了一声：“我真没看错你，衣冠楚楚的闷骚，原来你这人就好小姑娘这一口。”

梁景行哭笑不得：“可不是，你千万别长成庸俗的大人了。”

“别得意，《洛丽塔》里的亨伯特就是你的下场。”

“你都看了些什么乱七八糟的书，你父亲不管你吗？”

“他只要见我看书就十万个高兴，哪里管我看什么。”

“难怪你这人特立独行、惊世骇俗。”

姜词眨了眨眼，仰头看他：“所以这就是你喜欢我的原因？”

梁景行沉吟：“只是其中一个原因。”

姜词只觉这话无比受用，暂时收敛了锋芒。客厅关着灯，光影忽明忽灭，映着梁景行的轮廓。有一个瞬间，光线恰好落进他漆黑的眼里，仿佛深海里骤然亮起了一盏灯，他眸中那点一闪而逝的光，让姜词骤然心悸。姜词不由得仰起头，轻轻吻他。

她本欲浅尝辄止，梁景行却按住她的脑袋，复又加深，渐而有疾风骤雨之势。过了许久，姜词忽觉一只手抓住了她上衣的下摆，她微微一怔，只将梁景行抱得更紧。

然而那只手僵持了片刻，又收了回去，梁景行声音有几分哑：“好了，别看我，看电影。”

姜词忽然笑了一声，目光移到屏幕上，脸上笑意渐渐淡了。

关于谈夏的事，就算揭过去了。周一姜词在宿舍碰见谈夏，对方同她打了声招呼，神情倒是同平日里没什么分别。姜词心里觉得硌硬，平日里谈夏再过来喊她，她都借故推托，几次下来，两人来往渐渐也就少了。

倒是上周替宣传部画的那展板出了点问题，这天她上完两节课，接到部长的电话，让她赶紧去院办学生会办公室。

姜词以为出了什么大事，急急忙忙赶到，进去就被负责管理宣传部的学生会副会长劈头盖脸一通批评。姜词一头雾水，听他言辞越发激烈，甚至开始有人身攻击的嫌疑，立时冷了脸：“骂够了没？”

她声音不大，但语气冷冽犀利，副会长闻言一怔，停了下来。

姜词瞟了一眼时间：“从我进门到现在，你骂了我三分钟，能不能劳烦你告诉我出什么事了？”

“姜词，从你学生会以来，我就发现你态度十分有问题。”副会长拧开矿泉水瓶子，猛灌一口，平复了一下情绪，“远的不说，就你交的展板，我跟你们部长强调过多少遍，这展板很重要，一定不能出差错，结果你居然连尺寸都搞错了！你到底放了多少心思在社团工作上？”

“尺寸是部长给我的，我完全按照那个画的，分毫不差。”

“按你的意思，是你们部长工作出了纰漏？你们部长待这么久了，怎么可能犯这种低级错误？”

姜词紧抿着唇，不想与他做口舌之争。

副会长见她无言以对，越发得意：“姜词，我看在你是系里后辈的分上，给你几句忠告。这是个讲人脉的时代，你这样心高气傲，能占到什么好处？我对你要求严格，也是对你好，你出社会了便知道，不会跟人打交道，什么也别想干成。”

姜词见他这副趾高气扬的模样，只觉反胃：“不过是被人拒绝就挟私报复，你这样的人也能当上副会长，看来你们这个只会磕牙打屁溜须拍马屁的学生会，待下去只是平白浪费我的时间。”话说完，她便转身头也不回地走了。

两天后，姜词去第五教学楼上课，看见自己画的展板正好好地立在那儿。这天晚上她没住宿舍，第二天趁天还没亮的时候，拎来两大瓶墨汁，泼在了展板上。

这事儿，包括退了社团的事，姜词自然没告诉梁景行。

第九章
亨伯特

这学期所有课程收尾，开始准备期末考试之时，陈觉非放暑假了——澳洲在南半球，所以这边放寒假的时候，那边放暑假，且假期长度十分可观。姜词一想起陈觉非那副吊儿郎当的样子就有些头疼，无事都能被他掀起三分波澜，要让他不小心发现自己在跟他舅舅谈恋爱，恐怕会闹得天都塌下来。又想到放寒假都不能随心所欲与梁景行单独相处，她不由得更觉憋闷。

姜词忙着备考，而陈觉非回国之后同他的狐朋狗友有数不尽的聚会，两人一时也没碰上面。一月上旬，考试考完了，姜词的生日便近在咫尺。

陈觉非是个人来疯，当然不会放过这样的机会，找梁景行借了别墅，非要替姜词办个烤肉派对。姜词的朋友一只手就能数过来，她自然意兴阑珊，但架不住陈觉非念叨，只好应下来。

崇城刚下过雪，别墅的院子里积了厚厚一层。一大早，梁景行便将姜词从家里接来。陈觉非还没到，两人便拿了工具开始铲雪。

姜词铲了一会儿，觉得累了，将铲子立在雪上，看着一旁的梁景行："都下雪了，何必非得弄烧烤呢，说不定一会儿火都生不起来。"

梁景行笑说：“吃烧烤暖和。”

姜词缩了缩脖子：“屋里待着更暖和。”

梁景行看她一眼，见她穿着水粉色的羽绒服，头上戴着一顶厚厚的毛线帽，脸颊被冷风吹得通红，便说：“你要是冷，先去里面待着吧。”

姜词摇了摇头。堆积的新雪纯白平整，她丢了铲子，过去一通乱踩。她转头一看，见梁景行还在兢兢业业地工作，便团了个雪球，慢慢走回去，往他背上一扑，将雪球从领子里塞进去。

梁景行顿时被冻得一个哆嗦，赶紧抖了抖衣领，见姜词咯咯笑着打算逃跑，一把抓住她的手腕，也从石桌上抓了把雪，以彼之道还施彼身。姜词本就怕冷，这下被冻得像只蚂蚱一样跳起来。梁景行大笑着替她掏出领子里的雪，警告道：“你给我老实一点。”

姜词哪里肯依，挣开了手腕又要去捏雪球。梁景行从背后将她往怀里一揽，贴着她的耳朵沉声说：“乖，别闹了。”

气流钻进耳中，姜词立时缩了缩脖子：“你这是不战而退。”

梁景行笑了一声，在她脸颊上亲了一下，松开手：“进去给我倒杯热水。”

姜词脸涨得通红，也不继续反击了，乖乖进了屋。她刚将杯子递进梁景行手中，大门外便响起一道女声：“大雪天的，怎么起这么早。”

是许尽欢，穿着短款棉衣和牛仔裤，套了双雪地靴，打扮十分休闲。许尽欢到了跟前，将一个纸袋递给姜词，往手里哈了哈气，笑说：“听觉非说了，生日快乐啊！”

姜词接过，礼貌地笑着道了声谢。许尽欢拿起铲子，帮着铲了两下，觉得麻烦，便又丢下了铲子：“觉非还没来？”

“刘原接他去了。”

三人有一搭没一搭地聊着天，等梁景行将雪除尽，生起了火，又开始准备食材。

“陈觉非这小子，说是要烧烤，这下倒好，只等着吃现成的。”

话音刚落，外面传来车轮碾过雪地的声音。不一会儿，车停在了门口，陈觉非率先从车里下来，朝着几人摆了摆手。片刻后，又有一个女生紧跟着下了车。

姜词一怔——是多日未见的张语诺。

张语诺似有些惴惴不安，目光乍一碰到姜词，立即移开，最后又对上去，不自然地勾了勾嘴角。

刘原下了车，三人一起进来。许尽欢指挥几人进屋搬凳子，见储物柜上还有圣诞节没用完的彩带，便一并拿了出来。其他人在摆凳子准备烧烤的时候，她就将彩带缠到了台阶的扶手上，笑着说："怎么样，是不是比较有过生日的喜庆感了？"

"舅妈，你的审美太寒碜了。"

许尽欢抬头毫不留情地往陈觉非脑袋上拍了一掌："告诉你多少回了，别叫我舅妈。"

"不叫你舅妈，叫谁舅妈？"

姜词不由得想到上回梁景行告诉她的许尽欢"夺吻"事件，低低笑了一声，忽觉有一道目光正落在自己脸上，不由得抬眼扫了一圈，然而大家各忙各的，似乎并没人看着她。

许尽欢对烧烤很有一套，但嫌麻烦，懒得自己动手，只指挥别人，偶尔教导两句："不是我吹，有一年在帝都，我身上的三千块钱被扒手摸去了，卖了一个月烤串，连本带息挣回来了。"

刘原一脸崇拜地看着她："原来卖烤串这么赚。"

"可不是，比你给梁景行当助理强多了！要不这样，刘原，你跟着我干吧，保证两年时间就把你那破大众车换下来……"

姜词眼皮一跳，往门外看了一眼。车头看不清，但看车型，确乎就是大众，黑色的。

陈觉非笑说："刘原，你别听我舅妈瞎说。她丢了钱会第一时间找家里要，怎么可能辛辛苦苦卖烤串。"

许尽欢被他揭穿了也不介意，嘻嘻哈哈笑了几声，将他手里刚烤好的鸡翅抢了过来。

陈觉非主要负责烤，烤好了就搁在一个干净的大盘子里。张语诺坐的位置比较偏，很难拿到，只好自己动手。可她偏挑了个最高难度的鸡腿，烤了半天，一边已经煳了，一边还是白生生的，带着血丝儿。

姜词看她一眼，从大盘子里拿了烤好的数串放到她面前的碟子里。张语诺动作一顿，几乎受宠若惊，想同姜词道声谢，而姜词已挪开了目光。

“语诺，把你那边的孜然粉递给我。”

张语诺回神，拿起罐子递给陈觉非，又匆匆忙忙坐下，这一下，立时打翻了面前的蘸碟。她低叫一声，迅速退开，然而衣服前襟上还是沾了一大块儿污渍。她抽出几张纸巾，飞快擦了擦。

姜词见她越忙越乱，搁了筷子，站起身：“跟我过来。”

张语诺一愣，急忙丢了纸巾跟上前。

到了厨房，姜词找了块干净的无纺布，蘸了点洗洁精，低头替她搓着衣服上的油印。片刻后，她将无纺布浸湿在那里擦了擦，又找来吹风机将衣服吹干。

吹风机嗡嗡的声音里，张语诺咬了咬唇，低声说：“姜姐姐，谢谢你。”

姜词神色未变，直到衣服七八分干了，便关了吹风机，放回原处。

见她要出去，张语诺立即出声：“姜姐姐。”

姜词停步转身：“什么事？”

张语诺站在台子前，垂着头，却似难以开口。

“你有什么事就说，以前怎么不是这么扭扭捏捏的性格。”

张语诺听她语气里并无责难之意，也并无不耐烦，似长了信心，抬头看她：“你还生我的气吗？”

姜词讶异：“我什么时候生你的气了？”

“我以为……”

姜词退后一步，背轻轻抵着台子，语调十分平淡：“那跟你没关系，别想多了。陈觉非过生日时你躲着我，我以为你和张叔叔一样，不想再见我。”

“其实，那时候是有些想不开，毕竟我爸……”张语诺笑了笑，“可你以前对我好都是真的。”

姜词一时不知道自己心里是什么滋味，沉默了片刻，问她：“你现在读高三了，怎么样？”

“还好，数学有点跟不上。”

“和陈觉非一直有联系？”

张语诺怔了怔，点头：“他跟我提起过你的情况……”

“我和他联系不多。”

张语诺张了张口：“嗯。”

沉默片刻，姜词还是开口：“张叔叔……”

“我爸去年七月就出院了，我们搬了家，不住原来的高层了，方便我爸进出。”

姜词打量她一眼，崭新的羽绒服，一顶白色绒毛的帽子，穿着还不错，不像受了多少苦的样子。

“刘阿姨现在工作了吗？”

“在超市找了个工作，每个月能拿个几千块钱吧。”

姜词一时没接话，却听外面陈觉非喊道：“你们再不出来，我们就吃完啦！”

烧烤吃了一个多小时，一箱啤酒见了底，食材倒还剩下大半。几人草草将桌子收拾一遍，梁景行去屋里提出一个尺寸十分巨大的蛋糕。

陈觉非一边往蛋糕上插蜡烛，一边自我夸耀：“怎么样，这蛋糕是不是十分秀色可餐？我亲自选的。”

姜词：“你成语用错了。”

梁景行掏出打火机将蜡烛点燃，笑看着她：“许个愿吧。”

姜词还记得去年生日时寒碜的情形，和今年自然无法相比，可她觉得很好，今年也很好。

吹完蜡烛，几人分了蛋糕，最开始还是老老实实地吃着，后来许尽欢冷不丁蹿到姜词跟前，往她脸上抹了一指奶油。

刘原目瞪口呆，以为自己即将见证一场腥风血雨，谁知姜词愣了片刻，不服输般抓了把奶油，飞速地反击回去。场面立时闹开了，大家不分敌我地乱抹一气，就连表示不参战的梁景行也未能幸免，被欺负得惨不忍睹。

闹剧终于收场，许尽欢左手揽着陈觉非，右手揽着张语诺，左拥右抱地进了屋里去洗脸。

刘原留下来帮忙收拾现场，忙了一会儿，手机响起来，是他女朋友催他回去。

姜词将剩下的食材分门别类放好，望着门口刘原的车子驶远，忽然问："刘原开的什么车？"

"大众……"梁景行笑了笑，"怎么问起这个？"

"没，就随口一问。"

两人默不作声地收拾着东西，前方树枝上的雪"啪"的一下落在地上，厨房里遥遥地传来许尽欢和陈觉非的笑声，院子里显得更静。

姜词素净的脸上沾满了奶油，有一点正在鼻尖上。梁景行看她一眼，不由得停了动作，静看了片刻，低头缓缓凑近。

正在这时，一阵笑声从厨房传出来，梁景行又迅速退开。

姜词低声一笑。

三人出来，也不接手善后的工作，而是在雪地上打起了雪仗。

姜词和梁景行将院子收拾干净之后，才进屋去洗脸。姜词打开水龙头，从梁景行手中接过毛巾，正要往脸上擦，手腕被轻轻捉住。

玻璃窗外的雪光照得屋内一片亮堂，姜词呼吸不由得放缓，看着梁景行的脸缓缓靠近，紧接着两片温热的嘴唇轻轻碰上自己的嘴角。

不知过了多久，忽听"啪"的一声，有什么东西砸上了窗户，两人吓了一跳，立即退开，一看，玻璃上雪花四溅，正缓缓往下滑。

姜词目光一凛，瞧见窗外白色的衣角一闪而过。

两人洗了脸，简单擦了擦衣上的奶油，回到院子里。那三人战况正酣，张语诺和许尽欢组成一队，将陈觉非砸得四下逃窜。姜词微抿着唇，盯着张语诺看了片刻，收回目光。

陈觉非遥遥地招了招手："姜词！赶紧过来帮忙！"

张语诺赶紧喊道："姜姐姐！不准帮他！不然我跟你绝交！"

姜词见她表现如此正常，稍稍松了口气，只说："你们自己玩，别想拉我下……"她话音未落，一个雪球破空而来，砸在她的肩上。

姜词撸起袖子就要上，梁景行从大衣口袋里掏出手套递给她："戴着这个，尽管下狠手，别留情。"

姜词笑起来："那可是你亲外甥。"

梁景行闷笑一声，姜词耳根一热，戴上手套冲上前去。

四人玩得筋疲力尽，总算收了手，回到屋内，瘫在沙发上不想动弹。梁景行端出刚刚煮好的奶茶，给每人倒了一杯："晚上打算吃什么，还是烧烤？"

陈觉非急忙摆手："累死了，烤不动了。"

许尽欢坐起身，端起茶杯喝了一口，目光在姜词身上停留一瞬："让姜词静一静吧，都闹她一整天了。觉非，我买了辆新车，你想不想练练手？"

陈觉非跃跃欲试："正好我刚拿了驾照。"

许尽欢笑了笑："那行，就这么定了。等会儿去试车，完了我带你俩去金运大厦顶楼吃大餐。"她顿了顿，看向梁景行，"那姜词就麻烦你送回去了。"

梁景行看她一眼，"嗯"了一声。

歇了一会儿，三人结伴走了，只留下姜词和梁景行。

姜词立即蹬掉鞋子，整个仰躺在沙发上："总算能跟你单独相处了，陈觉非可真黏你，一周能有四天跟你在一块儿。"

梁景行笑了一声："你跟他吃什么醋？"

姜词拍了拍沙发，示意梁景行坐过去。她将头枕在他腿上，仰头看他："如果他知道了会怎么样？"

梁景行轻抚着她的头发，卷了一缕在指间，又缓缓松开："不会怎么样，我要找什么样的人，谁也别想干涉。"

姜词颇为受用："你要是一直这么态度强硬就好了。"

梁景行挑了挑眉："这话怎么说？"

姜词笑了笑，摇头未答。屋内暖气很足，加之梁景行梳发的动作分外轻柔，过了片刻，姜词不由得打了个哈欠。

"去床上睡，在这里容易感冒。"

姜词不动，双眼似睁非睁，朝梁景行伸出双臂。梁景行无奈地笑了一声，将她抱起来，缓缓上楼，放在卧室的床上，替她盖好被子。

他起身要走，手腕却被一把捉住。

梁景行回头，对上一双清亮的黑瞳："我又老一岁了。"

梁景行轻声一笑："你还算老？"

姜词缓缓起身，跪坐在床单上，定定地看着他。

空气一时静了，梁景行呼吸一滞，另一只手在身侧攥紧，又缓慢放松。

姜词手往下滑，握住他的手指。

他们相差十来岁，可在她看来，这样的差距很动人，差距造就的观念分歧很动人，分歧导致的挣扎、隐忍很动人，所有困难最终得到圆满解决也将很动人——你已历经繁华，而我刚刚走入绮年锦时。但我们分享过同一片绿荫，看过同一天的月色。这是你最好的年岁，而遇到了你，又何尝不是我最好的年岁？

她眼睛一分分抬起来，被雪光照得一片清明："梁景行，你还要让我等吗？"

时间一时竟似凝滞了，而下一秒，她便被狠狠一推，整个人仰躺在轻柔而温暖的丝绒被上。那人俯身，粗粝的手掌捏住她的下颌，不由分说落下一吻。

姜词闭眼，环住他的背。

她八岁学画，第一次见陈同勖，被要求现场作画。她那时已在兴趣班学了两年，有了些基础，画了一个倒吊的女人，笔法粗劣，但用色大胆，大片的红与蓝，好似天穹裂了道伤口。

陈同勖看完心惊肉跳，遣了姜词出去，与姜明远单独交谈。姜词扒着门缝，听得一清二楚。陈同勖说："孩子早慧，领悟力太强，但这是柄双刃剑，若不好好引导，未必是件好事。心性敏感之人，将世界看得太透彻，生命便会过于浅薄锋利，若一意孤行，只会走入极端，所谓慧极必伤便是如此。还有一言，现在讲兴许为时过早，这孩子，在情爱方面恐怕也会遭遇劫难，心性太高，必有毁天灭地的架势。"

她自然不信，一个人哪能从一幅画中看出这么多，他不像画家，倒像神棍。

然而此时此刻，她心口一点热血急剧翻涌，只想将此身化作熔岩，打碎泥塑木身，就此毁天灭地。让人窒息的吻中，她的衣服被推高，大掌紧捏着她不盈一握的腰肢，似要将其生生折断。

一寸一寸，攻城拔寨。

她似被置于利刃之上，在狂风骤雨之中瑟瑟颤抖，一只手猛然覆在她胸前，她身体跟着一个战栗……然后一切都停了。

姜词猛喘一口气，缓缓睁眼，却见梁景行双臂撑在她身体两侧，眼神如带火的刃，只静静喘气，看着她。

姜词不明所以，而下一秒，梁景行已翻身起来，喑哑着嗓子说道："抱歉，我太冲动了。"

姜词难以置信地张了张口："梁……"

梁景行迈开脚步，飞快离开了房间。

熔岩熄了。

耻辱，除此之外还有别的什么……姜词头痛欲裂，已不想去分辨。她睁眼静静看着天花板，不知过了多久，从床上爬起来，缓慢地整理好衣服。

梁景行正倚着窗户抽烟，周身烟雾缭绕，脚边一堆丢弃的烟蒂。姜词只看了他一眼便收回目光，进了洗手间。

镜子里她嘴唇红肿，头发凌乱，狼狈如丧家之犬。她面无表情地往镜子上浇了捧水，忽觉门口光线一暗。

梁景行走进来，伸手将她一拉，不由分说地按进自己怀中。姜词挣扎了一下，梁景行便抱得更加用力。

“阿词，对不起。”

一时所有的愤怒和耻辱尽数化作无尽的委屈，姜词紧咬着牙：“你是不是觉得我哪里不好？”

“不，不是你的问题。”

“那是你的问题？”姜词一愣，缓缓抬眼，错愕道，“你……你有问题？”

“我没有问题。”

都这时候了，她竟然笑了出来，笑完却觉眼眶一热，立即紧咬着唇，硬生生将泪水逼回去。

“你还太小了。”

“不小了。”

“太小了……”梁景行微微卸了几分力道，腾出一只手轻抚着她长而柔顺的黑发。

“那你喜欢我吗？”姜词闷声问。

“远比你以为的更深。阿词，我能给你庇护，但我恐怕同样可能给你造成不好的引导。再等一等，我们之间还要磨合……”

“你别跟我打官腔。”

“没有，我不是敷衍你。”

姜词静默了数秒：“那我问你，去年四五月份的时候，你为什么开着刘原的车停在我家附近？”

梁景行一怔。

姜词仰头看他：“你敢说那不是你？”

沉默片刻，梁景行终于回答：“附近乱，我怕你在家不安全。”

“就这样？”

“嗯。”

姜词盯着他看了许久，从他怀里挣脱，退后一步，背靠着洗漱台：“那你究竟是什么时候做的决定？”

梁景行静静看着她，没有说话。

姜词声音不由得冷了：“守了两个月，结果我还是出了事，所以心怀愧疚？”

“阿词，并不是……”

“你的确没敷衍我……”姜词似觉疲惫不堪，闭眼叹了口气，“你只是骗我。”说罢她静站了片刻，也不看他，从他身旁走过，独自出去了。

她回房间锁了门，在床上躺下，脑中一片混沌，自然毫无睡意。数分钟后，她听见梁景行敲了敲门，没应。过了片刻，又传来三下叩门声，她仍是没应。她等了片刻，门外静悄悄的，再无任何声响。

姜词拿了个枕头盖在脸上，无声地落了几滴泪，自觉矫情，又急忙抹掉了。她将所有事儿翻来覆去地想了一遭，仍似面临一堆乱麻，束手无策。

年纪是道坎，毫不讲理地横亘在那儿，似是当年愁倒了愚公的王屋太行，可她纵有移山的心，那人也只当她是个孩子。

上了岁数的人都是这般顽固自大，仗着早生了几年，就自以为是地以长辈自诩，无论说起什么，统统以“我是为你好”打回去。

她有次在公园遇见一个女孩儿跟妈妈吵架，五六岁的小姑娘想吃香蕉，妈妈却往女孩手里塞着苹果。僵持了几分钟，女孩儿拿着硕大的苹果，哭着走了。她在旁看着，数次差点忍不住上前，告诉女孩妈妈：“她想吃香蕉，你给她香蕉就好了啊！”

房间安安静静、空空荡荡，似有一只巨掌攥住了她的心脏，使那里传来虽非剧烈，却绵延不绝的痛。

她以为两人在一起就可以了，现在才知道这不过是万里长征的第一步。而她此刻深感无力，因为深知梁景行便是这样一个人，如果他不肯说，别人如何哀求胁迫都是徒劳。她只能尽力去相信，他的隐瞒和拒绝都是善意的，他不会伤害她——就像当日人走茶凉之时，唯他一人愿意冒雨前来，为她凄风苦雨的岁月送来些许温暖。

为了这一点善意，她愿意信他。

迷迷糊糊间，她终于睡了过去，竟梦到从未入梦的姜明远。是一个雾天，姜明远面容清癯，似是年轻时的模样。她一愣，上前问他："爸，你伤好了？"姜明远不回答，只说要去一个叫作"王谢桥"的地方。她跟着他，一趟一趟赶车，直到快要醒来，也没到达"王谢桥"。姜明远遥遥地对她笑："你回去吧，你帮不上我的。"

醒来天色已暗，姜词从床上起来，抱膝坐了片刻，一时只觉惝恍。

客厅里只开了沙发旁的一盏立灯，茶几上搁着笔记本电脑。梁景行仰躺在沙发上，右手手臂盖着眼睛，似乎睡着了。

姜词缓缓走过去，在沙发一侧坐下，轻轻摇了摇他的手臂："梁景行，去床上睡，小心感冒了。"

梁景行小腿一弹，睁开眼睛，看了姜词片刻，目光才渐渐聚焦，揉了揉额头："不好意思……饿了没？"

"有点。"

梁景行坐起来："出去，还是就在家里吃？"

"随便煮碗面吧，我吃完了早点回去。"

梁景行一顿，伸手捉住她的手指："阿词……"

"没事儿。"姜词笑了笑，抽回手，从沙发上站起来。梁景行将她的手腕握住："想不想出去旅游？"

姜词一愣，往茶几上的电脑扫了一眼，正显示的是一个机票订购的界面："去哪儿？"

"去哪儿都行。"

姜词沉吟片刻道："想去江浙一带。"

"行，我规划路线，你今晚回去把东西收拾好——衣服多带点儿。"

"这么急？"

"说走就走的旅行嘛。"

姜词笑了："好吧，看在你这么诚心诚意讨好我的分上，我暂时原谅你了。"

"暂时？"

"留职待审，以观后效，好好表现吧。"

梁景行笑了一声，起身拉着她去楼下做晚饭。

烧烤还剩了许多食材，梁景行简单炒了几个菜，荤素搭配，色香味俱全。姜词食指大动，吃饱了似乎便也不再那么多愁善感了。她留下来同梁景行查了几个景点，初步定好路线，便回家去了。

回程路上，梁景行给许尽欢打了个电话。

"嘿，你怎么这时候给我打电话，春宵苦短，别浪费时间啊！"

梁景行并不惊讶："你知道了？"

许尽欢笑起来："你们也不知道避嫌，我一下车就看见长针眼的画面了，得亏我心理素质好，不然肯定当场叫出声。我还专门支走了陈觉非，也只他这人，心眼比筛子大才看不出不妥。这可是替你俩创造条件，小姑娘过生日，肯定想跟你单独相处，我们几个大灯泡得识点相。你现在在哪儿，出来喝一杯？"

两人去了崇大校外的美食街，点了盘油焖大虾，边吃边喝啤酒。

许尽欢剥着虾壳："这事儿还有谁知道？陈同勖知道吗？"

梁景行没说话，摇了摇头。

"也是……要让他知道你拐走了他的爱徒，非得剥了你的皮不可。"

梁景行眉头一蹙："暂时没什么必要昭告天下。"

许尽欢一愣："你这话什么意思？想偷偷摸摸玩过就算？"她瞥见梁景行的表情，立即住了声，顿时明了，"你怎么陡然成了情圣，太让人不习惯了。"顿了顿，她又问，"什么时候开始的？"

梁景行没说话，点了支烟。

"在帝都的时候？我记得你说过什么'修罗场'……"

梁景行摇头，嗓音一时有些哑："更早。"

让他自己说，恐怕也说不清。最初他只觉得姜词一朝落难，让人唏嘘，念及姜明远曾帮过自己，便也不由自主地想伸出援手。这孩子性格犀利，以往是明艳的花，如今成了一道炙热的火，燃烧在深渊尽头，让人难以移开眼……久而久之，他也就越发放心不下。

回溯他最初的怦然心动，恐怕是雨夜陋居那晚，她的脸庞隐于雾气之中，神情愣怔，似暂时卸下了坚硬铠甲，像个普通少女一样茫然无措。每每回想起这一幕，总会让他忆起葬礼那天的姜词，身影单薄，像道浅淡墨痕，随时可能消失于灰白天光之中。

此后，她借着酒劲歪在他怀里，半真半假说着“恐怕今后真要赖着你了”，他心里失控似的一颤，自此有什么偏离轨道，不复当初。

正好叶篱病重让他有个理由暂时远离，在帝都待了几个月，他终于说服自己，当个寻常长辈，或是一棵遮风挡雨的树、一捧烛光，给她凄苦的岁月带去些许慰藉。

可是能狠心铰了自己一头青丝的女孩，哪里能接受这样折中的关怀，她的性格最是宁为玉碎，不为瓦全。

生日那次争吵以后，他打算自此了结。结果在帝都的那一次会面，让他本已岌岌可危的立场再次动摇。

回到崇城，有段时间，他常会不自觉开车去晚霞路——也不敢开自己的车，便找刘原换了那辆大众。刘原每天开着他的保时捷上下班，简直诚惶诚恐，有次哭丧着脸找他诉苦：“梁哥，我今天听见有几个女编辑议论，说我被你潜规则了……你赶紧把车还给我吧，你这车太贵了，我怕给你擦着碰着。”

车就停在那家沃尔玛的对面，姜词回家必会经过此处，一则保障她的安全，二则他想找个没人的地方把这事儿仔细捋一捋。

他一边看，一边想，想了整一个月，直到再也说服不了自己，便换了个思路，考虑要真往这条道上走，到底是否具备可能性。

世俗的压力自不必说，他父亲是那样老派的人，要是听说他找了个十八九岁的小姑娘，肯定气得血压升高；陈同勖那关自然也难过，姜词父母双亡，他是老师，凡事都有话语权。

除此之外，还有一部分压力来源于他自身。

姜词太年轻了，还未曾领略这世界真正的精彩，未刻骨铭心去爱过一个人……她的生命泰半还是空白，而这份空白意味着未知，意味着不稳定，意味着……如果哪一天她见到更为年轻鲜活有力的生命，意识到自己以往视野的局限，也许会毫不犹豫抛弃自己最初的选择。

如果真的出现这样的结局，他能坦然接受吗？他能够眼睁睁看着到手的稀世珍宝，悄然落入他人之手，而毫无怨怼，真诚祝福吗？

而最可怕的在于，他不知道这事儿会在多久之后发生，三年、五年，还是十年？

许尽欢抬头盯着他：“所以，你是抱着随时可能被她抛弃的心理在跟她谈恋爱？”

梁景行喝了口啤酒，没吭声。

许尽欢哑口无言：“你这觉悟和境界，我等俗人简直难以望其项背。”

在姜词出事受伤那一天，最终被姜词激得忍无可忍，自然也有冲动的原因，可在这之前，他已将所有的问题，像翻面口袋一样，彻彻底底想了个透彻。

爱情这事儿本就像是博彩，多少人输红了眼，一无所获，好歹他还能看见一线曙光，赌一把，兴许也就赌对了。如果不幸输了，他自然只好愿赌服输。可他不能看着姜词在自己的视野范围内再受丁点伤。

许尽欢叹了口气：“你可真是‘老夫聊发少年狂’，都这么大岁数了，还跟十七八的毛头小子一样冲动。”

“我不是冲动。”

许尽欢点头：“对对，你不是冲动，可你这深思熟虑比冲动还恐怖，简直是铁了心为他人作嫁……这些事儿你没跟小姑娘本人讲过吧？”

“没……”梁景行将一支烟抽完，掐了烟蒂，“怕她有心理负担。”

“……”许尽欢简直佩服得五体投地，“我说梁景行，你图什么啊？过个三五年，小姑娘心野了，跟别的男人跑了，而你年逾四十，老态龙钟，简直赔得底裤都不剩。”

梁景行只说：“你也别到她跟前多嘴。”

“我才懒得管你这档子事儿，你简直是个疯子。”

梁景行沉沉地笑了声，这话，他也对姜词说过。挺好，两个疯子，不疯魔不成活。

“我算是看出来了，从你大学炒股敢赌上所有身家这事儿就知道，你平日里看似四平八稳、持重可靠，实际上就是个不要命的赌徒。”

梁景行煞有介事地纠正：“命还是要的。”

许尽欢觉得又好气又好笑：“那你今后打算怎么办？”

“就这么办，没经验，摸着石头过河，走一步算一步。”

“可你心理包袱也太重了，跟戴着镣铐跳广场舞似的。”

梁景行不以为意：“还好，什么大风大浪没见过。”

“你就吹，别以为我不知道你，什么过错都往自己身上揽——我说你早年也不是这副让人窝火的德行啊！”

梁景行笑了笑，不置可否。

许尽欢让老板将桌上的虾壳清理了一下，换了双手套：“你该不是怕姜词走上叶篱这条道吧？”

“跟叶篱没什么关系。”

“不是就行，我怕你想不开——其实有句话我一直没跟你说，叶篱如今都走了，再提起来也没多大意思。她这人，真不像你想的那样单纯。那种家庭出来的，又是艺术生……”

“我知道。”

“其实她只要开口，我自然义不容辞。可她自尊心强，肯定不会找我俩帮忙。我要是自作主张，又唯恐伤害她的感情。”末了，她轻叹一声，“也是天妒红颜，各人自有各人的命。”

梁景行只默默喝着啤酒，一时没开口。

对于他而言，自然还有一重顾虑。姜词还太年轻，过早确定一份独占的关系，并不利于她的独立。他已在尽力地将她推往正常的社会，但如果她还有退路，恐怕这种尝试只会徒劳。

那日姜词提及《洛丽塔》，让他脊背一阵发凉。小说中，男主亨伯特为了一己私欲独占洛丽塔，使她与正常健康的社会脱节。最后，亨伯特听着镇上居民和谐活泼的笑声时，痛苦忏悔："随后我明白了那令人心酸、绝望的事并不是洛丽塔不在我身边，而是她的声音不在那片和声里面。"

一大盘龙虾全被许尽欢扫荡干净，她起身伸了个懒腰："就今天吃的这些东西，起码长三公斤的膘。"

结完账，两人沿着河边慢走，吹风醒酒。天气极冷，脚踩在雪地中，"嘎吱"作响。

"我跟姜词接触不多，但能看出她这人十分聪明，性格也敏感，恐怕人情世故方面，也看得十分通透。站在女人的角度，我还是给你个忠告，有什么事儿尽快坦白。女人没事都爱瞎琢磨，你瞒了这么一档子事儿，她自己完全能脑补出朵花儿来。"

梁景行又点了支烟，夹在指间，只偶尔抽两口："我有分寸。"

"你有个屁分寸。"

"许尽欢，你能不能文明一点？"

许尽欢哈哈笑起来："我告诉你，我现在迫不及待地想看看，陈觉非要是知道你给他找了个比他还小的舅妈，脸上是什么表情，一定精彩极了。"

"你还是先管管你自己吧，快点跟你爸把事儿讲清楚，我去他的办公室一次被催一次。"

许尽欢摆了摆手，直打哈哈："我这不是还在酝酿吗？成大事者须得深谋远虑，徐徐图之……"

"行了行了。"

待酒醒得差不多了，梁景行和许尽欢步行去停车场。正要上车，梁景行想起一事："你爸的那个藏友，有没有什么眉目？"

“我这不是在帮你打听吗，着什么急。”

“那行，打听到了第一时间给我打电话——对了，我明天要跟姜词出去旅游。”

“你真是生怕陈觉非不知道——打算去哪儿玩？”

“嘉兴、绍兴那片逛一圈……”他顿了顿，“最后去苏州。”

许尽欢一愣：“伯父一把老骨头了，饶了他行吗？等两年啊，再不济先铺垫铺垫啊！”

“又不是非得挑明身份。”

“你爸阅人无数，看不出你俩这点儿猫腻？别铤而走险了，小心给他气出毛病来。”

“我有分寸。”

“……”许尽欢无话可说，“我也是狗咬耗子多管闲事，随你便吧，悠着点，别到这岁数了栽一跟头。”

梁景行将车解了锁，淡淡说了一句：“她没安全感。”

许尽欢神情复杂：“你倒是煞费苦心。”她沉默了几秒，忽怪笑一声，盯着梁景行，“我说，你俩是不是到现在还没有……”

梁景行拉开车门：“她还太小。”

“年龄不是问题啊，已经成年了……”

梁景行懒得理她，上了车。

“真的！听我一言没错，女人要的安全感很简单，但绝不是你私底下偷偷摸摸带回去见家长能给的。虽然你一番苦心可昭日月，但不能因噎废食啊！总而言之，别顾忌什么年龄了，一切还是要靠‘真本事’说话……”

梁景行面无表情，“砰”一下关上车门，发动车子：“我走了，你自己开车注意安全。”

许尽欢笑嘻嘻地同他摆了摆手：“一定记住我的话啊！等你的好消息！”

第十章
夜色归途

一周多的行程，两人先去浙江再到江苏，落脚的最后一站是扬州。下了雨，天气阴冷，姜词逛得并不太尽兴。但这一路上都能与梁景行朝夕相处，且无所顾忌，对姜词而言，这一趟已无太大遗憾。

第二天清晨，眼看着又有落雨的迹象，姜词急忙催促梁景行去火车站。梁景行倒是不紧不慢，只说时间充足。

到了车站，离返程车出发的时间只剩十五分钟，姜词急忙挽着梁景行往检票口去。梁景行却将她一拉："我们不回崇城。"

姜词脚步一顿，疑惑地看着他。

梁景行从口袋里掏出两张票，递给姜词。姜词接过车票，瞟了一眼目的地，顿时一愣："苏州？"

"都到家门口了，过去拜访一下。"

姜词惊得半晌没说出话："你怎么都不提前跟我商量？不行不行！我不能跟你去。"

梁景行放了行李箱，捏住她的手："没事，就说你是陈老师的学生，正好过来采风。"

"不行不行不行！我一点准备都没有！"姜词往自己身上看了一

眼，连连摆头，“而且衣服都穿得乱七八糟，太失礼了。”

梁景行笑说：“要提前告诉你，恐怕这一趟都别想出门了。回崇城的票我没买，去苏州的火车一天只有这一趟，去不去都由不得你了。”

“梁景行，你这人太阴险了。”

梁景行笑了一声，拉着她去了另外的检票口。

两人到达苏州，已是午后。苏州天气也不大好，天色阴沉，寒风料峭。车停在一处中式的大宅前，黑漆的木门，门廊上悬着两盏琉璃灯。梁景行卸了行李，见姜词定在原地，神情犹豫，将她的手一挽，不由分说地把她拉到门口。他松了手，拉起门环轻轻叩了叩门。不过片刻，门开了一道缝，一位老妪往外看了一眼，惊喜道：“梁先生，你怎么回来了？”

梁景行将箱子提进屋里，递给老妪：“珍妈，把箱子送去客房，床铺换新，屋子打扫一下。”

珍妈连连应下：“太太在书房整理相簿。”

梁景行点头，低头看了看有些愣神的姜词：“走吧。”

这别墅是中式，仿古的三进院落，白墙黑瓦，角落里有几块山石、几根疏竹。姜词一路看着，未觉梁景行已停下脚步，差点撞上去。前面房间里传出细微的歌声，似是方言小调。梁景行上前敲了敲门，等了片刻，便有一位妇人将门打开，对方怔了怔，随即笑道：“怎么回来也不提前打声招呼。”

妇人穿着样式传统的旗袍，外面罩了件暗色的披肩，花白的头发梳成一个髻，插了支素银的簪子。

姜词看了一眼，隐隐已猜到她的身份，手心里顿时捏了把汗。

梁景行先不与她寒暄，退后一步，向其介绍姜词：“妈，这位是陈同勖先生的学生姜词，恰好过来采风，我就顺道同她一路。”

梁夫人从房里跨出来，笑道：“稀客稀客。”

姜词忙说：“梁夫人，叨扰您了。”

“别说这么见外的话，景行与你老师素有往来，我也只听说陈先生有这么一个徒弟，缘悭一面——走，去客厅喝口热茶，天冷，晚上怕是又要下雪了。”说罢，她便挽了姜词的手，朝前面走去。

梁夫人亲手泡了茶，又喊人端来干果零嘴，听说两人还没吃饭，赶紧吩咐厨房准备午饭。

在火车上时，姜词幻想了无数种与梁景行的家人见面的场景，唯独没想到梁景行的母亲会这样热情随和。她年逾花甲，眼角已生了深深的皱纹，但并未显出老态，反有一种难以名状的恬淡雍容。

“你回来得不巧，你爸昨天刚去福建了，恐怕得待两周。”

“我也待不了几天，还要回崇城忙公司的事。”

梁夫人拿了个橙子，慢慢剥着：“觉非回国了吧？要是闲着没事，怎么不早些回家来玩？”

“他的朋友都在崇城，回来了待不住。”

梁夫人笑了笑，抬头看了看姜词：“阿词——我这么叫你行吗？你计划在苏州待几天？”

姜词正襟危坐，一刻未敢放松，立即回答：“您随意称呼就行。我……可能待两三天吧，也快要过年了。”

“我正好也在学画，没请老师，自己对着书瞎琢磨，你要没事，不如多待几天，指点指点我。”

姜词忙说：“我水平一般，不敢妄谈指点……”

梁夫人淡笑：“那好，只要你不嫌我人老了学东西慢，我就不客气了。”

几人闲聊片刻，厨房那边午饭已经备好，让他们移步餐厅。四菜一汤，并不铺张，味道清淡但层次丰富，只是家常小菜，却也让人食指大动，可见厨师功底深厚。

吃过饭，珍姐说房间已经收拾好，姜词可去小憩片刻。姜词摸不准午休是不是梁家一贯的规矩，也不好问梁景行，便依言去了客房。临窗支着一张书案，案上摆着一个花瓶，插了红梅，隐约散发出一缕清香，让这装修偏于沉重的客房立时生动起来。

在床上躺了片刻，仍是毫无睡意，姜词便披衣起床，推开了北面的窗子。外面竟有一方人造的水池，池水幽绿，雾气浮动。池边栽了几棵树，叶已经落光了，只剩光秃秃的枝丫。

在房里待了半个小时，梁夫人过来敲门："景行有事出去了，阿词，下午我带你逛逛拙政园。"

姜词受宠若惊："梁夫人，我自己去就行了，外面天冷。"

"没事……"梁夫人笑说，"我也得多多活动，不然这把老骨头越发不顶用了。"

"您不老，年轻着呢。"

梁夫人哈哈一笑："我都六十三了，外孙都跟你一般大了。"

姜词挽着梁夫人，慢慢走去后门。门口停了辆黑色奥迪，司机下车，替两人拉开车门。

"这宅子里轻易不来客，来的也全是谈生意的，我怕是有好久没跟年轻人聊过天了。"

姜词忙说："只要您不嫌我年少浅薄，我愿意陪您聊一聊。"

梁夫人笑起来："我第一眼见你就觉得投缘，听景行说，你跟觉非还是同学。你别拘束，当这是自己家里就行。"

姜词连连应下。

两人不多时就到了拙政园，大约是天气不好，园子里人迹寥落。

梁夫人走路很慢，姜词也不着急，挽着她一路走一路听她介绍。两人逛了大半个园子，才找了个凉亭坐下休息，姜词拧开水杯递给梁夫人。

"阿词，你见没见过景行的姐姐？"

姜词摇头："还没机会见上。"

"静思和景行，两人脾气都固执，跟他们的父亲一个德行。静思大学毕业，她爸安排她相亲，她带上六千块钱一个人去了崇城，不到两年时间就买了套房子，连终身大事都一并解决了。这孩子，生意头脑比她父亲还要强。"梁夫人叹了口气，"可她父亲只一心想让景行继承事业，即便她做出这样的成绩，她父亲也丝毫不肯改变主意。景行和静思关系好，见姐姐遭遇不公，也难以心安理得，大学虽按照父亲的意思读了个经济管理的专业，毕业了却跑去北漂当记者。”

姜词笑了笑：“两个人都很特立独行。”

梁夫人也笑起来：“可不是，那时常有人议论，说梁家一门两逆子。我反倒觉得，年轻人就该不按规矩办事，规矩是留给咱们这种半截身子入土的老不死遵守的。”

“您既然这样想，也一定和他们一样。”

梁夫人笑着摆了摆手：“我不是，我也只敢想一想，否则怎么会在静思都已十岁的关头上还被逼着生了景行。儿女都这般忤逆，我没少被指责管教不严。”

姜词一时沉默。

梁夫人拍了拍她的肩膀：“我为什么说跟你一见如故，大约就是觉得你和静思、景行是一路人。”

姜词笑说：“您谬赞了。”

片刻后，姜词想起一事：“梁夫人，我曾听梁先生说，他最喜欢的职业就是记者，那为什么他又转行干别的？”

“他记者没当多久，也就干了一年多吧。这事儿我也不大清楚，孩子爱做什么，我一般不会干涉，我想想看……”梁夫人沉吟片刻，“我记得好像当时有篇报道出了点问题，那之后他就不干了。”

“您还记得是什么报道吗？”

“这我就想不起来了，八九年前的事儿。你要感兴趣，可以去图书馆翻翻当年的报纸。”

姜词点头，垂眸沉思。

梁夫人收回目光，笑了笑，站起身：“再逛逛吧，怕要闭园了。”

回去的路上，梁夫人问姜词在哪个学校念书。

“崇城大学。”

“哦，老许的学校。”

"老许？"

"许秋实，你们副校长。"

姜词一愣，陡然意识到一个问题："许小姐和许校长是不是有什么渊源？"

梁夫人笑说："原来你认识尽欢。"

"嗯……见过几面。"

"她是许校长的女儿，和景行一块儿长大。老梁和老许两人一条心，天天催他俩早点结婚。"

"那您呢？"

"自己的儿子我还是了解的，他喜欢的肯定不是尽欢那样的。所以我从来不催，催了也白催。"

"那……梁先生喜欢的是怎样的？"

梁夫人意味深长地笑了笑，语焉不详："他啊……肯定喜欢跟他一路的。"

姜词隐约感觉梁夫人可能已经看出什么来了，但半点也不敢多问。下午这半天，梁夫人同她讲的一席话，让她一头雾水，摸不准梁夫人的用意。那些话好像只是一个上了年纪的长辈无聊时的絮叨，可细思之下又仿佛别有深意。

梁景行已经回了梁宅，正打算出门去拙政园接二人，还没到门口，便见姜词挽着梁夫人有说有笑地回来了。

梁景行上前笑说："妈，您跟姜词倒是投缘。"

梁夫人笑了笑："你们一个个都不在身边，我快被闷出一身毛病来了。你这次倒是做了件好事，带回来一个这么对我胃口的贵客。"

"既然对您胃口，那就让她多留几天吧。"

"要能留在这儿过了年再走就最好不过了。"梁夫人半开玩笑道。

姜词瞟了梁景行一眼，摸不准梁夫人是不是知道了她父母双亡这事儿，沉默了几秒才笑说："过年怕是不行，采风回去还得跟陈老师交差。”

梁夫人笑说：“我虽有心留你，但照梁家的礼数，外姓的女子留下过了年，就等于是定了亲。思来想去，跟你年纪相当的只有觉非，可惜觉非也不是梁家的，是陈家的……”

“妈，越说越荒唐了。”

梁夫人哈哈大笑：“几句胡话，别当真，别当真。”

吃过晚饭，梁夫人喊姜词去书房帮她看几幅画。

“都是我自己的涂鸦，你帮忙看看，我自己觉得不对，但看不出哪里不对。”

姜词从梁夫人手里接过一沓宣纸，一张张翻开。梁夫人画的是国画，跟姜词主攻的西洋油画不是一个路数，但有些道理是相通的。

姜词看完，挑了一张兰花图：“画画多数流派都讲究形神兼备，您的画作形到位了，但是欠缺一点神韵。好比这张兰花图，过于拘泥形姿，所以显得有些死板，不够灵动。您今后作画，可以省略一些细节，不用面面俱到，用笔更随心所欲一些，不必犹豫。一旦犹豫，笔锋就会凝滞。”

梁夫人顺着她指的地方细看了片刻，似有所悟，笑了笑说：“我怕画错，每落一笔都得思考一阵。”

“画错了换一张纸重来就行，束手束脚，反而享受不到乐趣了。”

梁夫人连连点头：“我都这么大岁数了，有些道理反不如你一个二十岁的小姑娘看得透彻。”

姜词被夸得不好意思：“我只会纸上谈兵，一些事落在自己身上，我便理不清了。”

梁夫人铺了笔墨，笑看着她：“年纪轻轻就这样心事重重，不如跟我说说看，我兴许能开导你几句。”

姜词垂眸沉默片刻，摇了摇头。

梁夫人看她一眼，笑了笑，也不强求。她捉着衣袖，在宣纸上运笔，不过片刻，几株梅花跃然纸上。

案上放了一盏灯，灯光柔和，映着梁夫人恬淡含笑的容颜。姜词不由得愣怔，只觉这一幕分外动人。她向来只觉时光残忍，好比她与梁景行，每相隔一岁便是一道沟壑——可原来时光也有这样的力量，能够雕琢出一种淡定自若的安详平和。

“再看看，这张如何？”

姜词回过神，往纸上看了看，不由得点头：“很有神韵。”

梁夫人笑说：“可别是说瞎话安慰我。”

姜词摇头，浅笑道：“我没少被人教训不懂左右逢源。”

“不会逢迎也不算什么坏事，就是在这世道，难免要吃点苦头。有大智慧的人，往往能够在别人的要求和自己的秉性之间找到平衡。”

姜词忙问：“该怎么做呢？”

梁夫人摇头笑答：“这个我也是爱莫能助，所谓六十耳顺，七十从心所欲不逾矩。我怕是一辈子都未从心所欲过，今后也未见得有这样的机会，还得仰仗你找到方法了来告诉我。”

不知不觉，已是夜深。梁夫人乏了，打了个哈欠：“赶紧去休息吧，明天让景行带你去逛逛沧浪亭。”

姜词走出书房，才发现外面又下雪了。雪花飘到廊下，被柔和的灯光照亮。她踩着积了薄雪的石板路往客房走，迎面撞上正疾步走来的梁景行。

梁景行手里拿了件宽大的羽绒服，往她身上一披：“正要去书房接你。”

姜词朝手里哈了口气，笑说：“还好你来了，我差点迷路。”

两人一道往客房走，梁景行问她：“在书房大半天，聊了些什么？”

姜词乐了：“你这话到底是在吃谁的醋呢？”

梁景行微微挑了挑眉：“我可是被扔在一边，听珍妈念叨了几个小时她刚满月的孙子。”

姜词笑起来：“多好，免费的育儿经。”

很快到了客房门口，姜词推开门，同梁景行道晚安。

“阿词，我妈很喜欢你。”

姜词笑了笑：“她要是知道我是什么人，恐怕就喜欢不起来了。”

梁景行不置可否，凑上前亲了她一下，伸手替她整了整领子：“进去休息吧，晚安。”

连日都在下雪，姜词没逛几个地方，多数时候都是待在宅子里，同梁夫人喝喝茶、聊聊天、品品画。

三天后，天终于放晴，姜词也踏上归程。

“今后如果没事，随时过来玩，崇城离这儿也近。”梁夫人将姜词和梁景行送到门口。

“这几天叨扰您了。”姜词微微鞠了一躬。

“招待不周，也没备什么礼物……”梁夫人接过珍妈递上来的一个描金漆盒，打开来，拿出一只翡翠的镯子，“一点心意，阿词，你别嫌弃。”

姜词一惊，急忙推拒：“梁夫人，这太贵重了，我不能收。”

梁夫人笑着将她的手拉过来：“你还不到戴翡翠的年纪，但翡翠内敛光华，戴着最是养性。年轻人该有蔑视规则的劲头，但也不可锋芒太露，否则伤人伤己——拿着吧，你是陈同勖先生的学生，过来拜访，要是我们连这点薄礼都没送，外人恐怕要说我们梁家不识礼数了。”

姜词推辞不过，只好收下，想了想，从背包里掏出随身携带的素描簿，取下一页：“没经过您的同意，随意涂了一张。”

梁夫人往纸上扫了一眼，画的是她那日在灯下作画的场景，她笑着摸了摸自己的眼角：“画得可真好，恐怕年轻了不止十岁。谢谢你啊，这礼物我喜欢。”

梁景行将行李拎到车上，见梁夫人还站在门口，便低头对姜词说：“你先上车，我过去说几句话。”

梁夫人看着梁景行走近，这才缓缓收回定在姜词身上的目光。

梁景行将她的肩膀一揽，虚虚抱了抱：“妈，谢谢您。”

梁夫人似笑非笑道：“下回可别这样了，提前跟我打声招呼。”

“您怎么看？”

“随你高兴，我可管不着。就是这小姑娘……”梁夫人朝着车上看了一眼，轻叹了口气。

“所以带她回来见见您，兴许能对她有所影响。”

梁夫人笑了：“别奉承我，我没这么大本事。人各有命，她能成什么样，全看她自己的造化。要我说，大器晚成，还得打磨。”她拍了拍梁景行的肩膀，“赶紧去吧，别让人等太久了。”

待梁景行回到车上，姜词仍是惴惴不安地拿着那镯子：“梁老师，你替我还回去吧，无功不受禄。”

梁景行笑说：“这事儿我可做不了主。”

司机将两边窗子关上，发动车子朝机场驶去。姜词脑袋歪靠着车窗：“她是不是看出什么了？”

梁景行装聋作哑：“我不知道，我怎么敢问。”

姜词瞥他一眼，见他神色正常，甚是无辜，幽幽地叹了口气，也就放弃追问了。

第十一章
梦魇

回崇城第二天，姜词便被陈觉非喊出来聚餐。张语诺也在，刚刚补课完。

餐厅紧挨着市中心电影院，生意甚为火爆，坐在门口排队等位时，陈觉非问起姜词这段时间去哪儿了。

“采风。”

“巧得很，我舅舅也这时候出差，语诺又在补课，我这十多天可真是闲出毛病来了。”

张语诺目光在姜词身上停留一瞬，紧接着看向陈觉非：“你就骗鬼吧，我任何时候打电话给你，你都没闲着。”

陈觉非“嘿嘿”笑了一声。

服务台叫到三人，他们进了餐厅，点完菜之后，陈觉非接着询问姜词过年的安排。

“能有什么安排，跟去年一样。”

“要不跟我们一起？反正现在都这么熟了，我爸妈、舅舅都不会介意的。我外公跟你的老师也有往来，你过去倒不算师出无名。”

都过去一年了，陈觉非想问题竟还是这样单纯，也不知道究竟算是他的优点还是缺点。姜词端起水杯："这是过年，又不是去你家赶庙会，我用什么身份去？"

陈觉非露出一口白牙："你要真想过去，什么身份不行？要不我委屈委屈，让你当几天我名义上的女朋……"

姜词"砰"的一下将杯子搁在桌上，杯口溅出些许茶水，而坐在对面的张语诺恰好也在喝水，闻言立时呛得咳嗽了几声。

"陈觉非，你讲话不要满口跑火车。"

陈觉非急忙解释："开个玩笑，你别当真啊！我对你真没别的想法！要有早有了！"

姜词神色平淡："那今后别开这样的玩笑了。"

对面的张语诺轻轻放了水杯，低垂着头，咬了咬嘴唇。

吃过晚饭，陈觉非又说要看电影。正是周末，大热的片子都没票了，最后他们只好去看一部只看海报就知是烂片的国产恐怖片。

整个厅里坐了不到十个人，三人随意找了位子坐下。电影烂得十分平庸，姜词吃着爆米花，全程面无表情。倒是张语诺和陈觉非被吓得时不时发出一阵尖叫。姜词见他俩互相紧抓着手臂，神色紧张，如临大敌，不由得觉得好笑。

其中一幕，女主角不听劝告独自去了地下室，音乐一时阴森森的，极为瘆人。姜词吃完了一大桶爆米花，一时无事可做，伸手去拿搁在扶手上的可乐，一不小心碰到了张语诺的手肘。

"啊啊啊啊啊啊！"张语诺骤然厉声尖叫，扬手一打，怀里的爆米花撒了一地。

后排的观众也被这叫声吓傻了，张语诺回过神来，颇觉困窘，神情似有恼怒。她看了姜词一眼，嘴里咕哝一句，但并未说什么。

姜词低声道歉："对不起，我不是故意的。"

"没事……"张语诺也不看姜词，只低头拍掉裤子上的爆米花，"电影没什么意思，我们回去吧。"

到了地铁站，三人分别，姜词嘱咐陈觉非："你把语诺送到家，到了给我打个电话。”

陈觉非点头：“放心，你回去也注意安全。”

张语诺没说再见，已转身往另一侧去了。

姜词自然觉察到张语诺生气了，打算第二天打个电话跟她聊聊，谁知刚回到家没到两个小时，正要上床睡觉，突然响起“咚咚咚”砸门的声音。

真的是砸，一声声震天动地。

姜词被吓出一身冷汗，提起搁在床边的钢管缓缓走到门口：“谁啊？”

“是我！姜词！你开门，我有话问你！”

姜词从未听过陈觉非如此怒冲冲的语气，静立片刻，心里已明白七八分，上前开了锁，让陈觉非进来。

他一米八三的身高，往姜词跟前一站，虎着脸，气势颇为骇人，劈头盖脸就是一通责问：“姜词，你什么意思？”

“什么什么意思？”

“你别装傻！你跟我舅舅！你们什么时候搞到一起去的？！”

姜词瞥他一眼，只问：“犯法吗？”

陈觉非一愣，肃杀的气场立时萎了一半。

姜词神情冷静：“既不犯法，又不违背道德，你有什么资格指责我？”

“你……”陈觉非逼近一步，“那可是我舅舅！我问一句怎么了？而且我舅舅有女朋友，你凭什么不要脸地插进去？”

“许尽欢自己承认过吗？”

陈觉非又被噎住了。

“陈觉非，我跟梁景行什么关系是我们俩之间的事。你是他外甥，也是我朋友，你要是心平气和地问我情况，我也可以心平气和地解释给你听，但你要是来兴师问罪，恕不奉陪。”她将门打开，掌着把手，面无表情地盯着陈觉非。

陈觉非咬牙站了片刻，还是暂将一腔怒火压了下去："你解释。"

姜词将门合上，抱臂靠着门板："梁景行和许尽欢究竟是什么情况，你自己去问。总之我跟梁景行自主自愿，没有任何龌龊的勾当，也没有对不起任何人。"

"你们什么时候开始的？"

"去年六月。"

"……"陈觉非差点飙脏话，"所以你们瞒了我大半年？姜词，你是不是故意讹我，好接近我舅舅？"

"智商呢？"

"……"

"我跟梁景行认识在先。"

姜词掀了掀眼皮："还有什么想问的？"

陈觉非本是有备而来，却被姜词的几句话打压得无可奈何，憋得一阵胸闷："你打算跟我舅舅发展到哪一步，不会打算……"

"当然是奔着结婚去的。"

"我告诉你，别指望我喊你……嗯，那什么……"

"你以为你喊我一声'舅妈'我能多长两斤肉？"

他一心想回避的这个称呼被姜词这么大咧咧地说出来，心里又是一阵冒火："我舅舅可大你十二岁……"

"那怎么了？"姜词打断他，"鲁迅、许广平相差十七岁，孙中山、宋庆龄相差二十七岁，杨振宁、翁帆相差五十四岁……十二岁怎么了？"

陈觉非哑口无言。

"除了年龄，你还有别的反对理由吗？"姜词站直身体，上前一步，仰头盯着他，顿了顿道，"你是不是喜欢我？"

陈觉非还未来得及回答，手腕便被姜词一把捉住。

陈觉非呼吸一滞，扭动手腕打算挣开，姜词瞪他一眼："别动！"

她捏着他的脉搏，静静等了十多秒，只觉脉搏平稳正常，并无什么变化。

几秒钟后，姜词撒开手："看来是不喜欢。"

"……"陈觉非彻底无话可说，"我怎么可能喜欢你？一见你就想到你光头的造型，能不笑出来就谢天谢地了。"

姜词倒是一点不恼："那你还有反对的理由吗？"

陈觉非不吭声。

"我知道语诺对你说了什么，你听了她的话就这么冒冒失失过来质问我，你让她怎么想？"

陈觉非一愣："什么她怎么想？我过来问你跟她怎么想有什么关系？"

"……"姜词叹了口气，"陈觉非，你知道我想说你什么吗？"

"什么？"

"长得帅，可惜是个二百五。"

"姜词你别太过分！"

姜词打开门："你赶紧回去吧，我要睡了。"

陈觉非还想再说什么，可所有话头都被姜词堵回去了。再者这么晚了，他待在人女生家里的确不合适，郁闷地站了片刻，还是依言离开了。

到底咽不下这口气，他又给梁景行打电话，凉飕飕地笑了一声："舅，你背着我干了什么好事？"

梁景行莫名其妙："你这什么语气？我干什么了？"

陈觉非踩着脏兮兮的雪水走在马路上，抬头望了望天空，半个月亮的影子都没有，他突然觉得特别孤单，像被全世界抛弃了一样："舅，你这么不厚道，小心遭报应哟。"

"陈觉非你给我好好说话，阴阳怪气，什么德行！"

"你居然跟姜词狼狈为奸瞒了我这么久。"

梁景行一愣："你怎么知道的？"

陈觉非又笑了一声。

“你现在在哪儿？”

“姜词家附近。”

“你找她了？”梁景行语气冷肃，“陈觉非，你既然知道了，应该首先来问我，欺负一个女生算什么本事！”

“谁欺负她了？”陈觉非没想到宠了自己二十年的舅舅就这样胳膊肘往外拐，心里立时酸甜苦辣咸五味俱全，十分不是滋味，“从头到尾，我从她身上占到一点便宜了？”

梁景行忍俊不禁，心想他倒是说了句实话：“姜词跟你说了什么？”

“我哪还记得，她讲起道理来一套一套的，什么宋庆龄、孙中山，鲁迅、许广平……”

梁景行一时默然，片刻后说道：“你赶紧找个出租车回去，大晚上的，别在外面乱晃。”

挂了电话，陈觉非还想感叹两句世道苍凉，却打了个喷嚏，只得乖乖拦了辆的士，灰溜溜地回去了。

世界观一时遭到了前所未有的冲击，陈觉非对谁都爱搭不理，在家宅了三天，惊得他妈妈梁静思眼珠子都要掉出来了，不时旁敲侧击，疑心他被人甩了受了情伤。陈觉非渐渐想通了，为了这一大一小一公一母两只狡猾的狐狸伤心哀叹实在不值，便很快重新抖擞精神，故态复萌。

而那日的梁景行，在接完陈觉非的电话之后，立即拨电话给姜词了。

姜词迷迷糊糊刚要睡着，被铃声惊得打了一个激灵，摸起手机眯眼看了看屏幕上的字，接起来：“梁景行。”

“睡了？”

姜词打了个哈欠：“刚睡着。”

“不好意思。陈觉非刚才去找过你？”

“没事，被我打发回去了。”

"没事就行，我怕他说了什么难听的话。"

"没有……"姜词想了想，"呃，也许有。他说，一看见我就想起我光头的样子。"

梁景行笑了一声，低沉的声音从听筒里传来，似是暖了她的耳朵："我以为你不在意这个。"

"我原来的头发可留了五年，能不在意吗？"

"现在也挺长了。"

"还不及原来的一半。"

"你怎么都好看。"

姜词勾了勾嘴角："光头也好看？"

"嗯……"梁景行忍俊不禁，"看着很有精气神。"

"谁信你随口胡诌，什么精气神，少年犯的精气神吧？"聊了片刻，已是睡意全无，姜词翻了个身，"你公司的事儿忙完了吗？几时回家？"

"不回去了。"

姜词一愣："什么？"

"今年我就在崇城过年。"

姜词一时没说出话来，片刻后才出声："其实我一个人没事，去年不也这么过来的？过年也就是个寻常日子，没多大意思。"

"是我想跟你一起过。"

姜词闭了闭眼，听着电话那端平稳的呼吸，仿佛近在咫尺："梁景行……"

"嗯？"

姜词笑了笑，只问："你不回去，你父母不怪你吗？"

"我元宵抽空回去，没事。往年也并不是年年都回家。"

姜词想到梁夫人提及梁静思和梁景行时有些落寞的神情，心里终究不忍："你还是回去吧，我可不想别人说你不孝。至于我们，还有那么长的时间，不急于这一时。"

"真心话？"

姜词翻了个身，将脸埋进枕头里，声音一时变得沉闷：“嗯，措辞稍微美化了一点——不过我有一个条件。”

“你说。”

“我要住你的别墅，你客厅的电视大，看春晚比较爽。还有，零点的第一通电话，你必须打给我。”

那边静了片刻，才传来声音：“好。”

“还有，得给我包个红包，规格嘛……反正不能比给陈觉非的小。”

梁景行轻笑一声：“好。”

拉拉杂杂聊了半个钟头，姜词又打了个哈欠，这才挂了电话。她闭了会儿眼，脑中反而清晰起来，却也不知道在胡思乱想什么，睁着眼大半宿，凌晨三点才睡过去。她只睡了五个钟头，一起床就冒着严寒赶去陈同勖的画室。

陈同勖训了她几句，说是她寒假以来太过懈怠，勒令她平日不可疏于练习，得时刻保持手感，又说：“你那四幅画卖出去了。”

姜词一愣。

“给我留个银行卡号，回头我让人把钱打给你。”

姜词这才回过神来，从包里掏出银行卡，从旁边扯了张纸，将号码抄上去。

“我今年过年不回山西，你到我家里来，你师母好一阵子没见你了。”

姜词知道陈同勖这人不爱跟人虚伪客套，便爽快应了下来。她答应得这么快，自然也是为了让梁景行那边能放心。

离开画室，姜词先给梁景行打了个电话告知这事儿，又拨给张语诺，约了地方见面。刘亚芬在置办年货，张语诺家里只剩她与张德兴两人。张语诺怕父亲需要帮忙，没敢去得太远，约在了家附近的一家星巴克。

她似乎知道姜词为何而来，神情平淡，并不打算多解释。

要换一个人，姜词自然也懒得解释，但因为是张语诺，且牵涉陈觉非，她觉得还是有必要把话说清楚。

“你要是喜欢陈觉非，趁早自己跟他说清楚，我跟他没有半点关系。”

张语诺抬眼看她：“我告诉他有什么用，他喜欢的又不是我，他……”

“他也不喜欢我。”

张语诺一怔：“他告诉你的？”

姜词想到昨晚灯光下陈觉非略微放大的瞳孔和一刹放缓的呼吸，不由得垂下目光，只说：“嗯，他亲口告诉我的。他这人就是个二百五，感情方面一窍不通，你不说，他是不会懂的。”

“你不怪我告诉了陈觉非你跟他舅舅的事？”

“他迟早会知道的，我自己开不了这个口，别人告诉他也好。”

张语诺一时无话可说，静静看着姜词，神情复杂，过了半晌才开口：“姜姐姐，我真是越来越搞不懂你了。”

姜词不置可否：“语诺，发生了这么多事，我不会奢望你还能继续喜欢我。我们之间……掺杂的东西太多，这辈子都做不成推心置腹的朋友了。但有一点可以肯定……”她抬起目光看着张语诺，神情十分平静，“我不会害你。你喜欢我也好，不喜欢我也好，我都不会害你。”

张语诺一时只觉得心里颇不是滋味，似有不忿，但更多的是委屈。从小她就觉得姜词虽只大她一岁，却比她成熟太多。各种社交场合，姜词本不擅长，却还是引导她去参与；遇到任何新奇事物，也从不吝于与她分享。

他们一家刚来崇城，什么都不懂，便似刘姥姥进大观园。她转入这边小学的第一天，就听见有人嘲笑她穿着土气，说话还带口音。但那时已如明珠的姜词丝毫不嫌弃她，帮她买衣服，给她辅导功课，带她去崇城各种地方增长见识……她渐渐在新的环境生活得如鱼得水，甚至人缘方面更胜姜词一筹。

可在姜词面前，她仍是自卑的，似是根植于骨髓的一种本能，哪怕后来姜词家破人亡，她也未能从其困窘的境遇之中获得丝毫信心——她知道要是自己在那般境地之中，恐怕早就放弃希望了。

姜词将剩下的咖啡喝完，看了看时间，站起身："我还得回去画画，你也回家吧，别耽误太久了。"顿了顿，她又说，"今后，别勉强自己了。我算不上什么良师益友，现在更帮不上你什么了。陈觉非的事，或是别的事，都还是要靠自己。"

张语诺垂着头，沉默不语。

姜词看了她一眼，便敛了目光，起身走了。

陈同勖有两个儿子，都在国外读书，过年学校不放假，是以没有回来。陈同勖将年迈的父母接来了崇城，过年氛围倒是十分热闹。但姜词毕竟是外人，总归束手束脚，无法尽兴。

好在过了除夕，陈同勖要去各处拜年，姜词便回到了自己家里。梁景行履行承诺，将别墅的钥匙交给了她，但那钥匙如今还原封不动地躺在抽屉里——去了别墅，待在空荡荡的宅子里，恐怕只会更觉得寂寞。

梁家交游甚广，听梁景行说，往年直到过了元宵，宾客往来才会渐渐结束。眼看着开学之前见到梁景行已是无望，姜词索性收敛心性，待在陈同勖的画室专心磨一幅画。

初六这天，姜词突然接到方青岩的电话，姜词想了一会儿才记起来这号码是去年暑假在青海的时候互相交换的——对方问她要陈同勖画室的备份钥匙。

姜词略微收拾之后出了门，天气已经连续晴了一周，商铺陆续开始重新营业，休整过的崇城渐渐回复平日忙碌的节奏。

姜词赶到画室，远远便看见门口停了辆车，车旁站着方青岩。他穿一件浅咖色的呢子大衣，一只手插进裤袋，正在打电话，望见姜词来了，招了招手，片刻后挂断电话，笑说："麻烦你跑一趟。"

“没事。”姜词打开门，领着方青岩进去，“是要哪一幅？”

“《秋收》，陈老师说你知道放在哪儿。”

“你坐一会儿。”姜词上二楼，将方青岩要的画找出来，下楼时，见他正站在自己未完成的那幅作品之前端看。

她走过去，拎了块防尘布将画一罩：“还没画完。”

方青岩笑了笑：“不好意思。”

他道了声谢，从姜词手中接过画，小心翼翼地放到了车上，回来同姜词道别之后，发动车子走了。

正这时，梁景行打来了电话。他俩通常是晚上通电话，这个时间倒是第一次。

那端梁景行问他：“在家吗？”

姜词一愣：“你回来了？”

“到市中心了。”

姜词喜不自禁：“怎么提前回来了？”

梁景行沉沉笑了一声：“怕你跟人跑了。”

姜词笑说：“还真是，一分钟前我刚跟一个帅哥见过面。”

闲扯几句，姜词挂了电话，将画室门锁上，犹豫片刻，给方青岩拨了个电话。三分钟后，方青岩的车子折返，他打开车窗，笑说：“上来吧。”

姜词急忙道谢，拉开车门坐上去：“麻烦你了。”

方青岩看向前方，笑了笑：“我倒是第一次见你愿意‘麻烦’别人。”

姜词愣了愣，不知道方青岩如何得出的这个结论。

方青岩似乎明了她的疑惑：“在青海的时候，你和谈夏完全不同，不管什么事总是自己动手，很少找我们帮忙。”

姜词听见“谈夏”这个名字，不易觉察地蹙了蹙眉，淡淡道：“我不太喜欢欠别人人情。”

两人性格大相径庭，聊了几句总是冷场，便干脆不强求了。一路沉默着到了晚霞路，姜词下车，再次道了声谢，看着车子驶远，赶紧朝家走去。

她一路跑上六楼，却见梁景行正倚着门框抽烟，脚边立着行李箱。

梁景行立即掐了烟，一把将还喘着粗气的姜词按进怀里，一言不发，低头便吻。他口中还有烟草的气息，但姜词并不觉得讨厌，反有一种目眩神迷的迷醉之感。直到再也喘不过气来，她才伸手抵在他的胸膛上，轻轻一推，伸手去掏钥匙开门。

进屋之后，姜词给他倒了杯热水，从抽屉里找出别墅的钥匙来。梁景行却不接，只说："拿着吧。"

姜词一愣，十指收拢，笑说："你不怕我哪天把你的别墅搬空了？"

梁景行似笑非笑："我的一切全是你的，随你高兴。"

姜词耳根一热，低头将这把钥匙与自己家的串在一起："那你检点一点，我随时可能过去视察。"

梁景行笑了："年纪不大，名堂倒多。"

坐了一会儿，梁景行从衣袋里掏出一个红包："小朋友，给你压岁钱。"

姜词接过掂了掂，沉甸甸的，打开目测了一下厚度，十分可观，抵她好几个月的生活费了："你们家压岁钱都给得这么阔绰？"

"不是，专门给你的。"

"那陈觉非今年得了多少？"

"陈觉非成年了，按规矩不用再给，省下的那份都给你了。"

姜词乐不可支，将红包往枕头底下一塞："今晚枕着这个睡觉，肯定能做个好梦。"

梁景行坐在椅子上，手肘斜撑着书桌，笑看着她："早知道给钱你就高兴，我还费什么事。"

姜词使劲拍了拍枕头，蹬了鞋子就势往床上一躺，侧头看着他，笑说："不然怎么说'千金买一笑'呢。《喜宝》看过吗？'我想要很多很多爱，如果没有爱，有很多很多钱也是好的。'"

"听你口气，是觉得我还不够爱你？"

“嗯……”姜词眯眼，煞有介事地想了一会儿，伸出拇指和食指，比了一个缝，“还差这么一点儿。”

梁景行大笑：“这是哪一点？”

“银行卡密码。”

“……”梁景行乐不可支，“你过来。”

“过去干什么？”

“揍你一顿。”

“你想揍我，还要我过去，天底下哪有这样的好事。”姜词眉目含笑，“有本事你过来。”

梁景行微微眯了眯眼，片刻后，却笑了笑，站起身，问：“有没有吃的？”

姜词脸上笑容渐渐淡了，又躺了数秒，从床上爬起来：“有，昨晚的剩菜，正好你替我解决了。”

姜词过了一周画室和梁景行别墅两点一线的日子，直到开学。那幅画也画好了，但她先收了起来，打算过段日子再给陈同勖审阅。

大二下学期开学，课程排得比上学期节奏紧凑。第一周倒是十分清闲，只学校发生了一件大事：大二有个女生夜不归宿，跟几个男生出去玩，被下药迷奸了。当地都市报纸报道了三天，影响颇大，外界一时对崇城大学的管理议论纷纷。校方出台新政策加强宿舍管理，舍管查出无故夜不归宿的，一律记过。

学校一时怨声载道，却也没有人敢在这当口公然违抗。

辞了社团工作的姜词比以往多了许多空闲时间，她雅思考试报了名，正在做最后的备考工作。开学没几天，方青岩找到她，请她出镜拍一部微电影。姜词第一反应自然是拒绝，她这人最怕麻烦，况且又是在人前表演这么高难度的事。

然而方青岩毫不气馁，三顾茅庐，将剧本仔细同她梳理了一遍，又说她要演的角色是个哑女，不需要念台词，只用记住几个简单的手语即可。

姜词无奈："你怎么不找谈夏？她跟你是同门，还比我漂亮。"

方青岩笑说："她演不出这种感觉。我找了很多人，但还是觉得你最合适。"

这样算不上刻意恭维的话，让姜词有几分受用，但她没什么虚荣心，仍是拒绝："我真不会演戏。"

方青岩耐心解释："不要你演，保持你一贯的表情就行了。微电影是从男主视角拍的，你的镜头也不多。我保证，半天就拍完了。"

姜词念及上次搭他便车的人情，想了想，最终答应下来。

挑了个天朗气清的周末，方青岩的微电影正式开拍。姜词没有一点表演天赋，全程听方青岩指挥。好在确实不难，几乎用不上她堪称匮乏的"演技"。

一周之后，方青岩的微电影杀青，邀请她出去聚餐庆功。姜词最不喜跟一堆陌生人共处一室，断然拒绝。但紧接着她就接到曹彬的电话，说是自己的酒吧开张，请她带同学过去暖场，开业大酬宾，酒水一律三折，熟人还可直接免单。

曹彬的面子还是要给的，姜词只好自食其言。

结果，方青岩那一行人里头，还包括了谈夏。姜词是最后一刻集合的时候才知道的，自然不能临时撂挑子。好在谈夏不咸不淡地打了个招呼之后，没再表露出任何要同姜词交谈的意愿，跟平日两人在宿舍楼里遇到时一模一样。

去的人几乎个个都是夜店咖，坐了没一会儿便撒开了膀子拼酒，大约也是觉得白喝的谁不喝。他们喝完就一个挨一个进了舞池，在震耳欲聋的音乐声里扭起了腰肢。

姜词本打算坐一会儿就偷偷溜走，但看方青岩也孤零零一个人，不免觉得同病相怜。两人扯着嗓子，你一言我一语地聊着天。

"对不起啊，早知道你不喜欢酒吧，我就不让你带人过来了。"

方青岩摇头："没事儿！"他晃了晃酒杯，"喝酒吗？"

梁景行不在，姜词可不敢乱充英雄：“我不能喝。”

方青岩酒量似乎非常不错，从进门他就陪着别人一杯接一杯地喝着，现在依然目光清明、吐词清晰，没有丝毫醉意。他喝酒颇有大将之风，既不被人激得斗狠逞能，也不扭扭捏捏抗拒推托。

眼看着时间已晚，方青言问她要不要返校。

姜词就怕出现万一，提早跟舍管请了假：“我今晚回家睡。”

坐了一会儿，梁景行打电话过来。姜词说了声“抱歉”，赶紧拿着手机去了洗手间。那里面早被喝高的女人占领了，一进去就是一股子呕吐物的气味，姜词捂住鼻子，接了电话。

“在哪儿？”

“曹彬的酒吧。”

“开业了？”

“嗯，昨天刚开张的。”梁景行这几日正忙，姜词便没特意告诉他这事儿。

“今天出门忘带钥匙了，我去找你，顺便跟曹彬打声招呼。”

姜词想了想：“那你快到了给我打个电话，我出去接你。”

那边静了一瞬，才响起他的声音：“你一个人？喝酒了吗？”

“呃……和同学一起，没喝酒。”

“没喝酒就行，等我过去。”

挂了电话，姜词重回大厅，又和方青岩有一搭没一搭地聊了二十多分钟，便收到了梁景行的短信。

姜词站起身：“我得回去了。”

方青岩也跟着起身，往舞池里看了一眼：“那我送你。”

姜词摇头：“不用，我家就在附近，步行十分钟。”

方青岩笑了笑，便也不再勉强，将她送到酒吧门口：“注意安全，到了给我发条短信。”

姜词点了点头，双手插进卫衣的口袋，脚步匆忙地走了。

梁景行的车便停在沃尔玛对面，姜词敲了敲车窗，指了指过来的那条巷子："往前走五百米，'Sin'，你自己去吧，能抓到一群放浪形骸的大学生，目测有两个还是你们班上的。"

梁景行笑了一声，从驾驶座上下来："去车上等我。"

过了十多分钟，梁景行折返，身上一股酒味。姜词不由得捂了捂鼻子："你这是喝了多少？"

"没多少，三杯伏特加……"梁景行替她拉开车门，"车不能开了，陪我走一会儿醒醒酒。"

姜词凑到他跟前，笑问："没醉吧？"

"笑话。"

"证明给我看看？"

梁景行静默了一瞬，忽一把抓住她细瘦的手腕，往后一推。姜词的腰立时抵住了车身，还没站稳，一个灼热的吻已落了下来。

流连片刻，姜词将他轻轻一推，眼里含笑："梁叔叔，我看你是醉得不轻。"

梁景行将车子留在原地，去姜词家中稍作休息，结果一坐便是一个小时，眼看时间已晚，姜词便留他住下。

"我明天要早起，怕吵到你。"

"没事，我也得先回趟宿舍，八点就有课。"

梁景行踌躇片刻，最终点头。姜词这次倒没为难他，规规矩矩地帮他打了地铺。两人洗完澡各自躺下，房中一时阒静无声，只有两人平缓的呼吸声。

片刻后，两人同时出声——

"梁景行。"

"阿词。"

姜词笑了一声："你先说。"

"新学期感觉怎么样？"

"差不多，和上学期没多大区别。"除了现在她能够光明正大地去上梁景行的课。

“社团呢？”

姜词没吭声。

梁景行从地上坐起，声音较方才沉了几分：“你是不是把社团退了？”

姜词倒也不打算隐瞒：“我觉得没多大意义。”

梁景行沉默数秒道：“阿词，很多事情，从短期看多半没什么意义，但我不希望你太由着性子……”

“我怎么由着性子了？”姜词打断他，“我真要是随心所欲，一开始压根就不会参加这个狗屁社团。是你说的，我的才华和天分不应该浪费在无谓的事情之上，这么快就忘了？”

梁景行一时没说话。

姜词颇觉扫兴，声音沉下去：“我以为你会完全尊重我的个性，但你也跟那些打着‘为你好’大旗的庸俗大人没什么两样……或许你只是想要一个‘你想要的姜词’。”

空气顿时静得吓人，黑暗中那人的身影一动不动。方才那话一说出口，姜词就有些后悔了，却又不愿开口道歉。她注视他片刻，有些心慌，慢慢坐起来：“梁……”

梁景行背对她躺下：“睡吧。”声音十分平淡，听不出丝毫情绪。

姜词张了张口，盯着那道凝然不动的黑影，一时生出无尽的委屈与挫败——她反倒希望他跳起来梗着脖子同她大吵一架。

这一宿，姜词自然失眠到半夜，各种情绪争相博弈，织作绵密的蛛网，将她包裹其中，她只觉暗无天日又艰于呼吸。好不容易睡过去，她却梦到了认领姜明远尸体的那天，白布被掀开，露出一张血肉模糊的脸。她明知不应该，却还是扶着担架不停干呕，心脏似被人剜了个洞，破风箱一样“呼呼呼”地漏气。今后，再没人对她的生活指手画脚了。但那时那刻，她无比希望担架上这已被人撞烂脑袋的男人能毫发无损地站起来，指着她的鼻子毫不留情地骂她“良心都喂了狗的小白眼狼”。

突然之间，那张脸换了一个人，她看了一眼，顿时吓得尖叫一声，哭了出来。

“阿词！”一双手臂从背后抱住她，将她拖离了鲜血淋漓的担架。那双手抱得十分用力，她的肋骨都似要被勒断了，肺里的空气全被挤了出来。

“阿词！醒醒！”

姜词蓦地睁开双眼，一下一下喘着粗气。梁景行腾出一只手将灯打开，白光倾泻而下，刺得她不由得眯了眯眼。

她视野中的一切渐渐清晰起来，这人还好好地在她眼前，没有受到丁点伤害。姜词张了张口，没发出声音，只伸手攥住了梁景行的衬衫衣袖。

梁景行温热的手掌贴在她的背上，一下一下地摩挲：“你梦见什么了？”

姜词垂眸，低声回答：“我爸死的那个场景。”

梁景行没说话，只将她抱得更紧。

许久之后，姜词渐渐平静下来，额头抵着他的胸膛，低声说：“对不起，我不是故意要气你。”

梁景行摇头，只说：“这事儿我也有错，你要是不喜欢，今后直接告诉我。我并非让你接受这些人际交往的规则，只不过希望你能见识不同的人。姜词，我从来没打算按照我的喜好来塑造你，我只希望你能成为更好的你。”

这几句话有些绕，姜词细细想了一遍：“我讨厌冷战，你要是生我的气，直接骂都行。我爸就这样，不高兴就拿拖鞋抽我。”

梁景行被她逗笑了，稍稍松开她：“赶紧睡吧，明天第一节什么课？我帮你请个假。”

梁景行关了灯，在姜词身侧躺下。黑暗里，他仍拥着她，带着薄茧的手攥着她纤弱的手指，不容抗拒的力道之中又带了几分小心翼翼，似是握着稀世的珍宝，既怕丢了，又怕让自己给生生捏坏。

第十二章
我爱你，再见

姜词这一觉睡得十分沉，完全不知道梁景行什么时候走的。日上三竿，被一阵电话铃声吵醒，她仍在半梦半醒之间，不想动弹，然而那铃声不屈不挠，似有非将她叫起来不可的架势。

姜词皱眉暗骂一句，从枕头底下摸出手机，没看来电人就滑动接听。

“阿词，在我通知你之前，别来学校。”梁景行声音急促，前所未有地严肃郑重。

姜词一愣，睡意去了大半，从床上坐起来：“出什么事了？”

“听我的，别来学校，等我的电话。”

姜词还要再问，那边已匆匆挂断。她心里隐隐不安，胸口憋了一股浊气，用手机上网翻了翻本地的新闻，没看见学校出什么事故。可听梁景行的语气，事态想来已非常严重。她到底放心不下，于是给方青岩拨了个电话。

方青岩语气有几分不易觉察的尴尬：“原来你还不知道啊！”

姜词蹙眉：“知道什么？到底出什么事了？”

方青岩仍是支支吾吾的，最后只说：“嗯，你自己上校内网看吧。”

说完他也不给姜词询问的机会，飞快挂了电话。

姜词只好下载校内网手机客户端，注册了一个账号，摸索半天，才搞清楚用法。她试着输入“谈夏”，没在对方的主页看见什么有用的内容，换了方青岩亦然。她想了想，搜索之前学生会副会长的名字，点进他的主页，手指往下一滑——摄影系男神梁景行师生恋曝光，有图有真相……

姜词手指一颤，心脏坠机似的飞速下落，急忙点开了文字下面配的几张图——正是她昨晚与梁景行在车旁接吻的照片。

脑中“嗡”的一声，全身血液沸腾逆流，她触电般将手机一扔，猛喘了口气。

屏幕仍然亮着，手机悄无声息地躺在那儿，像枚定时炸弹。

过了片刻，她紧咬着唇，重新拿起手机。

消息的源头，是一个叫“崇大树洞”的公共主页，里面内容均来自校内学生，且都是匿名。而这一条，已有近五千多的转载，几乎相当于半个学院的人数。

难怪，难怪梁景行让她不要去学校。

姜词强迫自己保持冷静，然而脑袋里似有一只巨掌正在剧烈拉扯着神经，太阳穴一跳一跳地疼。消息下面的评论多半在诋毁她与梁景行的名声，而且用词极为刻薄龌龊——她冷静不下来，无法想象梁景行此刻正在遭遇什么。

十多分钟后，姜词再也坐不住了，换了衣服匆匆出门，跑到五楼才发现脚上竟然穿着拖鞋，急忙跑回去换。她进门时脚趾踢到了门框，一时疼得倒吸一口凉气，眼泪都飙了出来。她不由得扬手抽了自己一耳光，骂了句“废物”。

在南门下了出租车，姜词快步走回宿舍。此刻是前两堂课下课的时间，楼里人来人往，有人认出她来，立时指指点点、窃窃私语。

姜词已没空在意，到了四楼，径直去敲谈夏宿舍的门。

等了片刻，见有人将门打开一线，姜词一把推开门，一眼便瞟见正在上网的谈夏。谈夏听见动静，扭过头来。

姜词冷声问："是不是你？"

谈夏的室友全停了手里的动作，眼睛一眨不眨地盯着两人，目光里满是聆听八卦的狂热。

谈夏没说话，猛地丢了鼠标站起身，椅子腿与地板摩擦发出刺耳的一声响。她上前一步，一把拽住姜词的手臂，出了宿舍，朝走廊那端的公共厕所走去。谈夏比姜词高了半个头，姜词使劲一挣，竟没挣脱。

公共厕所外是洗衣室，投币式洗衣机正轰隆隆运转。

谈夏撒了手，将洗衣室门"砰"一下摔上，嘲讽的声音紧接着响起："姜词，我真没想到你这么虚伪。上回我让你给我拍照，你心里正暗暗看我的笑话是吧？"

姜词哪有心思与她翻旧账，咬紧牙关，冷冽的目光定在她脸上："是不是你发的？"一字一顿，全是从牙缝里挤出来的。

"我又没疯！发这败坏他名声的东西对我有什么好处？！自己不知道避嫌，被人拍下来了反而找别人兴师问罪！姜词，你是不是以为这世界是围着你转的？"

姜词喘了口气，没说话。她脑中一片混乱，一时无法辨别谈夏这话是真是假，昨晚那一行人中，只谈夏与她有龃龉。

谈夏冷哼一声，盯着姜词，目光似裹挟了冰雪："姜词，但凡你有一分顾念梁老师放弃新闻事业的理由，你都不该让今天这事儿发生。他这人这么看重名誉，你却用最恶毒的方式又毁他一次。"

她见姜词神情似有茫然，不由得冷笑："你的确境遇坎坷，可这世界又不欠你，你成天摆这副样子给谁看？你以为自己特立独行，但你除了给梁老师添乱，还干过什么？依你心比天高的个性，肯定不知道这事儿会有什么后果吧？学校以前出过教授对女学生职权骚扰的事，对这种事情一贯十分敏感。诚然，你一个成年人，跟谁谈恋爱别人无权干涉，可你想没想过，别人会怎么评价梁老师？"

姜词张了张口，没发出声音，喉咙里像是塞了块热炭。

谈夏看她最后一眼，下了定论，语气里带着分明的轻蔑：“姜词，你一点儿也配不上他。”

门开了，又“砰”的一下合上，带起一阵风，快要报废的洗衣机仍然“哐当哐当”拼命运转着。

姜词将目光投向窗外，正午阳光亮得晃眼，视野之内一片苍白，她似是被套了个麻袋，耳中嗡嗡作响，一切声音都像隔了一堵墙，模模糊糊，似乎距离很远。

此时此刻，梁景行正在副校长办公室里。许秋实看着校园论坛上呈几何级增长的回帖，不住叹气。

梁景行抽完一支烟，站起身道：“许校长，我立即辞职，公开道歉消除影响。”

许秋实一只手撑着额头，一时没说话，坐了一会儿，从办公桌后站起来，将南面的窗户打开，望着学校图书馆门口进进出出的学生。

“我要是知道你是为了这么一个理由留在学校，当时就不该答应你。这事儿老实说算不上多大的错，男未婚女未嫁，你情我愿。可你也知道，这世道就是众口铄金。”

梁景行默然。

“你跟姜同学都是自愿，不牵涉权色交易，还不至于到辞职这地步。我已经叫人联系校内主页和论坛管理员删帖了。你先休息两周，等风声过去了，商量出解决对策再说——让姜同学也暂时别来学校。”

“但凭学校处理。”

许秋实长叹一声：“景行啊，这事儿你办得太让我失望了。你何苦跟尽欢串通一气，瞒我这么久？我以为你俩真心实意，才一味催促……结果让我白担了这么些骂名。强扭的瓜不甜，这道理我不是不懂。”

梁景行垂首道歉。

许秋实看他一眼，目光一时有些复杂，张口数次，还是说道：“有几句话，我不知当讲不当讲。”

“您说。”

“男人有时候难免在作风问题上犯点错，年轻时候还可叫玩世不恭，可一旦过了而立之年，就该约束心性，成家立业，否则给人留下行事轻浮的印象。我原本也没什么立场说这话，但我好歹是你的长辈，也当了你几年的老师……你这事儿，权当是个体验，别太当真……”

“伯父，您知道我做事一贯只有做与不做，没有真做与假做。”

许秋实笑了笑，不以为然：“可这怎么当真？二十岁的小姑娘，你当了真就是毁了她。”他敲了敲窗框，“就像金丝笼子里的鸟一样，被关久了，翅膀没力了，就再也飞不起来。”

梁景行肃然沉默。

“陈同勖这徒弟，天分是有，而且极高。可你见过哪个传世的画家是温室里养出来的？没经历过风雨，早早让温暖舒适消磨了斗志，一辈子顶了天也就是个技艺娴熟的画匠。当然，你要将她往你贤内助的方向培养，这么做也未尝不可。”

许秋实似还有话要说，最后却只叹了口气：“你把这两周上课的事交接一下，然后就先回去吧，我等会儿还得开个会。”

自照片曝光以后，电话就没停过，梁景行索性调了静音。处理完所有事情，上车之后掏出手机，他才发现已收到几十个未接来电，其中一个是许尽欢打来的。梁景行挑出这一条，回拨过去。

“没事儿吧？”

梁景行戴上耳机，发动车子：“没事，就是得连累你爸善后。”

许尽欢笑了一声：“这么说就见外了。这点事都摆平不了，他趁早辞职别当这个副校长了——姜词那边是什么反应，吓坏了吧？”

梁景行沉默一瞬才道：“我没让她去学校，可能她现在还不知道。”

“……”许尽欢无语，“纸包不住火，你赶紧告诉她吧。要我说，你一开始就不该当这劳什子老师，束手束脚的。不然现在即便全天下都知道了，谁有资格管你？”

“我是怕要有人来学校闹事，我能第一时间知道。”

“谁能来学校闹事？找姜词闹事？她小小年纪，谁会找……”许尽欢一顿，“那天伤她的那人？”

“嗯。”

“其实说起这事儿，我挺疑惑的。听你说，当时张语诺她妈拎了菜刀去找姜词拼命，怎么后来一点儿声都没有了？照她的行事作风，不找姜词讹点钱，怎么会善罢甘休？”

梁景行没说话。

许尽欢愕然，惊呼了一声：“不是吧？”

车子已驶出校园，梁景行打着方向盘，往晚霞路方向开去：“先不说了，事情解决了我再联系你。”

已过了下午两点，路过一条商业街时，梁景行觉得饿，才想起自己还未吃中饭，但丝毫顾不得停车。

到了姜词家门口，他正要敲门，发现门虚掩着，竟没有锁，心脏立时悬了起来，猛地将门一推：“姜词？”

客厅和帘子后面都没人，梁景行嗓子眼发紧，又喊了一声：“姜词？！”

这时，他才听见浴室里有“哗哗”的水声，立即三步并作两步走过去，敲了敲门：“姜词？”

水声没停，沉闷的一声“嗯”夹在其中，隔着木板门传了出来。

梁景行松了口气：“你回家怎么不关门，要是什么人进……”

话音未落，他便听见“咔嗒”一声，浴室门打开了。

梁景行猝不及防，呼吸一滞，瞳孔急剧收缩。

浴室没有窗户，常年阴暗昏沉，白天也得开灯。水汽氤氲，橙黄色的灯光自头顶洒下，照在她身上，海藻般潮湿的长发散在身前，还在滴水，皮肤一片晃眼的白。

她微微抬起头，乌黑的瞳孔似一汪深潭。

她眼睛是冷的，目光却是热的。

时间凝滞了。

她迈开细长的腿，往前走了一步。

一滴水从发梢滴落，砸在她光裸白皙的脚背上。

梁景行喉咙一紧。

姜词又往前一步，伸手抓着他的手臂，湿漉漉的身体贴近他挺括干燥的西装，梦呓般唤了一声："梁景行。"

梁景行只觉呼吸之间全是潮湿幽香的气息。

姜词浑身颤抖，愣了一瞬，才发觉是梁景行在颤抖。他目光如同深海潜礁，但无声无息，仿佛暴雨之前压抑的宁静。

可谁都不知道那背后藏了什么，或者，什么也没有……

"梁景行。"姜词又唤了一声。

他将手垂在身侧，攥得很紧，几乎用尽了全身的力气。过了许久——或者仅是一刹，他猛喘一口气，一拳砸在门框之上，面无表情地扯下西装外套，裹在她身上，将她一把按进自己怀里，抱得极紧，仿佛骨骼相嵌。

他急促的喘息一声接着一声，贴着她的耳郭："阿词，现在不行。"

姜词微微睁大眼睛，仰头看他。

"你知道发生什么事了？"

"我知道。"姜词声音极轻，仿佛一出口便消散了一般，"你怕什么？"

梁景行呼吸沉重："你别赌气。"

"我没赌气。"

"阿词……"梁景行手臂卸了几分力道，"我不想你跟我的第一次是在这种情况下发生，再等一等，等这事儿解决之后……"

潮湿的空气涌入肺叶，方才那令人濒死的窒息感总算消退。

姜词突然笑了一声，从梁景行怀里挣脱，盖在背上的西装落在了积水的地板上。她抬脚踩过，从他身侧挤出去，赤着脚一步一步走回了卧室。

她面无表情地从简易的布艺衣柜中找出内衣、T 恤和长裤，又机械地一件一件穿上，穿好之后，仍是一动不动地站在原地。头发片刻间便将衣服打湿，她觉得冷，身体微微颤了一下。

回家之前，她先去了趟学校图书馆，找出梁景行当年的就职信息，去档案室一份一份翻那年的报纸。

纸张泛黄，积了厚厚一层灰，一翻开便把她呛得一阵咳嗽。她翻了一个多小时，总算弄清了当年那件事情的脉络：帝都一位国企高管被爆出与多名女性保持不正当关系，一时舆论纷纷谴责，纪委也介入调查，并且牵出该企业的受贿窝案。然而就在案子正如火如荼地审查之时，这位高管的一位"情妇"跳楼自杀，侥幸没死，但也落得半身瘫痪。

当时梁景行作为这一系列新闻的采写人之一，可谓一战成名。但在这"情妇"跳楼之后，报纸上再也没有任何署名"梁景行"的报道。

姜词便又去网上搜寻。八九年前的事，互联网上只剩了只言片语，且都语焉不详。后来，她侥幸在一个废弃的个人博客中找到了关于这件事儿的隐情，因为没有直接道出当事人的姓名，所以免遭一劫：当时爆出的国企高管与多名女性的"不雅照"全是放料人做的局，那位高管得罪了人，被人摆了一道。至于自杀的"情妇"，实则是他的女朋友。高管已与妻子离婚，两人为自由恋爱。

国企的受贿窝案是真的，可这一切的导火索，从头到尾都是被人策划的虚假新闻，梁景行和他的同行，全被利用了。背后的真相，自然也被封锁了。况且也没人在意真相，他们只会觉得大快人心，至于程序是否合法、手段是否正义，重要吗？

这件事之后，梁景行就转行了，不再做记者。

他如此在乎名誉，以至于无法忍受自己一身污点混迹于最需要真相的行业。

那么自己呢，是否已然成了他的又一个污点？

身后传来梁景行的脚步声，姜词回过神，转身看他一眼，很淡地笑了一下："这下好了，要让陈老师知道，我肯定吃不了兜着走。"

梁景行目光沉沉，紧盯着她："阿词，刚……"

姜词立即打断他："我……我是有点赌气……"她上前一步，低头抓住他的衣袖，虚虚地偎着他，声音渐低，放软了语调，"你别看轻我。"

他从这角度望去，只看见她湿漉漉的脑袋和瘦弱的肩膀，以及从发间露出的一截白皙后颈。梁景行从胸膛里发出一声意义不明的叹息，伸手搂着她的肩："我永远不会看轻你。"

站了一会儿，姜词说："饿了，我没吃中饭。"

梁景行煮面的时候，姜词便在一旁吹着头发，扯着嗓子问他："现在学校是什么情况？"

梁景行手一顿："没事，过一阵子就没人关注这事儿了。"

姜词吹完头发，面也起锅了，两人各自占据桌子一方，埋头吃着。

"这两周我不用去学校，正好有时间带你去美院拍照。"

姜词愣了一下："好……"她低头吃了口面条，又问，"樱花还没开吧？"

"恐怕要到三月中旬。"

"那等花开了再去吧。"

梁景行沉默了一瞬道："好，就怕那时候又忙起来了。"

姜词笑了："再忙你也得给我抽出时间来，太没诚意了。"

梁景行也跟着笑了："行，都听你的。"

吃完饭，梁景行又详细和她讨论了这事儿，但翻来覆去无非让她不要担心。姜词并不质疑什么，一一应下。

歇了一会儿，梁景行接到刘原的电话，催他赶紧去一趟公司。梁景行觑着姜词，面有犹豫。

"你去吧，正好我打算睡个午觉。"

梁景行这才应下来，挂了电话，整了整衣服："我去去就回，你暂时别去学校，我已经帮你请过假了。"

姜词点头，将他送到门口："路上小心。"

梁景行脚步一停，又转过身来将她用力地抱了一下她："把门关好，再不许这样了。"

姜词笑了一声："梁叔叔，再这么来一次，我真要怀疑你有隐疾了。"

梁景行挑了挑眉，在她额头上亲了一下："走了。"

姜词关上门，背靠着门板，听着脚步一声声远了，几不可闻地叹了一声。她先回到浴室，拾起那件倒霉的西装，掏了掏口袋，摸出梁景行常用的那个打火机。

她将打火机揣进兜里，到卧室书桌旁坐下，从素描簿上扯下一张白纸，正要落笔，又一时愣怔。

坐了片刻，她掏出打火机，手指轻轻一滑，"哧"的一声，打火机喷出一丛火苗，橘红色，微微摇曳，似一轮淡淡的落日。

会开得又臭又长，梁景行抽出一支烟，去摸打火机，顿了一下，才想起来落在了西装口袋里。他一时只觉莫名烦躁，将烟从中折断，往会议桌上一扔，沉声开口："说重点。"

正在汇报的编辑组长一愣，顿时有些慌了，急忙翻了翻手里的文件："总之……总之就是，画手抄袭事实成立。"

"画集呢？"

"定稿已经交给印厂，开始制版了。"

梁景行沉吟片刻道："联系印厂停止印刷，所有损失公司照价赔偿，让画手自己公开道歉。"

"那侵权……"

"当然是他自己负责。联系法务，追究画手的违约责任，再找公关拟个正式声明，官方微博赶紧发出去。"

大家一一应下，未敢有任何异议。梁景行敲了下桌子，站起身："散会吧。"

刘原赶紧追上去："梁哥。"

梁景行停下脚步："还有什么事？"

"今晚有个局，你忘了？"刘原观察着梁景行的表情，"赵女士只有这一天时间留在崇城，马上就要回美国了。"

梁景行沉默了片刻才道："我知道了。"

刘原点头，正要出去，梁景行叫住他："打火机借我用一下。"

他点了支烟，重回到会议桌前坐下，给姜词打了个电话："起床了？"

"起了，正准备出去买菜呢。"

梁景行往外看了一眼，已是红霞漫天："阿词，对不起，我晚上有个应酬，得吃了饭才能过去。"

那端静了几秒，响起了一声笑："正好，省得我去超市。"

"估计八点就能结束，你自己按时吃饭。"

"好了，我知道，你这人简直比我爸还啰唆。"

梁景行笑了笑，听她还有心情开玩笑，便也放下心来："那我挂了……"

"梁景行。"姜词急忙喊他。

"怎么？"

"我刚才干了一件对不起你的事。"

"什么事？你说，我保证不揍你。"

姜词"扑哧"一声笑了，顿了顿，方说："你那西服只能干洗吧？我刚刚不小心连同我的衣服一起扔进水里了。"

"那你得照价赔偿。"

"多少钱？"

"不多，我给你的那红包的三倍。"

姜词"嗞"了一声："要钱没有，要命一条！"

梁景行闷声一笑："那只能拿你自己抵押了，什么时候还清，什么时候自由。"

这时，门被敲了三下，门口响起刘原的声音："梁哥，该走了！"

梁景行掐了烟："我挂了，刘原在催。"

"嗯，去吧……"顿了几秒，她说道，"再见。"

这么郑重其事，梁景行反而不知该说什么，只笑了一声："等我回去。"

梁景行心里记挂着家里的姜词，这顿饭自然吃得有几分心不在焉。好在这样的场合他应付自如，许多话不用经过大脑，早已成了本能。

"如今实体出版日渐式微，梁先生为何要逆流而上呢？"

梁景行回过神，礼貌一笑："并无特殊的原因，不过这几年积累的人脉恰都是文化圈里的。"

赵女士笑道："梁先生是我见过的最坦诚的文化人。"

"您过誉了，我充其量是个文化商人。"

"我反倒爱跟商人打交道，明码标价，不来情怀风骨这一套虚的。说白了，养家糊口都难，哪有什么资格谈情怀？箪食瓢饮是一种生存方式，但多数人还得在乎柴米油盐。"

梁景行笑道："您的想法与我不谋而合……"兜里的手机振了一下，他掏出来看了一眼，是许秋实打来的，"不好意思，我得接个重要电话。"

梁景行起身出了包厢，刚接通，便听见许秋实怒气冲冲地问道："景行，你们在搞什么名堂？"

梁景行一怔："出什么事了？"

"你自己去论坛上看看，我好不容易将这事儿压下来了，这下倒好，全白费了……"

许秋实训了几句，那边似有人唤他，他便挂了电话。梁景行急忙打开崇城大学的校园论坛，三个置顶帖下有一个名为"道歉信"的帖子，已有近千的回复，发帖时间是半个小时前，而发帖人是……姜词。

梁景行目光一凛，点开从头拉到尾，匆匆扫了一遍。

内容不长，不过两三百字——

此事全因我而起，与梁教授无关。大家所看到的照片，是我精心策划并找人拍摄的，目的是想以此胁迫梁教授为我的课业大开方便之门。但因管理不当，照片不幸流出，对梁教授以及学校声誉造成了无法挽回的损失。对此，我深感抱歉。希望大家知悉此事，停止对梁教授的攻击。他是一位道德崇高、尽职尽责的教师，多次断然拒绝我不当的暗示，并引导我走回正途。但我执迷不悟，最终犯下大错。我已第一时间办理退学手续，为我的错误行为承担责任。

遣词造句，理智得可怕。

他心脏一路往下沉，长吸一口气，拨出姜词的电话号码。

“对不起，您所拨打的电话已关机……”

梁景行竭力克制，回到席上，礼貌地向赵女士说明情况，并请求提前离席。

出了包厢，他又拨了一次电话，对方仍是关机，他不由得暗骂一句，差点一把摔了手机。

抄近路，闯了一个红灯，梁景行只花了十五分钟时间就到了姜词的楼下。他攥着手机照明，飞快跑上六楼，正要踹上去，才发现门没关。

“姜词！”

他一脚踹开门，屋里黑灯瞎火，只南边的窗前挂了几件衣服，映着窗外一点灯光，随风摇摆。

他打开灯，径直走去浴室，门大敞着，还有股洗衣粉的香味。

“姜词，你别跟我开玩笑，赶紧出来！”

他一把扯下隔开客厅和卧室的布帘，床单被套全没了，只剩了一块光秃秃的木板；衣柜门也开着，里面的衣服少了一半。

他骂了句脏话，一拳砸在书桌上。他低头一看，这才发现桌上搁着一个信封，拿起几下扯开，里面装着一张银行卡和一张叠好的素描纸。

他喘了口气，将纸展开：

梁景行，我总觉得我是幸运的，在父亲离世之后，在穷途末路之时，遇到了你，并且也如穷寇一般不计后果地爱了一场。

我一直以为，我们还有很多时间，足够消弭存在于我们之间的隔阂、误会和疏离。我可以一次又一次挑战你的底线，直到你像上次一样忍无可忍，陪我逆行倒施浪掷余生。可我高估了自己，或者说，我低估了你。

谢谢你愿意这样陪我一程，即便你并不如我爱得纯粹，或者，这其中并没有真正所谓“爱情”的成分。我感激你的怜惜和包容，也深知再也无法遇到第二个如你一般对我好的人。

但如今，这一切我都不得不强迫自己舍弃了。

你无须背负我的人生，那对你而言，太过沉重了；你也无须背负我悖逆的爱，那对你而言，也太过沉重了。

梁景行，梁老师，梁叔叔。

这一生兴许缘分太浅，只够我陪你数百个日夜。

我愿意奉献自己的所有，可如今的我一无所有。

好在，还有自由，这是我能给你的最后一样东西。

P.S. 我承诺偿还你曾借我的十万块钱，连本带息，全在卡里，密码是你的生日。

我爱你，后会有期。

梁景行初初看得很快，一目十行。看完，他却仿佛什么都没看进去，脑袋里怒火横冲直撞——她怎么敢写出这样的混账话！

然后，他放慢了速度，一行一行地看；之后，又看了一遍，这次是一个字一个字地看。直到最后，所有的话全刻在他脑中了，余生都难以擦去。

出奇愤怒之后，他反倒冷静下来，将信叠好塞进口袋，给刘原、许尽欢、梁静思等挨个打电话。

很快，大家各自奔赴机场、火车站和长途汽车站。

然而众人忙活到凌晨，一无所获。

所有人到梁静思家中会合，通报情况，并且商量接下来的对策。

陈臻和梁静思夫妻刚知道梁景行与姜词的这档子事儿，但也没时间惊讶，毕竟如今人不见了才是大事儿。

梁静思给大家各倒了一杯水，看向目光沉沉的梁景行："景行，你跟姜小姐最后一次见面是几点？她跟你说了什么？有没有透露什么有用的消息？"

说了什么？

等樱花开了再去拍照，不小心把他的衣服用水洗了，要去超市买菜，比她爸还啰唆……

还有什么？

梁景行将脸埋进掌中，数个小时前她清软的声音，此刻一声声回荡在耳畔——

"梁景行，我刚才了一件对不起你的事。"

以及："再见。"

第十三章
放逐

姜词第一次坐火车的硬卧，从崇城出发。

她不知道该去哪儿，在售票大厅犹豫很久，发现有一趟一个小时后出发往昆明去的快车，全程二十六个小时。

车厢里熄了灯，大部分乘客都已经睡了。姜词将行李箱塞进下铺床底，在窗户旁的座位上坐了一会儿，去洗手间草草洗漱之后，爬上了床。

被子带着一股说不清的潮味儿，床太窄，又是上铺，她翻身时都有些心惊肉跳。姜词什么也没想，听着“哐当哐当”的声音，睡意来得很快。

醒来时车是停着的，姜词坐起来，脑袋不小心撞上头顶的隔板。她捂着头往窗外看了一眼，天刚蒙蒙亮，群青的天色里泛出一点鱼肚白，不知道到了哪里。

一个女人领着一个五六岁的孩子到了这节车厢，下铺的男人醒了，帮她把箱子推上行李架。孩子大约是在闹觉，揪着女人的衣服不耐烦地直哼哼。女人总算将行李都安置妥当，将孩子抱上爬梯。孩子几下爬上去，女人擦了擦额上的汗，也跟着上去。

车厢再次安静下来，几分钟后，车开了，而姜词终于毫无睡意。

她睁眼躺了一会儿，从床上爬起来，去洗手间洗了把脸，回到车厢，在窗户旁坐下。窗外景物飞逝，天空一寸一寸亮起来，整节车厢也渐渐开始苏醒。

乘务员推车过来，开始供应早餐，姜词买了一份，草草吃完。清晨上车的女人和她的孩子起床了，女人领着孩子去了趟厕所，回来之后，从一个布包里拿出一盒泡面，拿去泡好，空气里很快便弥散开一股浓烈的气息。

车厢里不时有人走动，太阳越升越高。

孩子抱着手机不知道在玩什么游戏，女人将东西稍稍收拾了一下，枯坐了一会儿，似乎觉得无聊，往外坐了坐，和姜词攀谈起来："姑娘是去旅游？"她说话带着口音，但姜词听不出是哪儿的。

姜词转过目光，笑了笑："嗯。"

"去哪儿咧？云南？"

"昆明。"

"昆明不好玩咧，丽江、西双版纳那边有意思，还能爬雪山。大理也好，苍山洱海可以看看，还有那个什么，天龙八部城，《天龙八部》看过吧？"

姜词说："看过。"

"姑娘你是一个人？胆子大咧。"

姜词笑了笑："我……我没读书了。"

"怎么不读了咧？读书好哇，有文凭，出去才好找工作，现在连做和尚尼姑都要大学文凭。"

对铺的男人立即接了话茬，跟她讨论起自家亲戚今年高考的事。姜词拿出手机，插上耳机听歌——电话卡被她抠了，但娱乐功能都还能使用。

女人和对铺男人聊了一阵，打算再跟姜词说说话，看她戴着耳机看着窗外，张了张口，放弃了。

吃过中饭，姜词爬上上铺去睡午觉，迷迷糊糊间，听见那孩子要吃零食，女人跟孩子讨价还价，孩子不依，大闹起来，女人立即斥责一声："别吵，有人要休息。"紧接着是一阵窸窸窣窣的声音。

姜词翻了个身。

二十多个小时的旅途，枯燥而漫长。下午，姜词起来又听了会儿歌，最后手机电量耗尽。她从背包里掏出自己随身携带的素描簿，打算画点什么打发时间，谁知随手一翻，恰好翻到了梁景行的画像。

她停下动作，紧抿着嘴，静静看着画上的人。

"姑娘你还会画画啊？"

姜词回过神，这次没有笑，轻轻地"嗯"了一声。

女人往她的素描簿上瞟了一眼："画得很不错咧。"

姜词抬头看她一眼："我给你画一张吧。"

女人捂嘴一笑，急忙摆手："别，我长得不好看，又没化妆，脸上全是斑。"

姜词翻开空白的一页，从包里掏出铅笔："没事。"

女人拘谨地捋了捋头发："那……那我需不需要摆什么动作？"

"不用，你面对我就行。"姜词抬眼观察她一会儿，开始"唰唰唰"地在纸上勾线。

女人僵硬地坐着，一动不动。

姜词笑了笑："你别紧张，可以动的，聊天也行。"

女人稍稍动了动，仍是正襟危坐，问姜词："姑娘，你是画家？"

"还不是。"

"你画得这么好，一定能当画家。"

对铺的男人饶有兴致地看着二人："现在的年轻人也是越来越有本事，我有个亲戚的孩子，十六岁得了个全国什么科技大奖，现在已经保送清华了。"

女人呵呵一笑："真聪明，我儿子就不行咧，只晓得玩游戏，一年级第一学期都只考了八十分出头，别人都是双百分。"

姜词以前只觉得这些鸡毛蒜皮的事儿甚为无聊，但此刻大约女人是她的模特，她忍不住去聆听女人所说的每句话，试图挖掘出更多的东西。

半个小时，画画完了，姜词将这页纸从本子上拆下来，递给女人。

女人接过，惊叹一声，忍不住摸了摸自己的脸，憨直地笑了笑："你怎么把我画得这么年轻！"

姜词淡淡一笑："水平有限，别嫌弃。"

"我看看……"对铺男人把画拿过去，照着女人的脸仔细对比，"嘿，也是怪了，看着好像不像，但仔细一看，还真是你，就是看着比你本人更有精神头。"

姜词收起本和笔，看了女人一眼，却未说话。她画的，是自己想象中女人结婚前的模样，也是一样热情，有些聒噪，沾染了世俗气却绝非市侩，对万事皆怀有憧憬，有一股奋勇向上的蛮劲儿。

晚上七点左右，火车到达安顺，女人拖着孩子和行李下车了，临走前连声道谢，往姜词手里塞了一大包零食。姜词连番推拒，但最终盛情难却。

"姑娘，好好玩儿，等你以后成画家了，我带儿子看你的画展去！"

姜词淡笑着点了点头："谢谢。"

没了女人做中介，姜词和别的人也聊不起来。这一节车厢的人陆陆续续下了车，对铺的男人也在六盘水下了车，最后，只剩下姜词一人。她将东西挪到下铺，洗漱之后，躺在床上。

车厢已经关灯，火车飞驰在山间，"哐当哐当"，光影时明时灭，似乎有个调皮的孩童，时而张开握着萤火虫的双手。

姜词将被子拉过头顶，蜷起身体。

她忽然就想到了生日那天梦见的姜明远，他在找一个叫作"王谢桥"的地方，他说："你回去吧，你帮不上我的。"

那时她不懂，此刻忽然明白——有些路，注定只能一个人走。

凌晨四点半，火车到达昆明。她仍不知道该去哪儿，盯着滚动的电子屏幕看了许久，买了中午去大理的票。

下午五点，她到达大理。外面一排司机举牌拉客，姜词算了算身上的钱，最后还是选择了公交。她凭借上回的记忆，在古城外下了车，找卖乳扇的小摊贩问过之后，乘二路车去了才村码头。

旅游淡季，许多客栈都有房，姜词问过几家，挑了家最便宜的。

姜词洗了个热水澡，将自己身上的钱算了一遍。那四幅画卖了五万，她全还给了梁景行。如今她还剩平日里给梁景行公司画插画的一些稿酬，和他给的那个红包，吃喝用度全要花费，撑不了多久。

第二天，她从客栈退房，顺便找客栈老板打听了租房信息。

她急需安定下来，在下关镇看了几套房，当天就定了下来，房租一个月三百五，押一付三。过了几天，她在附近的兴趣班找到一个美术老师的工作，工资不高，但这里的物价也不算高，除掉房租和日常用度，每月还能省下一些钱。然后，她开始慢慢补充画材。

兴趣班还有一个年轻老师，教民族舞，大她五岁，姓李，她叫对方李老师。李老师是白族姑娘，十分热情好客，平日里总是称呼姜词"金花"。李老师家里还有个哥哥，在喜洲古镇的表演队里谋生。

很快入夏，有天李老师提及自己哥哥的一个朋友要在双廊开家客栈，问姜词愿不愿意过去帮忙画壁画。姜词答应下来，上午兴趣班授课结束后，李老师的哥哥李凯开了辆小面包车，送姜词过去。

如今大理旅游业已趋于饱和，这当口开客栈，生意好的话，堪堪收支相抵，想赚大钱，恐怕不容易。

姜词从车上跳下来，便看见客栈门口站着一个十分高大的男人，正指挥两个人挂客栈的招牌。李凯喊了一声，那人转过身来打了声招呼。

经过李凯介绍，姜词知道了这男人叫秦朕，北漂了十年，今年二十八，打算安定下来，开家铺面，娶个媳妇儿。她想，这人的名字倒是霸气，又秦又朕的。

谈拢价格之后，姜词按照秦朕的要求，当天下午就开工。秦朕的要求几乎等于没有要求：“就这一面墙，随便你画什么，只要别让我看出来画的是什么就行。”

“那要是我画的你不满意呢？”

秦朕挑眉：“涂掉，重画，满意为止。”

姜词忙了三个下午，全部完工，只等外出采买的秦朕回来给她结算工钱。客栈主体装修已经弄好了，风格十分先锋怪异，但又不失小资情调。柜台后面有一堵墙，贴着各式各样的烟纸——姜词起先没注意到，以为只是随便钉上去的明信片。她想，这道墙倒挺有意思，几乎是个烟草大全，有见过的，但大多数是没见过的。

然后，她在满墙花花绿绿的烟盒纸中看见了“茶花”。

“久等了！”门外传来秦朕的声音。

他只穿着一件黑色背心，腹背健硕的肌肉线条显露无遗，古铜色肌肤上沾着汗，带着一股热气闯了进来。

秦朕先歇了一会儿，从柜台后面拿出一罐啤酒，拉开来咕噜噜饮尽，心满意足地舒了口气。他见姜词正呆愣地看着身后的墙壁，也回过头去看了一眼：“怎么了？”

姜词指了指“茶花”的烟盒纸：“这个能不能给我？”

被捏瘪的易拉罐躺在柜台上，秦朕无聊地弹了一下，易拉罐飞出去：“你们小姑娘都喜欢这么矫情的东西，也是被那句诗忽悠了吧？”

与君初相识，犹如故人归。

前年的某一个晚上，她问梁景行有没有听过“茶花”这种烟。

“给我吧。”

秦朕挑了挑眉：“这旧版的已经停产了，我也就这么一张。”

姜词咬牙：“工钱我不要都行。”

“有必要吗？”秦朕又拿了两罐啤酒，递给姜词一罐，“喝酒。”

“我不会喝。”

“不喝就不给你。”

姜词眼也没眨，拉开拉环一口气喝完，用力将空罐往柜台上一放：“行吗？”

“……”秦朕半晌无话，转身将墙上的烟盒纸扯下来，“给你给你。”

姜词接过，抚平，郑而重之地夹入一个记事本里。

秦朕手肘撑着柜台，饶有兴趣地盯着姜词：“小姑娘，看不出来，你这人这么拼命。”

姜词懒得理他。

“小事就拼命，遇到大事了，你打算怎么办？”

姜词微微一怔。

秦朕笑了一声，拿起罐子喝了一大口啤酒，目光投向侧面的墙壁，仔细看了看：“画得还行，专业学这个的？”

姜词没吭声。

秦朕指了指柜台前的高脚凳：“坐，我陪你唠唠嗑——坐啊，我又不会吃了你。”他满意地看着姜词坐上来，扬眉一笑，又拿出一罐酒，打开搁到姜词手边。

姜词脸已有些发热，不敢再喝：“你知不知道有种烟，褐色，侧开口的，盒子上写着一个书法的‘道’字？”

秦朕转身往墙上某处一指：“这个？”

姜词点头。

“红河道。”

“你有吗？”

“这烟贵，我穷得叮当响，抽不起。”他在抽屉里翻翻找找，摸出包硬壳的万宝路，晃了晃，“还有几根。这个味儿淡，女人都爱抽这个。”

姜词目光定在烟盒上，犹豫片刻，伸手接过，抽出一支，摸了摸口袋，掏出打火机。

秦朕往她手里看了一眼：“这打火机看着倒是你身上最贵的东西。”

姜词没说话，犹疑地含住滤嘴，动作分外生疏别扭。

秦朕大笑："原来你没抽过，你这动作哪里像点烟，分明是吃辣条。"

"……"

秦朕也抽出一支烟叼在嘴里，拿过姜词手里的打火机点燃，深吸一口。他把玩着那个打火机："这么旧，不是你的吧？"

姜词没说话，一把夺回打火机，点燃嘴里的烟，不得章法地吸了一口，顿觉嗓子一痒，猛咳起来。

秦朕哈哈大笑："你别咳，越咳越难受。抽烟要像呼吸一样吸进去，不是咽下去。你没抽过就别试了，也没多大好处。"

正说着话，忽觉外面天色暗了几分，秦朕看了一眼，立即站起身："要下雨了，走，送你回去。"

姜词看他一眼："工钱呢？"

"……"秦朕从口袋里掏出一把纸币，也没数，往她手里一塞，"就这么多了，差了后面我再给你。"他大步走出客栈，关门上锁。

秦朕的车是辆破破烂烂的桑塔纳，勉强能开，但舒适性估计不比拖拉机好多少。车子到底没跑过乌云追来的速度，行到半路，快上高速时，豆大的雨滴落下来，桑塔纳呜咽两声，熄火了。

秦朕打了几下火没打着，转身对姜词说："你下去帮忙推一把。"

"……"姜词放了包，跳下车。雨水浇在身上，分外冰凉，她忽然就想到了去年梁景行同她坦承心迹的那天，比这更为暴烈的雨，让人无处可逃。

车动了，秦朕探出头，大喊："赶紧上来！"

姜词刚上车，一件夹克便兜头罩过来："穿着，别感冒了。嘿，看着这么瘦弱，居然还挺有力气。"

姜词没说话，打了个寒战。

原本一个小时的车程，开了一个半小时，到姜词家里的时候，天已经擦黑。

秦朕没下车："赶紧回去洗个澡！工钱你算算，要不够，回头我让李凯把剩下的补给你。”说着，他飞快打方向盘倒车，沿着来路，驶入迷蒙的雨雾之中。

姜词脱掉湿衣服，走进浴室，打开花洒。起先水是冷的，放了一会儿才渐渐热起来。姜词打了个寒战，渐渐腾起的热气里，思绪也慢慢飘回来。

她洗完澡，换了身干净衣服，掏出口袋里那把已经打湿的钱，点了点，不少，还多了两百。

雨还没停，“噼里啪啦”打在玻璃窗上，外面天色漆黑如墨。

某一个瞬间，或者其实在刚刚回来的路上，一种难以名状的难过便渐渐攫住了她。她想，大约是因为下雨了。

她父亲的葬礼，是在雨天；梁景行来看她，是在雨天；他第一次到她家里来，是在雨天；她的初吻，也是在雨天……

她掏出手机，翻开通讯录。

那个名字躺在“L”这一栏中，安静无声。

她猛地锁了屏幕，将手机往床上一扔，起身出门。

附近的小超市里，自然没有秦朕所说的“红河道”，其他的品牌她也一无所知，最后只好买了包万宝路。

照着秦朕的方法，她试了几次，咳得肺叶都生疼之时，总算稍得要领。

这滋味并不好，她不知道他为什么喜欢。

她坐在床上，听着雨声，静静抽完了一支烟。

第二天，姜词得知秦朕出车祸了。那快要报废的小车在海东镇附近打了个滑，一头栽进一旁的田里。秦朕倒没伤得太重，小臂骨折，得打一个月的石膏。

于情于理，姜词都得去看看，毕竟人家是为了送她才出的事。

秦朕远不如她想的那样惨兮兮，正吊着手臂与护士小姑娘有说有笑，几句话就哄得人家心花怒放。秦朕见姜词拘谨地站在门口，招了招手。

姜词将果篮放到一旁，问他情况。

“没事，就是客栈筹备的进度得慢下来了，恐怕赶不上旺季开始。”

姜词垂头想了想：“我帮你吧。”

秦朕看她一眼：“倒也行，不让你白干，我付你工钱，一天一百怎么样？”

全是琐事，大到桌椅样式，小到茶杯抱枕。在秦朕的调度之下，姜词跟着李凯一趟一趟地跑，周末还得给兴趣班上课，忙活了两个星期，总算将客栈要用的东西大体准备齐全。

秦朕对她的工作甚为满意：“没想到你这人这么能吃苦，要不跟着我干吧，我正好还缺人手。”

“做什么？”

秦朕打量她一眼，烈日下跑了两个星期，她比最初见面的时候黑了一点；长发扎成马尾，戴一顶藏青色的鸭舌帽；穿着T恤、热裤和运动鞋，两截细长的小腿显得矫健有力。

“嗯……就坐前台这儿，登记入住，卖货收钱，没事儿陪文青们唠唠嗑。”

姜词犹豫。

秦朕笑了笑：“唠嗑我不勉强，就你这臭脸，恐怕客人得被你气跑。你不是画画的吗？平时可以画点小东西，放我店里卖，不抽你成。”

姜词仍然犹豫。

秦朕不得不使出撒手锏了：“包吃包住。”

“好。”

秦朕哑然失笑：“我问你一句，满十八了吧？别被人抓到我招收童工。”

姜词白他一眼：“我二十了。”

姜词在下关镇租的房子正好到期，她便不再续租，住到了客栈秦朕提供的房间里，一楼，面朝着洱海。秦朕为此多次邀功：“看我多体恤下属，豪华海景房，要是挂出去，一天能挣两百，就这么给你住了，啧啧。”

六月一到，大理的游客渐渐多了起来，客栈也时常客满。姜词并不是一个十分尽职的员工，因为她还要画画，时常一画起来就忘了时间，但秦朕好像毫不在意，当初一条条列下来的考勤制度形同虚设。

客栈还设了酒吧，夜生活十分丰富。秦朕很会炒气氛，而且本人那股子玩世不恭的态度特别吸引人，尤其是对抱着艳遇目的来的文艺女青年。

姜词不止一次撞到长发银镯的姑娘借着酒劲冲上吧台向秦朕献吻，秦朕来者不拒，说着半真半假的情话，哄得别人也假装当了真。

想到李凯说的秦朕如今打算安定下来，开家铺面，娶个媳妇儿，姜词不由得付之一笑。

崇城却是苦夏，气温一天高过一天。

这天，梁景行刚到办公室，正打开电脑查收邮件，许尽欢后脚便进来：“梁景行，有个好消息。”

梁景行浑身一震。

许尽欢摸了摸鼻子，有些不忍：“呃，不……不是那件事……你让我打听的事有眉目了。”她从提包里掏出一本杂志，往梁景行面前一丢，“这人认识吗？”

梁景行往封面上瞟了一眼：“谈辉。”

许尽欢有几分犹豫：“四年前，姜明远有个项目正在招标，谈辉为了讨好姜明远……”她说着顿了顿，“拍了姜词的处女作。”

梁景行闻言微微抬起目光，又往封面上看了一眼。

“当时那画拍了二十多万吧，你要是找他买，肯定得被讹一笔。”许尽欢观察着梁景行的神情，笑了笑，自知说了句废话，别说是被讹一笔，恐怕不管多少钱他都会买。

姜词一走就是数月，杳无音信，大家各方打探一无所获，毕竟没有手眼通天的本事。就像一滴水落入大海，中国这么大，一个人要是成心不让人找到，何等容易。

姜词走后第二天，梁景行就辞了大学的工作。许秋实几番挽留都留不住，只说："姜同学都成全你了，你何必浪费她的一番好意。"

梁景行不以为然，什么成全，分明是报复。

当然还有人跟他一样生气，那就是陈同勖。梁景行负荆请罪，被陈同勖骂了个狗血淋头，连老死不相往来这样的狠话都说出来了。姜词的画被艺术投资公司的人看中，陈同勖正在从中接洽，只差一锤定音，结果功亏一篑。

对姜词和梁景行这两人，许尽欢也是佩服得很，一个走了就走了，无声无息，真能这么狠心；一个像没事人一样，照常上班、健身，如今又拾起了摄影，天南地北地采风，还戒了烟，玩起了养生这一套。

她突然有些明白为什么只要是梁景行想干的，就没有干不成的，而自己打小跟他一起长大，混到如今，也只是个靠稿费吃饭、一个有了上顿没下顿的三流作家。

谈恋爱能谈到他俩这境界，不得不说也是一种本事。

抽了个周末，梁景行前去拜访谈辉。他与谈辉没有直接的利益往来，经由许秋实牵线才联系上。

谈家大宅坐落在半山腰上，沿途皆是凤凰花树，殷红浓烈的花朵落了一地。欧式的大宅掩映在林木之中，浓荫匝地。

梁景行被人领进去，看了看庭院的布置，感觉有些眼熟，隐约想起自己曾来过一次。

他在客厅里小坐了片刻，谈辉从楼上下来。梁景行没跟谈辉打过交道，但对其为人处世有所耳闻——真正的商人，只讲利益不讲交情。他本人却一副慈眉善目的模样，逢人先给三分笑脸。

握手寒暄之后，梁景行直接切入正题："听闻谈先生四年前曾拍过陈同勖先生徒弟的一幅画，可有转手的意向？"

谈辉笑道："得问问我闺女的意思。她上周刚出国了，临走前特意嘱咐我，不管谁要来买这幅画，都得经过她的同意。"

梁景行有几分疑惑："令媛很喜欢？"

"那倒也不是……"谈辉笑得容意味深长，"小姑娘的心思，我一个大老爷们儿怎么猜得准。"

梁景行沉吟："能不能让我看看那幅画？"

画挂在书房的墙上，是幅人物画像。一个女人，晨光中低垂着眉眼，分外温柔娴静。笔法细腻，阳光下发丝、肌理分纤毫毕现，栩栩如生。十五岁的少女能画到这程度，已属难能可贵。但毕竟不是名家，即便有"油画大师关门弟子"的噱头，也不可能将这画的价格抬上二十三万。有些时候，到底是利益更有驱动力。

"谈先生,可否联系令媛,问问她是否同意出售？价格都好商量。"

谈辉点了点头，让梁景行稍坐一会儿，自己走出书房去打电话。

梁景行稍稍退后几步，仍端详着那幅画。

画名叫《蝉翼》，角落里拿白色油彩潦草地写了一个"词"字。梁景行想了半晌，也没把这画的名字与内容联系起来。

过了片刻，谈辉回来了，笑道："我闺女说让你亲自跟她谈。"

梁景行不明所以，但毕竟有求于人，只能按人家的规矩办事，点了点头，接过谈辉手中的电话。

一道年轻的女声清清脆脆地喊了一声："梁老师。"

梁景行一怔："请问你是？"

那端的人笑了一声："我叫谈夏，以前上过您的选修课。"

梁景行仔细思索,没什么印象,只问："谈小姐,关于那幅画……"

"梁老师，我马上得去上课了……"谈夏打断他，"您能不能留个号码，稍后我打给您？"

梁景行无奈，报了自己的手机号。

谈夏轻快地笑了笑："回聊。"随即挂了电话。

梁景行将手机还给谈辉，谈辉赔了个笑脸："对不住，我这闺女被宠坏了，性格有些骄纵。我就这么一个女儿，平时工作忙，陪不了她多少时间，只能在别的事儿上弥补她一些。”

梁景行自然不好说什么，礼貌地笑了笑：“应该的。”

谈辉留他吃午饭，他借故婉拒，离开书房时，忽看见书桌上立着一个相框，照片上是一个轮廓清晰、明艳光华的少女，看着有几分面善。

梁景行离开谈宅原路返回，汽车驶过落了一地的凤凰花，一个片段陡然闯入他的脑海中：姜词面无表情地举起手机，将取景框对准了他，而他身旁……站着一个情绪激动的女生。

原来是她。

梁景行扭头又看了一眼谈宅，想起姜词说的话：“你借过钱给她，还白送了件外套。”他这才记起来，六七年前他随着许秋实来谈宅参加聚会，确实在停车坪那里借过两千块钱给一个小姑娘。

谈夏有备而来，恐怕这画是不容易拿到了。

应了梁景行的预感，之后谈夏又联系他数次，七拉八扯，每当他说到正题上，她就借口要上课挂断电话。几次之后，梁景行耐心尽失，但画在人家手里，谈夏不松口，他总不好明抢，忍无可忍，只能从头再忍。

秦朕手臂打的石膏板拆了，但伤筋动骨一百天，还需休养，是以平日上上下下搬东西的杂活，仍得仰仗姜词。

晴了一周，这天下午总算下了场雨。秦朕从外面回来，浑身湿透，从皮卡车上跳下来，嘱咐姜词将车后面的东西搬进去，自己则一闪身去了后院。

车上有几个木疙瘩，也不知道做什么用的。姜词搬了几趟，累出一身汗，衣服也被雨淋湿了。她打算回房间洗澡，一打开门，却见秦朕光裸着上身，只围了条浴巾，站在画板前看她的画。

姜词吓得一声尖叫：“你在我的房间里干什么？！”

“你小点儿声！”秦朕也被她的尖叫吓了一跳，“我房间的淋浴坏了。”

“你怎么不随便找个房间？”

“客房用了还得打扫，麻烦。”秦朕看她一眼，“把门给我带上，我换裤子。”

姜词“砰”一下摔上门，却听一声谑笑顺着门缝飘了出来。

片刻后，秦朕将门打开，姜词扭头看了一眼，立即别开目光：“你怎么不穿上衣！”

秦朕笑不可遏，撑着门框凑近一些：“有什么大惊小怪的，你学画画的，没画过人体模特啊？”

“……”姜词将他往外一搡，“赶紧出来，我要洗澡。”

姜词洗完澡，打开门一看，秦朕正靠在门边抽烟：“你怎么还在这儿？”

秦朕一闪身进了她的房间：“怎么一股怪味？”

画全搁在屋里晾干，自然有股油彩的气味。姜词自小跟这些味道打交道，并不觉得难闻，反而有一种安全感。

“你能出去吗？”

秦朕看她一眼，刚洗过澡，她换了件干净的宽大T恤，头发散下来，还滴着水，肩上搭着一块干净毛巾。

秦朕索性往床沿上一坐：“又不会吃了你。”说着，他从口袋里掏出烟盒，递给姜词。

姜词犹豫了一下，伸手接过。

她至今依然不觉抽烟有什么好，却已在不知不觉中养成了这个习惯，画画的时候、心情不好的时候、想到那个人的时候……

秦朕看她靠着窗户熟练地将烟点燃，勾唇笑了笑：“你抽烟的时候，倒像个女人。”

姜词动作一顿：“什么意思？”

“平时就是个动不动就奓毛的小姑娘，不高兴就冲上去跟人拼命。”

姜词沉默了片刻："有什么区别吗？"

"女人跟小姑娘？"秦朕叼着烟，"区别大着呢。"

"说说看？"

秦朕笑了一声："你有过男人吗？"

"……"姜词动作一顿，耳根立时烧起来，"你这是性骚扰。"

"得了吧，我可不好你这一口。"秦朕神情坦荡，"麻烦的就是你们这样的小姑娘，太较真，一沾上得被剐一层皮才甩得掉。"

姜词面无表情："较真有什么不好。"

"大家都不较真，就你一个人较真，多亏啊！"秦朕吸了口烟，沉声问，"你是学艺术的吧，学艺术应该都有些家底，怎么混得这么落魄？"

雨声潇潇，敲打窗户，姜词声音平淡："辍学了。"

秦朕看她一眼，笑了："失恋了吧？"

姜词没吭声。

秦朕也不看她："你们这样的小姑娘，我遇到过好几打，没事儿就往什么丽江、婺源、周庄、西藏跑，说是疗伤，其实就是逃避现实。"

姜词微微蹙起眉头："你懂什么！"

秦朕轻笑一声："小姑娘，这不是超脱，就是矫情，而且是万千矫情大军中微不足道的一员。"

姜词似被刺了一下，忍不住呛声："那你自己呢？在帝都混不下去了，跑这儿来开家小小的客栈，有什么资格教训我？"

秦朕看她一眼："跳脚了，说明我说到点儿上了。"

姜词面无表情："你出去。"

秦朕直起身，笑了笑，将一只手插进裤袋里，转身走了。

姜词没来由感到一阵烦躁，将烟头摁灭在窗台上。

第十四章
南方姑娘

这之后，有很长一段时间，姜词和秦朕都处于几乎毫无交流的状态，顶多每天早上敷衍了事地打个招呼。

八月末，暑假结束，最后一拨旅游团走了以后，生意开始淡下去。天气转凉，姜词无事就窝在房间里画画。

她似乎进入了一个瓶颈期，怎样都画不出自己想要的感觉，手里的这幅已画了数稿，可一次比一次更偏离她的预期。色块堆在画布上，板结凝滞，死气沉沉。她瞪着眼睛看了许久，忽然抄起一支大号排笔，蘸上油彩往上一糊，扬手掀了画板。

她猛喘一口气，抓起桌上厚厚的一沓旧稿，开门走进院子，撒手扔在地上，摸出打火机点燃。

火苗舔舐着纸张，静静烧了一会儿，一沓纸全被点着，霎时腾起熊熊火焰。

“该死！”秦朕闻到味儿，跑进院子，“房子烧了你赔？！”他奔进屋装了盆水，往火堆上一泼，火熄灭了，浓烟滚滚。

姜词还蹲在一旁，水溅到了她的衣服上、头发上。

秦朕喘了口气，伸手去拉她：“赶紧起来！”随即他一愣，“你的手怎么这么烫？”他猛地一拽，将她拉了起来，却见她呼吸急促，脸上泛着病态的潮红，唇上一层白色的死皮。

秦朕摸了摸她的额头：“你发烧了也不说一声，死屋里谁负责？”

姜词浑身发抖，双腿打着战，被秦朕拽着，走两步就是一歪。秦朕骂了一句，将她打横抱起来，扔进门口的破车里，回去挂了个暂停营业的牌子，开车去附近的门诊。

姜词牙齿打战，嘴里冒胡话，护士扎针的时候，她忽然“哇”的一声哭出来，连声喊疼。秦朕顿时黑了脸，恨不得脱下臭袜子塞进她嘴里。

护士笑了，将针固定，调了调流速：“你女朋友真像个小孩。”

秦朕白了姜词一眼，在心里“呸”了一声。

药水见效很快，半个小时后，高烧渐渐退了，姜词沉沉睡着，呼吸平稳悠长。秦朕闲得无聊，扭头看她，巴掌大的一张脸，皮肤白皙，泛着潮红。他皱眉，伸手在她脸颊上捏了一把，发现手感倒是不错，不由得多用了几分力道，将她的整张脸都扯得扭曲了。

姜词喉咙里嘟哝一声，伸手去拍他的手。秦朕怕漏了针，急忙将她的手捉住。姜词手指无意识地收拢，攥住了他的手指，张了张口，模模糊糊地喊了句什么。

秦朕没听清，只隐约分辨出是什么叔叔。

“老子才二十八，风华正茂！”他将姜词的手指轻轻掰开，放回她身侧。

两瓶药水输完，护士拔了针，姜词还没醒，秦朕只好替她按着针孔，心里无比烦躁，可一看她眼睛底下一圈乌黑，还是没忍心叫醒她，将她扔在病床上，起身去外面吃晚饭。

半个小时后，他拎着两个打包盒回到诊所，姜词正在弯腰穿鞋。

他将打包盒递给姜词：“赶紧吃，吃了回去。”

姜词接过，打开盒子，掰开方便筷，垂眸道了声谢。

秦朕哼了一声：“这半天不知道耽误了多少生意。”

姜词喉咙里发苦发干，慢慢嚼着食物："淡季没多少人。"

"……"秦朕忍不住往她脑袋上拍了一掌，"有没有良心？"

姜词微微蹙了蹙眉："别拍我，脑袋晕。"

秦朕觉得再待在这里非要被她气死不可，起身出了诊所，点了支烟，蹲在门口。没过多久，姜词出来了："回去吧。"

回客栈的路上，两人都没说话。到了门口，姜词拉开门下车，将"暂停营业"的牌子摘下来。

秦朕默默地看着，在她正要进门之时，忽然开口："姜词。"

姜词停步，转身看他。

"上回我嘴欠，说话有点难听，你别介意。"

门口亮着一盏灯，姜词逆光站着，表情一时看不清楚，声音很轻，仿佛一缕薄烟，风吹即散："没事……你说得对。"

第二天早上，秦朕"咚咚咚"来敲她的房门。

姜词感冒还没好，有些畏寒，长袖外罩了件烟蓝色的针织披肩。秦朕闪进姜词屋里，将手里端着的热稀饭搁在桌上，又把勺子塞进姜词手里："画不出来就歇着，较什么劲儿。"

姜词一勺一勺喝着稀饭，说话齉声齉气的："你懂什么？"

秦朕点了支烟，往桌子底下堆着的书扫了一眼，什么理论，什么概论，什么流派技法……他跷腿往床沿上一坐，挑了挑眉："我不懂？像你这样的画家，以前光我租的那套房子里就住了八个。"

姜词看他一眼："你在帝都是做什么的？"

秦朕淡淡回答："什么来钱做什么。赶紧吃吧，给你放一天假，别窝在屋里了，出去逛逛。"

"不知道去哪儿。"

"那跟我去周城进货。"

还是那辆破桑塔纳，摇摇晃晃，似随时可能散架，秦朕反正不着急，慢悠悠地开，一路哼着歌。今日天气十分好，天色蓝得醉人，云朵自在，仿佛悠闲的羊群。

两人在周城下了车往里走，沿路可见照壁上的“清白传家”“青莲遗风”“水部家声”等。秦朕拐进一家扎染厂，让姜词帮忙挑些杯垫、钱夹之类的小玩意儿。

姜词第一次来，各式的扎染制品争相闯入视线，目不暇接。她逛到隔壁房间，看见一条深蓝色的半身长裙，层层叠叠，纹理繁复。

“让你挑东西，跑哪儿去了？”秦朕紧跟而来，见她正定定地看着那裙子，顿了顿，“喜欢？”

老板赶紧过来：“金花，喜欢就试试吧，我们这里的裙子全是手工扎染的，很漂亮的。”

秦朕挑了件白色上衣，取下那条长裙，一同塞进姜词怀里：“去试。”

他点了支烟，倚着门框，等姜词出来。

片刻后，试衣间门打开，姜词提着裙子，有几分不自在，扭头去找镜子。

秦朕微微抬起目光，看向姜词。

黑发、白衣、蓝裙，漆黑的眼睛仿佛夜空中的星。

他突然想到一首歌。

姜词问老板多少钱。

“这条裙子两百块，上衣八十。”

两百八，能买三本画集了。

老板见姜词犹豫，继续劝道：“金花你穿这个好漂亮的，我们衣服全是自己手工做的，批发价，不贵的。”

秦朕深深吸了口烟：“穿着吧，我送你。”

老板心花怒放：“那我把你原来的衣服装起来。”

姜词摇头：“不了，不适合我。”她伸手将老板一拦，进了试衣间换回自己的衣服。

回去路上，秦朕问她为什么不要那衣服。

姜词靠着椅背，怀里抱着一个抱枕：“我又不会一辈子待在大理，我得攒钱。”

秦朕看她一眼：“都说了钱我出，就当送给你。”

“你有钱还不如先把这破车换了……”姜词神色平淡，“我不习惯欠别人人情。”

秦朕笑了一声：“你攒钱打算去哪儿？”

姜词偏头想了想：“帝都吧。”

秦朕“嗯”了一声，不知所谓，再没开口。

晚上客栈酒吧依然热闹，姜词待在房里看了会儿书，出去溜达，恰好看见秦朕被一群起哄的人推上了舞台，有人往他手里塞了把吉他。

姜词倒是没想到秦朕还会弹吉他，饶有兴致地停下脚步。

秦朕在凳子上坐着，抱着吉他调整姿势，扫了几下弦，清了清嗓：“北方的村庄住着一个南方的姑娘，她总是喜欢穿着带花的裙子站在路旁，她的话不多但笑起来是那么平静优雅，她柔弱的眼神里装的是什么，是思念的忧伤……”

他无意间抬头，恰好看见了人群最后的姜词。

黑发如墨，灯光下她的眼睛安静幽深。

“南方姑娘，我们都在忍受着漫长。”

崇城的冬天来得很快，圣诞节即将来临之时，梁景行得知谈夏要回国。这半年，他已经被谈夏打太极的本事搞得心力交瘁，找她谈过数次，她只推托回来再说。最近一次通话，谈夏定了归国日期，提出接机的要求。

梁景行在出口等了半个小时，便看见前方一个身材高挑的女生迎面走来，朝他招了招手：“梁老师！”

梁景行神情疏淡，等谈夏到了跟前，将她的箱子拎进后备厢，顺道拉开了后座车门。

谈夏却视若无睹，径直坐上了副驾驶的位置。

梁景行发动车子，也不看她：“系上安全带。”

车子驶出十多分钟，梁景行一言不发。谈夏捏着手机，运指如飞，忽然笑了一声，语气似是玩笑："梁老师，您这可不是诚心谈生意的态度。"

"谈小姐，平心而论，真正毫无诚意的人恐怕不是我。"

谈夏笑了："您也是商人，怎么会不知道奇货可居、待价而沽的道理。"

"你想要多少钱？"

谈夏歪头看他一眼："我不敢妄自估价，这得看这画的作者在您心目中值多少钱。"

梁景行眉目沉肃，没有答话。

谈夏暂将目光从手机上挪开，笑说："姜明远出事之后，我爸气得差点烧了那幅画。我也是学画画的，觉得画本身还是不错，毁掉也可惜，就找我爸要了过来——所以，您现在还能看见这幅画，有我一半的功劳。冲着这一点，您请我吃顿晚饭不过分吧？"

梁景行却懒得再与她周旋："你直接报个价。"

谈夏笑了，也不在意梁景行的拒绝："钱对您来说远不是问题。我爸是做房地产的，这几年正往文化产业转轨，您在这方面既有人脉又有资源，我爸有意向跟您合作。"

"原来是为了生意上的事。"

"不是……"谈夏摇头，似笑非笑，"我真想要的东西你给不了，没办法，退而求其次，顺手帮我爸一把。"

梁景行目光沉沉："谈小姐，我并不是非得要这幅画。"

谈夏耸了耸肩："我不在乎，反正什么时候您跟我爸的合作走上正轨，我就什么时候把画给您。您不要也没别的人要了，挂着闹心，只好一斧头劈了当柴烧。"

梁景行无声叹了口气，这年头的小姑娘，真是一个比一个更不好对付。

梁景行将谈夏送回谈宅，回程路上给许尽欢打了个电话，简明扼要讲清了此事。

许尽欢笑不可遏：“从天而降的风流债，你这人怎么尽招惹凶悍的萝莉。”

梁景行哪还有心思与她开玩笑。

“谈辉这人风评不好，你别冒险跟他合作。梁景行，我说句话你别不爱听……我觉得你有点钻牛角尖。”

梁景行没吭声。

“姜词本人都不一定在意，你真没必要把自己的事业搭进去。别折腾了，姓谈的小姑娘不就是仗着你想要才有恃无恐吗？”

挂断电话，梁景行靠边停了车，静静坐着，突然很想抽烟——可他已经戒了大半年，早过了最难熬的那段日子。

外面刮着风，头顶凤凰花树的枝丫被吹断一截，“啪”一下砸在车头上。

思绪被打断，他抬头看了一眼，突然就想到去年有个晚上，姜词坐在车头上，晃荡着两条腿，笑吟吟地喊他“梁老师”。

临近年关，公司里自发掀起了年终清扫的热潮。刘原也受了感染，这天下班之后留在办公室帮梁景行整理文件。

信函、合同、公文……刘原分门别类一样一样地筛拣。

梁景行也在整理电子邮件，问刘原：“你的婚期定了吗？”

刘原将废弃的文件扔进一个专门的瓦楞盒里：“定了，三月十八号。”

梁景行有几分愣怔，直到这时候才发觉，不知不觉竟已快过去一年，一月姜词满二十，而三月，他也要满三十二了。

刘原丝毫没觉察，手里动作没停，继续讲关于婚礼的细节，婚纱、戒指、请柬样式等：“等结了婚，我跟我哥一起凑钱，在县里给我爸妈买套大点儿的房子，县里医疗条件好……”刘原话音一顿，拿起躺在纸箱里的一个未拆封快件，“梁哥，这个你还要吗？”

梁景行回神，往他手里看了一眼："什么？"

刘原翻开背面的快递单："

嗯……我看看，帝都朝阳区……姜……"刘原瞪大眼睛，激动得声音都变调了，"姜小姐寄的！"

他话音刚落，梁景行已从椅上弹起来，一把抢过他手里的快件，几下拆开。

然而里面除了一张素描纸，再无其他。

梁景行深吸一口气，将素描纸展开，一株桃花，一旁写着两句诗：入目皆茜色，君可同此心？

画纸角落潦草地写着一个"词"字，日期是……前年的三月九日。

刘原盯着梁景行，却见他脸上惊喜之色渐渐消失，眉间只余一股沉郁之气，不由得开口问道："梁哥，姜小姐说什么了？"

梁景行按了按眉心，将画倒扣在桌上，声音沙哑："前年的。"

那时候，她将一枚红宝石的耳钉放进他掌中，笑说："你要是不喜欢这份礼物，过几天还有另外一份。"

或者更早，早在那晚他们坐在破破烂烂的长椅上，她问他知不知道以前云南有一种烟叫作"茶花"那时。

"我出去一趟。"梁景行抓起一旁的外套和钥匙，快步走出办公室。

车停在晚霞路，梁景行穿上外套，双手插进衣袋，踏着一地的枯枝败叶，走去姜词家里。姜词走时没留钥匙，梁景行怕以后进不去，索性换了锁。但换锁之后，他一次都没去过。

里面原封不动，就连他的西装和姜词的几件衣服也依然挂在窗前，早就晾干了，积了一层灰。

冬天天黑得早，屋里暗沉沉的，弥漫着一股久无人居住的尘埃气息。梁景行开了灯，在床板上坐下。被他扯掉的布帘一半搭在床板上，积了一层絮状的尘埃。梁景行看了一眼，站起身拎起布帘抖了抖，仍旧按原样给她挂回去，然后去浴室洗手。

她远比他勇敢，早将一颗冰心投掷于玉壶，殷切地问他："君可同此心？”

或者更早，早在那晚他们坐在破破烂烂的长椅上，她问他知不知道以前云南有一种烟叫作“茶花”那时。

“我出去一趟。”梁景行抓起一旁的外套和钥匙，快步走出办公室。

车停在晚霞路，梁景行穿上外套，双手插进衣袋，踏着一地的枯枝败叶，走去姜词家里。姜词走时没留钥匙，梁景行怕以后进不去，索性换了锁。但换锁之后，他一次都没去过。

里面原封不动，就连他的西装和姜词的几件衣服也依然挂在窗前，早就晾干了，积了一层灰。

冬天天黑得早，屋里暗沉沉的，弥漫着一股久无人居住的尘埃气息。梁景行开了灯，在床板上坐下。被他扯掉的布帘一半搭在床板上，积了一层絮状的尘埃。梁景行看了一眼，站起身拎起布帘抖了抖，仍旧按原样给她挂回去，然后去浴室洗手。

洗手台上还放着没用完的洗发水和沐浴露，他拧开水龙头，水中有一股铁锈味，放了一会儿水才清澈。

梁景行洗完手，找了块抹布，挽起衣袖，走回卧室清理书桌和架子上的灰。

他拉开抽屉，里面装着些橡皮、发圈、胸针、明信片之类的东西，都是些女孩爱收集的小玩意儿。

抽屉深处，他发现了一本相簿。

梁景行陡然意识到，他竟然没有一张姜词的照片。

呼吸一滞，心口闷痛，他坐了下来，将相簿翻开。

第一张照片塑封上写着“摄于百日”，照片里是一个胖嘟嘟的肉团子，五官挤作一堆，压根看不出现在这清丽的模样。再往后，是她周岁的照片，她穿着粉色单衣，手里拿着串香蕉，盯着镜头，表情十分不高兴。

再往后，她脸上糊着泥，哭得撕心裂肺，被人抓拍下来；或是穿着泡泡裙文静乖巧地坐着，倒似个家教严格的小公主，也不知拍照的时候被哄了多久她才乖乖任人摆布；还有她捏着蜡笔在纸上涂抹的照片，她神情专注，隐隐已有现在那份拒人千里的傲气。

按着时间顺序，一张一张，串起了她从小到大的时光。

最后一张单人照，是她十五岁生日那天拍的，她穿着白色的小礼服，一只手扶着栏杆，站在楼梯上，微仰着下巴，骄傲而矜持。

梁景行目光定在这张照片上面，久久未曾移开。过了许久，他将这张照片抽出，插入大衣里面的口袋。

他又往后翻了一页，顿时愣住。

那是一张全家福，照片中的姜词不过五岁，依偎在一个年轻女人的怀里。女人眉目柔和，娴静温润——正是姜词画中之人。

关于姜夫人，梁景行只是有所耳闻。那时候姜明远生意已起步几年，日子正好过，姜夫人却罹患癌症，撒手人寰。

他从未听姜词主动提起过她妈妈，从前一直以为大约是姜夫人走时她年纪太小，尚不经事，所以感情不深。可真要感情不深，笔锋哪能那般饱满细腻，纤毫毕现。蝉翼轻薄，只存一夏，就像她尚未延展就仓促结束的童年时光。

梁景行不忍再看，深吸一口气，合起相簿，垂首静坐片刻，给谈夏打了个电话。

姜词二十岁生日谁也没告诉，悄无声息就过去了，之后便开始筹备着过年。

这段时间，她听秦朕的劝告，不再跟画死磕。大理的冬天似乎来得很慢，她无事便去洱海边转悠，一坐就是一个下午。这样下来，有时候反而能灵感突现，完成了几幅颇为不错的作品。

过了腊月二十六，客栈停止营业，保洁阿姨也早早放假回家了，偌大的客栈，就姜词和秦朕两人。

秦朕一点没闲着，买来数盆金橘装点大厅，又上上下下贴春联、挂彩灯。姜词问他何必劳神费力，反正也没别人。

“年是给自己过的，关别人什么事——你别干看着，快去画两幅喜庆的画挂着。”

姜词自然懒得理他。

除夕当天，姜词喊了一圈没找见人，去了厨房才发现他买了面粉回来，正在擀饺子皮。

秦朕看她一眼：“都几点了，这时候才起床。”

姜词伸手戳了戳放在桌子上的面团子，被秦朕打了一下手：“洗手了吗？就乱戳！”

“有速冻的，何必费这个事儿。”

秦朕“啧啧”一叹：“过年的饺子当然要自己包才有意思。”

姜词洗了手，拿了个面团在手里，问他：“你不是大理人吗，过年为什么要学北方吃饺子？”

“我什么时候说过我是大理人了？”他笑了笑，忍不住逗她，“我是昆明的。”

“……”

“在帝都待了十年，习惯了。”

姜词顿了顿，还是忍不住问：“你的家人呢？”

“没了。”

姜词“哦”了一声：“跟我一样。”

秦朕忍不住抬眼看她，她微垂着眼，像捏橡皮泥一样搓着那坨面粉，神情倒比他还要平淡。

“别蹂躏它了……”秦朕伸手夺过她手里的面团，抓起一个啤酒瓶子递给姜词，“拿去洗干净，过来帮忙。”

姜词以前没自己包过饺子，这时候反正闲得无聊，便依言将啤酒瓶洗净，照着秦朕教的方法擀面皮，最初不得要领，不是太薄就是太厚，要么厚薄不均。擀坏了十多个面团后，她终于渐渐掌握方法，速度也快起来。

她擀了一会儿，往秦朕手里看了一眼。

“你想包？”

姜词点头：“我试试。”

秦朕拿了块面皮，边讲解边示范：“把馅儿放在正中，别太多也别太少，合拢，然后把边捏起来。”他摊开手，“行了，就这么简单。”

姜词如法炮制，包了一个圆鼓鼓的饺子，面皮堪堪能合拢。

“……”秦朕看着自己那堆匀称漂亮的饺子堆里闯入这样一个异类，抱怨道，“真丑。”

姜词毫不气馁，又包了七八个，大小不同，形态各异。

秦朕忍不住揶揄：“挺好，凑一盘，你自己解决。”

眼看着包了百八十个，怕是都能吃到年后了，秦朕打发姜词去烧水。他加快动作，打算一口气包完剩下的几张，一抬眼看见糖罐子里还有白糖，再看姜词，她正专心致志地涮着锅，他便悄无声息地舀了一勺糖，包进最后一张面皮里，又在边上掐了一道作为记号。

秦朕将大厅两侧的藤椅放到一起，往小桌子上铺了块桌布，端上两大盘饺子，又打开了常年积灰的电视。电视挂得高，真要看得仰着脖子，只当听个响儿，增加点气氛。

秦朕搬来一件鸡尾酒饮料，拿出三瓶摆在桌上：“专替你买的，只有八度。”

姜词嘟哝一句：“八度也会醉。”

“……”

两人坐下来，开始吃饺子。

吃了几个，姜词突然“啊”了一声，停了动作：“这个怎么是甜的？”

“笨蛋，我就包了这么一个，还被你吃到了！”

姜词乐了：“说明我运气好。”

“嗯嗯……”秦朕闷头喝了口啤酒，“开门红。”

姜词瞟他一眼，笑说：“你今天倒是说了几句人话。”

吃过饭，两人打了半天牌。姜词技术差，但架不住手气好，一个下午就从秦朕那里赢了张机票钱。

晚上也是吃饺子，然后两人拎着酒瓶到天台上吹风。天台也被秦朕改造过了，半露天，用木板架了顶，底下摆着两条舒服的长沙发。据秦朕说，这是专门为今后通宵看世界杯准备的。

他去客房搬了电视和机顶盒上来，插上电源，换到央视一套。

弄好之后，他抬头去看姜词。她正趴着栏杆眺望洱海，夜色中，黑色长发散在身后，被风吹起，又落下。

秦朕静站了片刻，出声："过来吧，别冻感冒了。"

八点春晚开始，电视里闹哄哄的，不是号召子女回家团聚，就是阖家欢乐庆新春，衬着两人的处境，跟笑话似的。

两人把电视里的声音当背景乐，开始有一搭没一搭地聊天。

"秦朕，我打算开年了去帝都。"

"钱攒够了？"

姜词嘻嘻一笑："本来是不够的，经过今天下午就正好够了。"

"……"

"你跟我讲讲你在帝都的事儿吧，给我做个参考？"

秦朕喝了口酒："我的事迹太过光荣璀璨，你参考不来。"

姜词蹬了鞋，歪靠在沙发上："那就讲讲你的光荣事迹。"

秦朕淡淡说道："没什么好讲的。"

姜词笑了一声，也不勉强。她真是八度就能醉，此刻喝了两瓶朗姆预调酒，脸上已开始发热。她打了个嗝："我躺一会儿，半个小时后喊我起来。"说完她俯下身，手臂搭在沙发扶手上，头枕上去。

秦朕看她一眼，下去拿了张薄毯，盖在她身上。之后他又开了瓶啤酒，边喝边面无表情地看着电视里的节目。

不知过了多久，姜词按着额头，抬起沉重的脑袋，蹙眉问秦朕："几点了？"

秦朕回神，掏出手机看了一眼："十一点了。"

"你怎么不喊我？"

“喊了，你没醒，还骂了我两句，好心当成驴肝肺。”

姜词疑惑：“我有这么恶劣？”

秦朕笑了一声：“你才知道？平时自我感觉是不是太良好了？”

远处已有烟花燃放的声音，秦朕站起身：“起来放烟花。”

“这里能放？”

“不是大型的，应该没事儿。”

两人去楼下将买来的好几捆烟花搬上来，一根接一根点燃。

不知放了多久，炸得姜词耳朵几乎听不见别的声音，她惊声大笑，一边捂着耳朵，一边躲开秦朕佯装对准她的烟花。

一个空当，远处天空烟火一丛丛蹿升，和电视里主持人齐声倒数的声音相呼应。

姜词和秦朕都十分默契地停了下来，心里默念：五、四、三、二、一。

又是一年。

秦朕说：“新年快乐。”

然而他没听见回应，姜词缓缓抬眼：“我想打个电话。”

“打啊！”

“我不能打。”

秦朕顿了顿，掏出自己的手机解锁递给她：“用我的，帝都的号。”

姜词接过，输入那串早已烂熟于心的数字。

秦朕盯着她。

她手指在微微颤抖，悬在拨号键上，迟迟不能按下去。她紧咬着唇，双眼静而幽深，起了一层雾气，像是要哭了一样。

秦朕一把将手机夺回来：“我帮你拨。”

“不行！”姜词吓了一跳，伸手去抢手机。

秦朕将手机举高：“你男人的号码？”

姜词跳着去抢：“我不打了，你把手机给我！”

“我问你呢，你男人的号码？”

姜词紧咬着唇，只是徒劳地去抓他的手臂。秦朕忽然将手机往兜里一揣，一把掐住她的腰，往前一步，猛地一下将她按在栏杆上，低下头。

带着酒味的灼热气息近在咫尺，喷在她的鼻尖上，他双臂宛如铁铸，紧紧箍着她，让她动弹不得。姜词本能感觉危险，声音发颤：“秦朕，你放开。”

秦朕紧盯着她，目光深沉而灼热：“姜词，跟我吧。”

姜词震惊，脑中一时一片空白，只说：“你……你自己说的，不好我这一口……你难道喜欢我？”

“跟着我，不会让你吃苦。”

姜词喘了口气：“我心里有人。”

“忘了。”

“忘不掉，除非把我的心脏掏出来。”

两人一时沉默了。

秦朕松了手：“哭什么，不跟就不跟，又不是真要你把心挖出来。”

“我没……”姜词抬手往脸上一摸，怔住。

秦朕目光复杂，看她最后一眼，从她身旁绕过去，回到沙发上，抄起酒瓶咕噜噜喝了大半。

仿佛赤身裸体，铠甲尽除，却被突如其来的一支利箭射入心脏，猝不及防，立时血肉模糊。姜词蹲下身，将头埋进双臂之间，紧咬着唇，肩膀剧烈颤抖。

她从不敢放任自己肆无忌惮地想那个人，因为一想到就会软弱，生出一股毫无益处的悔恨。

但不离开他的庇佑，她怎么可能真正变得坚强——她不愿做菟丝子、凌霄花，只想成为一株英勇火红的木棉。

秦朕静坐片刻，姜词也从栏杆那边走过来。她已经擦干了眼泪，眼睛仍是湿润的，黑而明亮。

秦朕看她一眼：“刚才逗你的，别当真。”

姜词静默片刻，点了点头。

“你辍学就是为了这人？”

“是。”姜词深吸一口气。

秦朕沉沉地笑了一声：“难怪这么拼命。”

“他大我十二岁……”姜词坐下来，以手掩面，声音沙哑，仿佛一根弦绷到极致，“再不拼命，就真的追不上了。”

秦朕没说话。

安静很久，电视里的节目结束了，远处的烟火也落了幕，姜词情绪缓和了些，轻声开口：“秦朕，男人要是喜欢一个女人，是不是一定想得到她？”

“哪种意义的‘得到’？”

“……”

秦朕笑了，点了一支烟，抽了一口，才缓缓地说：“这不一定，得分人，还得分喜欢到什么程度。”

“怎么说？”

“男人都这德行，一辈子肯定不只对一个女人动心，七老八十不顶用了，走在路上还不忘盯着年轻小姑娘的大腿意淫。但要是真喜欢，喜欢到愿意豁出性命，什么都能舍弃，什么委屈都能忍受，这时候，反而没什么邪念，舍不得，怕亵渎了。”

姜词一怔：“你是这样？”

秦朕挑了挑眉，恢复一贯吊儿郎当的模样：“我肯定不是。喜欢还在乎那么多干什么，先按住再说，让对方服气了才是本事。”

姜词面红耳赤：“你怎么这么下流！”

“不是你先问的吗？”

姜词伸出手：“给我支烟。”

秦朕没动，看她一眼：“戒了吧，你不适合抽烟，真心话。”烟雾从他指间腾起，又飞快被冷风吹散，“那人大你十二岁，靠这些旁门左道弥补不了。你既然喜欢他，就多学学他吸引你的地方，而不是抽烟这些浮于表象的东西。”

姜词垂首沉默。

“学艺术的都会有些清高傲气，不愿意跟世俗妥协，也能理解。但我为什么说你还是个小姑娘，因为万事都有别的解决方法，你一头冲上去，撞得头破血流，对你自己有什么好处？别人放心不下，当然也不会把你当大人来看。”

秦朕叼着烟，从皮夹里掏出一张名片，手指摩挲片刻，移开目光，递给姜词：“你去帝都找这个人，她能帮你少走些弯路。”

姜词接过，看了一眼，郑重地道了声谢。

秦朕看着她，目光一时无比深邃：“姜词，你还年轻，又有才华，前途不可限量。人都会自然地老去……你不必非得历经沧桑。”

姜词一时愣怔。

秦朕站起身，在她头顶轻轻按了一下，拿起遥控器关了电视：“下去吧。”

初七，姜词出发去大理的机场。秦朕去送她，破破烂烂的车慢慢悠悠地开在路上，他哼着歌，姜词依稀记得是那天弹着吉他唱的那首。

到了机场，秦朕从汽车后座拿出一个纸袋，塞进姜词怀里：“送你。”

“什么？”姜词打开看了一眼，一条深蓝长裙，层层叠叠，纹理繁复。

秦朕向前一步，虚虚地将她抱了一下，又很快松手：“我还得回去看店，不陪你等了，你自己进去吧……嗯，你那堆破书，到了给我发个地址，我给你寄过去——行了，我走了。”

说罢，也不待姜词回应，他摆了一下手，转身拉开车门。

正在这时，一只手攀住他的颈项，将他往下一拉，紧接着一个温热的东西在他的脸颊上碰了一下。

姜词退开一步，笑吟吟地说：“秦朕，谢谢你。”

秦朕愣了一下，猛地擦了擦脸颊，嫌弃道：“全是口水！”

姜词扬眉："我走了，你路上小心，别又栽进水田里了！"说罢，她招了招手，拉着行李箱走向候机大厅。

新年伊始，她又去了一趟感通寺。

苍山圣应峰脚下，仍与几年前一样，幽深宁寂，古木森森。她捐了香火，叩首礼拜，再次掣了一支签。

只近贵人，淘沙成金。鱼翻桃浪，喜变龙身。大利北方，诸事皆吉。

是支上签。

第十五章 水洗蓝

两年后。

帝都，仲夏时节。

西秦画廊主办的拍卖会在郊区的度假村举行，来往皆是名流巨贾。恰逢西秦画廊成立十周年，十年间被其运作成功的签约画家纷纷前来站台，更有海外艺术家鼎力相助。

画廊老板陈西子趁着拍卖会结束，而酒会尚未开始之时，回休息室拿东西，一打开门，却见沙发上坐了个红裙女人，正是姜词，顿时吓了一跳，按住胸口："祖宗，你怎么在这儿？"

姜词坐得端正，可脚下的高跟鞋东倒西歪，藏在身后的饼干袋子露出一角，嘴角还沾了点儿饼干屑。她见来人是陈西子，索性又将饼干拿出来，笑说："我从下飞机到现在，只在路上等车加油的时候吃了包薯片，真的饿惨了。"说罢她继续狼吞虎咽。

陈西子从一旁的抽屉里拿出一本名册，搁在桌上，顺道掏出镜子补妆："拍卖会你没去？"

"没，到处找吃的。"

陈西子忍俊不禁："你最喜欢的那位新加坡画家，那幅《夤夜》

拍了二百一十一万。”

“管它多少钱，再少两个零我都买不起。”

“那还是买得起的……”陈西子手里动作一顿，转头认真看她，“姜词，你的画拍了二十万。”

姜词顿时一怔，笑了：“谁这么大手笔？”

陈西子旋出口红，仔细地抹了一下：“好东西总有人识货，今年签的三个，你这幅最贵。”她扬眉笑了笑，“看来我的眼光依然精准，也不枉费这两年时间了。”

西秦画廊背后有靠山，且如今的靠山十分不简单，其性质与其说是画廊，不如说是艺术投资公司，能与之签约的画家，必都有两把刷子。可拍卖会上一幅新人作品能拍出二十万的价格，也是十分难得。今年画廊签了三个人，其中一个刚满十六岁，画廊前期宣传颇多，对其定位为“天才画童”。反倒是姜词，这两年在国外，一直默默无闻。

姜词也是难掩喜悦：“还得感谢你。”

“别谢我，我可是雁过拔毛的商人，小心我把这二十万扣下来，一分都不给你。”

姜词笑说：“车马费还是得给我留点。”

陈西子补完妆，敦促姜词也赶紧收拾好，去酒会上露个面。经陈西子引荐，姜词跟拍她作品的藏友打了个招呼，也没记住名字，只跟着陈西子叫他“雷总”。

“你这幅画，构图大胆，色彩奇崛，我这么多年没见过如此有灵气的作品了，放个几年，铁定升值。”

姜词笑说：“承蒙雷总抬爱。”

“还年轻，好好儿画，跟着陈老板多历练历练。”

陈西子笑说：“雷总，您太会讲话了，一句话就夸了两个人。从前只听说您眼光独到，今日一见果真不假。就您今天拍的这画，我保证稳赚不赔，二十万绝对划算。”

眼见陈西子与雷总你一言我一语，很快便谈到生意合作上，姜词自觉无聊，敬了雷总小半杯酒，借故离开了。

她拿了一盘子食物，静悄悄上了二楼，坐在栏杆旁的休息区，边吃边看着底下。静坐片刻，忽觉旁边光线被遮去些许，姜词抬眼，顿时一愣，急忙起身："许小姐？"

许尽欢笑道："我就看着像你，果不其然。"

姜词伸手与她一握："你怎么来帝都了？"

"跟家里吵架了，出来散心，这拍卖会上有我很喜欢的画家作品，我就找朋友要了张请柬混进来了。我真没想到特别拍卖环节上能看见你的画，酒会一开始就在找你。"

姜词笑道："我之前一直在休息室——咱们找个安静的地方说话吧。"

姜词端着餐盘，领着许尽欢去了休息室。

许尽欢一路忍不住观察她。她长发绾成髻，皮肤深了几分，再不似三年前那样苍白如纸，带着森森病气；刚及膝盖的大红色小礼服，颜色张扬却不艳俗，衬得她宛如一枝保加利亚玫瑰——许尽欢以前绝不会把玫瑰与她联系在一起。

到了休息室，姜词正要招呼许尽欢坐下，看见饼干袋子还躺在沙发上，立即捡起来扔进垃圾桶："呃……请坐。"

许尽欢不由得笑了："你别拘谨，咱们也算是故人重逢是不是？"

姜词笑着点了点头："我上午才下飞机，没想到第一天就能碰见熟人。"

"从哪儿飞回来的？"

"英国。"

许尽欢看她一眼，并未说什么："画挺好的，要不是我现在身无分文，也愿意支持你一下。"

姜词笑了："千万别当这个冤大头，还有更好的，你要是喜欢，回头我免费送你。"

许尽欢一时没说话，静默了片刻，还是问道："这三年，你一直待在英国？”

“两年前去的。那时候正好有个深造的名额，西子姐——也就是画廊老板——就给我了。”

“你离开崇城就来帝都了？”

“不是，之前在大理待了近一年。”

许尽欢仍是看着姜词，没能想到有生之年竟会见到这样淡定从容的姜词，和三年前那个浑身利刺的少女简直判若两人，她不由得笑了一声：“你没有什么想问我的吗？”

姜词神情稍稍一僵，静默了片刻，手指悄悄攥紧，又缓缓松开：“他好吗？”

“还行，起码外表看起来健健康康，没病没灾。”

姜词便又轻轻笑了一声：“那就好……”

“可心里面是怎样的，就说不准了。”她见姜词神情一变，不由得促狭一笑，“逗你的，梁景行还好，他这样的人，轻易打不垮的。他最近在投资做制片人，忙得几乎不见人影。梁伯父天天催他解决终身大事，我也跟着遭殃。”

姜词闻言心里一动，转而另一个多年以来的疑问再次浮上来，她看了看许尽欢，踌躇片刻，还是问道：“你和梁景行……”

许尽欢急忙摆手打断她：“他没跟你讲过？”

“他只说你不想结婚，所以拿他当幌子。”

许尽欢大笑：“这人倒真够朋友，嗯……怎么说呢，其实我不喜欢男人。而且……我早就心有所属。”

姜词此前已隐隐有这个猜想：“对不起，我之前对你有所误会。”

“没事儿——我要是早知道你跟他的关系，肯定会亲口跟你解释。梁景行也是实诚，让他保密他就真的一句话也不说，难怪女朋友都给气跑了。”

姜词笑了，渐而收起笑容，微微垂下目光：“我不是故意不跟你们联系，只是在跟自己较劲儿，毕竟都出来了，总不好灰头土脸地回去。”

许尽欢笑道：“我理解，而且恐怕就我一个人赞成你俩暂时分开。”

姜词抬头看她。

“我是梁景行的好朋友，所以在立场上不免会偏向他。梁景行这人其实跟你一样固执，只不过固执的方式略有不同。你们之间的问题太多了，真要照以前的状态相处下去，最后免不了还得一拍两散——我说话直，你别介意。”

姜词笑着摇了摇头：“你说得对。”

许尽欢顿了几秒，问她：“有回崇城的打算吗？”

“会回的，就是……”姜词犹豫。

“他还在等你。”

姜词一愣。

“你再不回去，他就真老了。”

许尽欢走后，那两句话仍然不断在姜词脑中回旋，咒语似的驱散不去。她最终妥协，问了问陈西子最近的行程安排，得知接下来有近两周的空闲时间，便将心一横，定了飞崇城的特价票——不能退换，也算是断了自己的退路。

真的确定归期，姜词更加踌躇不决，每天花半个小时收拾行李，添添减减，总也收拾不完。

她磨磨蹭蹭地逃避着，可还是到了出发的日子。

她落地时崇城刚下过雨，空气里飘着一股泥土的腥味儿。姜词回到晚霞路的家里，掏出钥匙却半天插不进去，这才发现竟然换了锁。

她只好就近找了家快捷酒店住下，洗澡换衣，掏出手机屡次想拨出去，又退缩了。近乡情更怯，不敢问来人啊！

第二天是个大晴天，不到正午已是烈日当头。姜词自觉这样不行，从箱子里找出一早准备好的东西，装进纸袋，精细地化了个淡妆，鼓足勇气去了梁景行的公司。

因为没有预约，前台不肯放行，姜词只好试着拨了刘原的电话，谁知竟然还能拨通。

刘原听她自报家门之后，顿时见了鬼一样低叫一声，忙说：“我……我马上到前台，姜小姐你稍等！”

几分钟后，刘原开门出来。

姜词笑着与他打了声招呼，他似见了外星人，上上下下将她打量一遍，这才说：“请进来吧。”

沿途经过她曾经画的那两堵墙，历时几年，那颜色已有几分淡了。

刘原停下脚步：“那个，梁哥今天恰好在公司，姜小姐你……你自己过去吧。”不待她说什么，他便脚底抹油一溜烟跑了。

姜词本想拉个人过去缓解火力，这会儿打算落空，那股让她双腿发软的紧张感再次袭来，让她呼吸都有些困难。

刘原虽坐在自己的工位上，却伸长了脖子注意那边的动向，谁知板凳还没坐热，姜词又拎着纸袋回来了。刘原愣了愣：“怎么了姜小姐？”

姜词神情平淡：“我来得不是时候，改日再来拜访吧。”说着，她脚步利落地走了。

刘原一头雾水，赶紧跑回办公室，却见门虚掩着，从缝里看去，谈夏正站在梁景行身边，弯着腰与他说话。

刘原在心里骂了一句，这女人，来得还真凑巧。他想也没想，猛一下推开门：“梁哥，你出来我跟你说句话。”

外头日光晃眼，晒得皮肤火辣辣地疼，姜词走得很快，心里一时说不清是什么滋味。

刚走到路边，她便听见身后传来一道熟悉的声音：“姜词！”

她如遭雷击，身体一震，缓缓转过身去，一时似被阳光照花了眼睛。

姜词不自觉屏住呼吸，看着那人疾步走来。他行走带风，白色衬衫的衣袖挽起来一截，手腕到小臂的线条利落有力。闷热潮湿的空气一时仿佛凝滞，无声无息地潜入肺叶，烧得她心口生出一种异样的感觉。

她不由得捏紧了纸袋的提绳，试图做出一个略微自然的表情，然而脸上肌肉僵硬得不听使唤。她觉得自己成了一个被堵住出口，却不断沸腾的水壶。

梁景行已到了跟前，呼吸里带了点喘，低头看她。

姜词张了张口，没发出声音。

而梁景行率先出声："来了怎么不打个招呼？"语气礼貌、妥帖，带着三分熟稔。

姜词呼吸终于顺畅了，像是总算被人从水里打捞出来。她手指缓缓放松，笑起来："看你在跟人谈事情，就没打扰。"

梁景行目光在她脸上停了一瞬："既然回来了，中午一起吃顿饭吧，替你接风。"

"不……"拒绝的话脱口而出，转而意识到语气过于强硬，她立即解释，"中午还有事，改天吧。我过来就是想问问，我家的锁是不是……"见梁景行点了点头，她很淡地笑了笑，"还有，给你带了点特产。"

她将手里提着的袋子举起来，看了一眼，神情一滞，又立即收回来："出门着急，提错了。"

梁景行往她手里看了一眼，目光似有实质，她不自觉将袋子往身后藏去。

"去哪儿？我送你。"

"不用麻烦，乘出租很快。"

梁景行站着没动，神情分明不容拒绝。

地下车库潮湿清冷，一股凉飕飕的风迎面扑来。梁景行还是开着那辆保时捷，车内布置和几年前不差分毫。

路上，姜词正襟危坐，目不斜视。梁景行也不说话，只有广播里路况播报的女声，徒劳地缓解着两人之间微妙的气氛。仿佛隔了个真空罩，人在里面不停地说着，声音却传不出来，那场景要多尴尬有多尴尬。

好在路况不堵，不多时车子就到了酒店楼下。

下车前，姜词斟酌着用词："那个，我家钥匙……"

"给我的特产呢？"

"啊？"

梁景行转头看她一眼，声音平淡，不带丝毫情绪："我跟你去拿。"

拒绝的话在嘴里打了个转儿，又被她咽了下去。为了减少两人独处的机会，姜词特意没乘电梯，可沿着楼梯走到二楼时，她才发觉这选择更蠢。

楼梯通常没人，安静逼仄。梁景行走在她身后，沉稳的脚步和呼吸声与她的一声声交叠，存在感强烈得让人难以忽视。

总算到了四楼，姜词从包里掏出房卡："稍等，我进去拿。"

梁景行脚步一顿，停在门口。

姜词走回房里，从桌子底下拿出本该带出门的纸袋，走回门口，笑说："在伦敦买的纪念品，不是什么好东西，你别嫌……"

"弃"字没说出口，梁景行一个闪身进屋，反手摔上了门。

姜词呼吸一滞，下意识往后退。梁景行猛将她的手腕一攥，拽至身后，转身单手撑住门板，目光沉沉，气势迫人，仿佛山雨欲来："还装？"

姜词一口气差点没提上来："谁装了？"

梁景行伸出手，轻轻捏住她的耳垂，又沿着耳后的肌肤一寸寸往下，大拇指贴在了颈动脉上。

他的手指仿佛带了电，姜词顿觉汗毛倒立，嗓子眼发紧。

梁景行目光沿着手指落在她的颈间，大拇指微微用了几分力道："胆子不小，居然还敢回来。"

他的目光和动作都极度暧昧且充满了深意，声音却低沉而冷静。

姜词声音发紧，微微抬起头，不输气势："我家就在这儿，凭什么不能回来！"

梁景行沉沉笑了一声，呼吸喷在她的鼻尖上：“不知好歹的小白眼狼，三年前就该一把掐死你。”

“现在也不迟。”姜词心脏狂跳得似要从胸腔里蹦出来，呼吸却哽在喉间。

梁景行目光越发深沉，大拇指紧贴着她的脉搏，触到极为有力的搏动，一下，又一下。

过了数秒，姜词身体忽然悬空，一阵天旋地转，她还未反应过来，后背已重重撞在了床上。

梁景行跨跪在她身侧，居高临下，一只手扯着领带，低头看她：“单身？”

姜词心跳过速，耳膜里血液轰轰作响，她几乎听不见自己的声音：“单身怎样，不单身怎样？”

梁景行挑眉：“不怎样，一样的。”话音未落，他猛地俯下身，一只手钳住她的下巴，咬在她唇上。

姜词吃痛，“咝”了一声，扭头躲开。

梁景行腾出一只手，沿着她裙子的下摆探进去：“别挣扎，免得弄伤。”

“经过我的同意了吗？你这是强……”剩下的那个字她没说出口，又被狠狠堵在口中。

那手掌伸到前方，粗鲁地捏了一把，姜词便觉脑中有根弦“嗡”一声断了，理智也一分一分塌陷。

在她呼吸之间，他身上的气息一阵阵撞入鼻腔，浓烈而又熟悉。

刚到英国的时候，姜词到处搜集香水，试图找出一种味道替代这人的气息。从普通的商业香到昂贵的沙龙香，种种尝试都是徒劳。后来有一次，她在图书馆无意间嗅到一种清冽却温暖的气息，当场呛出眼泪，一边抽泣一边拉住那男生的手向他打听那香水的品牌。creed的银色山泉，她用打工的钱买了一瓶，每晚喷一点，在这味道的包裹中酣然入眠。

然而此时此刻，他的气息、他的体温、他在她身上游移的手指，仿佛梦境……她终于知道，他无可替代。

梁景行抵着她，灼热的呼吸喷在她的鼻尖，用手指拂开贴在她脸上的发丝："睁眼。"

姜词睫毛颤抖，缓缓地睁开眼，对上梁景行滚烫而清澈的目光。一滴汗从他眉间滚下，落在她的锁骨上。她眼前一片白茫茫的雾气，全身发抖，像一个无法注满的容器，所有充沛的感情争相交融，沸腾不止。

然后，梁景行一个挺身，撕裂神经的疼痛之中，一切都被填满了。

疏离与隔阂、误解与冷漠、拒绝与逃避、追逐与放逐……都在这一个瞬间，全部消弭。

正午的日光从玻璃窗投射而入，明亮、纯净、热烈。

结束之后，姜词立即摸过一旁的空调遥控器，将冷气打开。她出了一身汗，仿佛囿于涸辙的鱼，到最后只剩徒劳的呼吸："我要喝水。"

梁景行坐起来，拧开一瓶水，递到她手边。

姜词轻轻喘着气，浑身脱力，一根手指也不想动，挣扎着坐起来，接过瓶子咕噜咕噜喝了大半，便又躺下。

齐腰的长发覆在她光洁的背上，黑与白对比分外强烈，画面旖旎。

梁景行侧身躺下，伸手拿起她的一缕头发。

"你别碰我，烦。"

梁景行低笑一声："你刚刚可不是这么说的。"

姜词将脸埋进被子，烧得通红，嘴上却还是逞能："那是给你面子……"

梁景行手掌一下一下轻抚着她的长发："要不再试试，你不用给我面子。"

姜词恼羞成怒，抓起枕头朝他砸去。梁景行轻轻松松接下来，就势将她往怀里一揽："真不觉得好？"

姜词声如蚊蚋："开始有点疼。"

梁景行手臂收得更紧："嗯，我的错。"

姜词歇了一会儿，恢复了些精力，开始跟他算账："梁景行，真没想到你衣冠楚楚之下这么禽兽。"

梁景行不以为意："对付你这种人，还是简单粗暴的手段更好使。"

姜词只觉又好气又好笑："你凭什么觉得我到现在还愿意跟着你？"

"愿不愿意，试试不就知道了？"

"要是我真不愿意呢？"

"你表现得可比谁都愿意。"

姜词被噎得哑口无言，耳根又烧起来："老流氓。"

梁景行轻轻拍了拍她的头顶："去洗个澡，吃中饭，我们好好聊一聊。"

"聊什么？"

梁景行一顿："聊你和我，我们。"

多年前，他曾对这问题避而不谈。

姜词静默了数秒，"嗯"了一声，又说："把我的衣服递过来。"

"你洗澡还穿什么衣服？"

"可我不能就这么起来啊！"

"又不是没见过。"

"……"

玩笑归玩笑，梁景行还是起身将衣服穿上，去浴室拿了条浴巾递给姜词。

浴室里响起当当"哗哗"的水声，梁景行弯腰收拾落在地上的纸袋，里面装着的小玩意儿撒了一地，他一一捡起装好，放到一旁，抬头，看见了被姜词错拿的另一个纸袋。

两个袋子外观一模一样，只是一大一小，那个更小些。

他伸手将那袋子拎起来，往里看了一眼，是厚厚的一沓信封。他好奇地拿出一封信，瞥了一眼，顿时一怔。

信封上写着他公司的地址，并附“梁景行亲启”，贴了邮票，没盖邮戳。

他再拿一封，仍是如此。

第三封、第四封……他将袋里的信封飞快翻了一遍，四十七封，无一例外。

他随意挑出一封拆开，迅速扫了一遍：

梁景行，总说一个人走得太远，就会忘了来时的路。飞机还有一个小时降落，我自认为有几分孤勇，竟也会近乡情怯，不知道是担心崇城变成了我不熟悉的模样，还是你离我更远了。情绪起起落落，是以我既害怕归期到来，又希望归期能早日到来。

落款日期是昨天。

他再拆一封：

昨晚伦敦下雨了，我做了个梦。梦里我挽着你走过上回的那条路，灯光将梧桐叶染成细碎的金黄，从树叶的缝隙间露出深蓝色的天空。你同我讲你念书时的事情，好似我是与你年龄相仿的同窗。你不再俯视我，我也不必追赶得那样辛苦。醒来雨声潇潇，我不禁觉得难过。梁景行，这是我写给你的第几封信了？

水声停了，梁景行没动。片刻后，姜词裹着浴巾出来，往他手里看了一眼，顿时低呼一声，跑过去抢他手里的信。

梁景行抓住她的手腕，抬眼：“阿词。”

这一声“阿词”仿佛饱含了无限的情绪——这人总能将一个简单的称呼喊出百转千回的意味。

姜词手一顿：“好吧好吧，你爱看就看吧，反正也是给你的。”

梁景行不说话，将她拉进怀里，用力抱紧，温热的呼吸萦绕在她的耳郭上：“回来就好。”

姜词心里一时酸涩不堪，额头抵在他肩上：“还生气吗？”

“现在不气了。”梁景行手掌按着她的背，“我看到拍卖会的报道，差点飞过去抽你一顿。但既然等了三年，何妨再多等你三天，如果你愿意回来……”

“如果我没回来呢？”

“那你完了。”

姜词“扑哧”一声笑了：“所以我回不回来都是一样的？”

“都一样……”梁景行故意沉了脸色，“姜词我告诉你，我在你身上耗了四五年，差点血本无归，你既然敢出现，还指望再跑？”

姜词“哧哧”笑个不停：“你不是勾搭上别的年轻小姑娘了吗？人家一口一个梁总喊得多亲热。”

“啧！”梁景行将姜词一托，让她坐在自己腿上，“就为这个，招呼都不打一声就走？”

“怕坏你们的好事嘛。”

“姜词，你是不是欠收拾？”虽这样说着，但梁景行还是解释道，“我跟她父亲谈辉有个合作项目，她从国外回来之后，接手负责，项目已经进入验收结算阶段了。”

姜词只觉“谈辉”这名字听着有些耳熟，但肚子“咕噜”叫了一声，她便没细问，只催促梁景行赶紧洗澡，出去吃饭。

退房吃饭之后，姜词直接随着梁景行去了别墅。

院子里那几株枇杷树绿意盎然，亭亭如盖，还似旧日模样。

姜词进屋便蹬了高跟鞋，赤脚走去厨房，刚进门，便看见原本一尘不染的冰箱门上如今贴满了照片，细看……全是她！

姜词被吓了一跳，随意揭下一张便冲回客厅：“你怎么会有我的照片？”

梁景行脱下衬衫和长裤，头也没回：“从你的相簿里翻拍的。”

明亮的光线里，梁景行背上沾着汗水，线条紧实有力。姜词耳根微微一热，也不知是该看他还是该看自己手中的照片：“你……你该不会做饭的时候看吧？”

梁景行似笑非笑：“你说呢？”

“梁叔叔你太变态了！”

梁景行挑眉：“还有更变态的事情，你想不想知道？”

姜词的脸颊当当“噌”的一下烧红了，她捏着照片一溜烟跑回了厨房。

她再出来时，梁景行已经上二楼换了身居家的衣服。

姜词递了瓶水给他：“你今天不上班了？”

“眼下还是你更重要。”

姜词笑了一声：“我不会再不打招呼就跑的，两周后要回一趟帝都，西秦画廊有宣传活动，我得出席。”

“西秦不错，签他们很有前途……”梁景行在沙发上坐下，看她一眼，激赏道，“你的画我也看了，很好，比三年前更好。”

这话姜词听得多了，可此刻被梁景行夸耀两句，竟有些不好意思：“毕竟在国外遭了两年罪，不能毫无成果，否则也对不起西子姐的栽培。”

“你跟陈西子怎么认识的？”

“我在大理认识了一个朋友……”

梁景行目光一敛：“你去过大理？”

姜词点头：“我最开始在大理待了将近一年。”

“我也去过。”

姜词一怔：“什么时候？”

“前年二月。”

“那时候我刚走，去帝都了。”姜词越发觉得惭愧，“你……找了我多久？”

“旅游，顺便找你而已。”

姜词笑了：“你就不能坦诚一点吗？”

“行，找你，顺便旅游。”

姜词忍俊不禁，说回正题：“我在大理认识了一个朋友，他恰好是西秦画廊最早的创办者之一，画廊的名字就是以陈西子和他的名字组成的。我去帝都找到西子姐，恰好那时候还有个进修的名额，西子姐就给我了。”

“无条件的？”

姜词笑说：“当然有条件，我签约前两年的画作，画廊都要抽取百分之五十的佣金。”

梁景行沉吟：“这条件有些苛刻了。”

“我倒觉得无所谓，她是商人，又不是慈善家。我在帝都的吃穿用度、上语言班的钱，以及留学两年的费用，全是她一手包办的。钱可以少赚，但做人不能没有良心。”

梁景行笑了笑，点了点头：“看来这三年，你过得很好。”

“不好……”姜词陡然觉得鼻酸，走到梁景行跟前，一条腿跪在他两腿间的沙发上，低下头，声音一时低沉，“伦敦总是下雨，一下雨我就会想你。”

梁景行叹了口气，伸手搂住她的腰：“那你都舍不得打个电话。”

姜词摇头：“要是听见你的声音，我一定会崩溃，撑不下去。”

“后悔吗？”

姜词一顿，认真地想了想：“不后悔。”

在帝都，她与陈西子一见如故。这女人虽然精明市侩，但将人情世故看得格外通透，且拥有极为精准的艺术鉴赏能力。

陈西子看过她带去的画，这样评价：“姜词，你胸中有沟壑，但如今活得太狭窄单薄了。你听过尼采的一句话吗？谁终将声震人间，必长久深自缄默。”

此后，陈西子极力劝说她接受出国进修的建议：“系统的学习对你有益无害，国外氛围大为不同，出去感受一下吧。”

最初的那段日子，仅是适应语言环境，就让姜词心力交瘁，她的生活便如伦敦的天气一样愁云惨淡。

后来，为了驱赶心里挥之不去的焦灼与阴郁，她开始强迫自己去参加很多活动，音乐会、画展、摄影展、舞台剧、球赛……各式各样，不一而足。她还做背包客，去了欧洲的很多地方。她将自己当成一块干燥的海绵，不断吸取水分。

这样持续半年之后，她发现自己渐渐平静下来了，并且开始享受孤独。

“有一年我在华沙旅游，住在一对老夫妻的家里……”姜词在沙发上躺下，头枕在梁景行的腿上，一点一点娓娓道来，“这对老夫妻年轻时都是芭蕾舞演员，后来妻子出车祸被撞伤了腿，再不能在舞台上演出。那时候两人都正如日中天，妻子的艺术生涯戛然而止，丈夫毅然拒绝更换搭档，随着妻子一起离开了芭蕾舞台。后来妻子开了个舞蹈教室，而丈夫从头学起，数年后成为高级机械工程师。他们还有三个孩子，如今都已成才。他们的家里有个花园，种满了玫瑰，全是两人自己打理的。”

姜词抬眼，看着梁景行，双目漆黑明亮：“从前我认为爱就该肆意张扬，无所顾忌；但其实爱也可以坚韧沉默，静水深流。如果没有这三年，我不会懂，所以我不后悔。你是对的，你在引导我不要走上一意孤行的道路……”

“我有错的地方……”梁景行低声道，“刚愎自用，不肯跟你沟通，做什么都怕伤害你。”

姜词握住他的手指：“现在，再也没有什么可以伤害我了。”

梁景行轻抚着她的头发，沉默半晌，声音一时喑哑：“你的头发都这么长了……”

“英国理发贵，没钱剪。”姜词煞有介事地说道。

梁景行没有笑，也没说话，目光渐而深沉，抚摸的动作里忽然有了更多的意味。姜词呼吸也不自觉放缓，安静无声地凝视着他俊朗的眉眼。

忽然，梁景行低下头，微热的嘴唇轻触她的鬓角，轻蹭着，随即脑袋往旁边一偏，吻在她耳后。姜词深吸一口气，脖子跟着一缩，全身都好似过了电一样。这样极尽轻柔地亲吻片刻，一只大掌忽伸进她的发间，略显粗暴地揉了一下。

她一刹从一个极端跌入另一个极端，身体立时变作一张满拉的弓，紧张得微颤，蓄势待发。

梁景行呼吸粗重，翻了个身，将她的衣服飞快剥落。她似觉羞赧，伸手去挡。他将她的手臂格开，陡然生出些捉弄她的想法。折腾许久，直到她一迭声地告饶，他这才罢手。

她汗水涟涟，双颊通红，黑色的眸子里水汽弥漫，呼吸不畅："梁景行，不要了……"

她从白茫茫的混沌中夺回一丝清明，思及方才的称呼，不觉羞耻难堪，只咬紧了牙关再不开口。偏偏他更加强势，到最后她终于放弃，随他折腾。天与地颠覆，而她纵身洪流，义无反顾。

过了许久，梁景行终于停下，一声声喘着气，翻了个身，将姜词抱在怀里。

姜词脸上汗津津的，额发全浸湿，此刻被强烈的疲累攫住，听着梁景行依然有力的心跳，觉得满足，丝毫不想动弹。

休息了一会儿，她忍不住调侃他："你这是憋坏了吧？"

"姜词，我发现你这人只会耍嘴皮子功夫，来真的一点不行。"

"是是，肯定比不上你身经百战。"

梁景行挑眉："你这是要翻旧账？"

"翻得过来吗？"

"那恐怕不能，要我一个一个数给你听吗？"

姜词手肘撑着沙发，将身体支起来一些，似笑非笑："数来听听。"

梁景行一巴掌拍她头上："这点斗狠的功夫刚刚怎么不用上，嗯？"

姜词脸一热，又趴下去："不跟你说了，老流氓，越说越来劲。"

梁景行笑了一声，一时没说话。过了一会儿，再没听见姜词的动静，他侧头一看，她呼吸均匀悠长，已经睡着了。

梁景行轻手轻脚地起身，去房里拿了张床薄被盖在她身上，自己去冲了个凉。

姜词醒来的时候，已是傍晚，西边霞光渐退，露出深蓝的天色。她从行李箱里找出一身轻便的衣服换上，看见那个跟了她多年的打火机，拿起来揣进口袋，脚步轻快地下楼。

厨房里飘出食物的香气，姜词走过去，却见梁景行挽着衣袖，正在炒菜。

姜词晃到他身边，探出脑袋往锅里看了一眼，又见旁边有切好的黄瓜，伸手拿了两片。

“再炒个菜就能开饭。”梁景行看她一眼，“饿了？”

“有点。”她嚼完黄瓜，从兜里掏出打火机，“这个还给你。”

梁景行往她手里看了看，笑道：“原来是你拿去了。”

“嗯……”她陡然意识到，相处了大半天，梁景行还一支烟都没抽过，“你现在不抽烟了？”

“戒了。”

姜词点头：“戒了也好，这么难抽的东西，也不知道你为什么喜欢。”

梁景行手一顿：“你试过？”

“试过，就大半年。”姜词伸手环住他的腰，声音渐低，“控制不住，想你的时候就想抽烟。”

梁景行目光沉沉：“傻姑娘。”

“那你为什么戒了？”

锅里发出“滋滋”的声音，香味一阵一阵涌出来，顶灯乳白色的光似给一切罩了层柔和的滤镜，他沉声回答：“不知道要等多久，我得老得慢一点。”

姜词一怔，顿觉喉咙一哽：“你不老，一点也不。”

“我已经大你十二岁，占了这么大便宜，以后不能走太早，得多陪你几年。”

“呸呸呸！你说什么呢！”姜词立即打断他，“刚在一起你就说走的事，成心的吧？”

梁景行笑了一声：“行了行了，你松手，菜要出锅了。”

姜词松开手，瞪着梁景行，眼里起了雾气。梁景行侧身捏了捏她的鼻子，低头亲她一口：“你知道我这人想得比较多，真不是故意的，乖，别生气。”

姜词紧咬着后槽牙：“放狠话谁不会，你以为我在乎吗？四十年、四年、四天、四个小时，我既然决定跟你在一起，怕什么分开？”

“我知道……”梁景行腾出一只手，用力抱住她，“我错了，以后再不说这样的话。”

过了片刻，姜词瓮声瓮气地说：“梁景行，菜煳了。”

“……”

吃过饭，梁景行问她要不要出去逛一逛。姜词实在累得慌，外面热，出门又要出一身汗，更提不起兴致：“我还是歇一歇吧，明天得去拜访陈老师。”

思及此事，她便觉得忐忑。

梁景行安慰道：“放心，陈老师现在火力全集中在我身上，我去一次他骂一次，说我为老不尊。”

姜词哈哈大笑：“他真这么说？”

“嗯……”梁景行也跟着笑了，“还说好白菜被猪拱了，千防万防，家贼难防，还有什么祸起萧墙……”

姜词笑不可遏：“那你还一次次去，不是上赶着找骂吗？”

“骂也得去，他担心你，我得时不时去汇报情况。”

姜词低垂目光：“对不起，当年留了这么一个烂摊子给你。”

“陈老师也是怕你荒废才华，如今既然你事业已经起步，没有偏离他帮你规划的道路，他倒也不会真的怪你。”梁景行见姜词仍不放心，便说，“要不我陪你去？”

“不用……”姜词笑了笑，“我当年都有勇气走，现在还没勇气回吗？”

第二天，姜词拎着梁景行赞助的一盒子武夷大红袍上门请罪。

陈同勖正在绷画布，听见门口清清脆脆的一声“陈老师”，扭头一看，顿了几秒，当即扔了手里的东西，低哼一声起身往楼上走。

姜词摸了摸鼻子，走进画室，将自己带来的东西放到一旁，拾起地上的布画钳和小锤。

陈同勖坐在楼上屋里生了会儿闷气，起身出来，却见姜词正举着锤子，一粒一粒地往内框上钉钉子。

以前这活儿也都是她干，她认真细心，动作又灵敏，绷的画布松紧适中。

陈同勖静静看了一会儿，突然出声：“还晓得回来！”

姜词吓了一跳，锤子差点砸着指头，她立即抬头看向陈同勖：“陈老师……”

陈同勖一摆手，阻止了她的话，从楼上缓缓下来：“接着绷。”

姜词张了张口，也不知道该说什么，只好依言照做。

绷完之后，她又细致地抹了三层乳白胶，搁在一旁通风，等着干后打磨。

陈同勖见她动作熟稔，确实一点没忘了这些基础，气消了几分，但仍是绷着脸，问她：“这几年画了多少画？”

“最忙的时候能保持一个月一幅。”

“题材呢？”

“静物、人物、风景都有练习，日常没有灵感的时候，还临摹了一些教堂里的宗教画……”她观察着陈同勖的表情，小心翼翼地问，“老师，我都拍照了，您要看看吗？”

陈同勖既没说好，也没说不好。

姜词便飞快地掏出自己的手机，一张一张翻给陈同勖看，边翻边介绍："这是在米兰采风回来画的……这张是看了俄罗斯基洛夫芭蕾舞团的演出后……"

陈同勖一一看过，见她确实未曾疏于练习，画力较之以往又有了十足进步，面色稍霁。自打姜词那画拍卖出去，且与西秦画廊签约的消息出来之后，便有许多书画界的朋友打来电话向他道贺，说是名师出高徒。

陈同勖既惊又怒，惊的是姜词一战成名，怒的自然是她和梁景行闹出那么一档子事儿，又不告而别。

姜词见陈同勖神色稍有缓和，立即收了手机，诚恳道歉："陈老师，三年前我意气用事，让您担心了。"

陈同勖低哼一声："我担心什么！翅膀还没硬就想飞，压根不把我这个当老师的放在眼里，枉我替你安排好了路，你竟为了那么一丁点小事自毁前程！"

姜词一言不发，垂头恭顺地听着。

"走便走了，三年来连条短信都不发！所谓'父母在，不远游，游必有方'，我虽不是你父母，但当了你十多年的老师，问问你的音信不过分吧？"

"我错了。"

"还知道错，我看你理直气壮得很！"

陈同勖训够了，见姜词模样乖巧地低着头，一时也解了气："你在外没受什么委屈吧？"

姜词一愣，鼻子发酸，急忙摇头："没有，没受任何委屈，一路都遇到贵人提携。"

陈同勖走到窗前，检查画布上乳胶是否干了："你和梁景行……"

"也挺好的。"

陈同勖看她一眼："真喜欢他？"

姜词点头。

陈同勖叹了口气，未曾想到自己当年所言一一应验，这孩子，到底还是得为情爱吃上些苦头："既然你喜欢，我也就不说什么了，他还是有心，你走了三年，他就找了三年，基本每个省都跑过，只要有点风声，二话不说就过去。所以你现在既然回来了，以后也别折腾了，惜福吧。"

"我知道。"姜词垂着眼睛，心里似压了块石头，一时沉甸甸的。

过了一会儿，她拿过自己带来的茶叶："陈老师，这是我用这回拍卖的钱给您买的一点茶叶，这东西不好找，也没弄到多少，您就当尝个新鲜吧。"

陈同勖瞟了一眼，又板起脸："你今后用钱的地方还多，别搞这些有的没的。"

姜词知道陈同勖这回是假生气，他这人嗜茶如命，嗜画如命，如今有上好的大红袍在跟前，哪里真会不高兴。她笑着说："我现在亲人就剩您和梁景行，哪还有什么地方花得上钱。一点心意，您别嫌弃。"

陈同勖"勉为其难"地收下："我上午画要起个头，暂时不陪你，改天去我家里吃饭。"

姜词应下。

陈同勖瞥她一眼，又叮嘱道："平时没事多画画、多学习，还年轻，事业为重。"

姜词过了陈同勖这一关，心里一块大石落了地，出门便给梁景行打了个电话。

梁景行笑说："你打个车来我公司，下班了跟我一起去陈觉非家里吃饭。"

"谁家里？"

"陈觉非，我姐姐家。"

"不妥吧？"

"有什么不妥？"

"呃……我怕尴尬。"

"这就尿了？"梁景行笑了笑，"没事，我姐很好相处。她当年能违背家里的意思，下嫁给一个身无分文的穷光蛋，比我俩有见识多了。”

这事儿，姜词曾听梁夫人说过，想了想，便说：“好吧。”

“那行，我等你。”

趁着挂电话之前，姜词又赶紧问：“陈觉非还没回来吧？”

“刚毕业，回来了，在他爸的公司实习。”

“你怎么不早说？”

梁景行笑了：“你还怕他？他怕你都来不及。”

这话姜词爱听，嘻嘻一笑，挂了电话。

到了公司，刘原来前台接她，往办公室去的路上，瞅着她欲言又止。姜词被他盯得不自在，停了脚步，挑眉问道：“你有话想说？”

刘原一脸尴尬：“那个，姜小姐……”

“叫我姜词吧。”

“嗯……”刘原挠了挠头，“上回你看见的那个，你别误会，谈小姐和梁哥就是普通的合作关系，梁哥很烦她的。”

姜词笑了一声：“你怎么知道他很烦她？”

刘原仰起头：“我跟在梁哥身边这么多年，如果这点都看不出来，那真是白干了。”

姜词点头：“没事，我知道，我相信梁景行。”

刘原张了张口，却觉所有的话似乎没必要再说，这么多年过去了，他虽然仍不擅长跟姜词打交道，但也知道这女孩在某些方面其实分外洒脱：“嗯……还有一件事儿，是我工作失误，你别怪梁哥。”

“什么？”

“你曾经给梁哥寄了幅画，就是画着桃花的那幅……”他见姜词点了点头，有些局促，“那画，你走的那年年末才找到。”

姜词一愣。

刘原摸了摸鼻子：“要是梁哥早一点看见……”

“没事……”姜词笑了笑，“一样的。”

虽阴错阳差，兜兜转转，绕了些远路，但最终还是顺利抵达。一样的。

第十六章
终夏

办公室里，梁景行正在打电话，对姜词打了个手势，示意她先坐一会儿。

姜词无聊，站在书架前，手指拂过整齐摆放的书脊，一本一本拂过，突然手指一顿，看见了梁景行自己的摄影集。纯白的封面，只一行书名和作者名，除此之外再无其他，整个透着一股“爱买不买”的气场。

但姜词知道这摄影集其实卖得很好，如今市面上已经没有了。

她见梁景行打完了电话，立即扬了扬手中的书：“这个能不能给我？”

梁景行瞟了一眼：“你喜欢？”

“也不是。”

“那是？”

“收藏着等升值。”

“收藏集子升不了值……”梁景行煞有介事，“收藏集子的作者才能升值。”

姜词笑了：“那我岂不是赚大了？”

梁景行合上电脑，起身整了整衣服：“走吧。”

姜词点头，将摄影集又放回书架上。梁景行脚步一顿："你不要？"

"我有的……"姜词看他一眼，"找人收的签名版。"

那集子装在行李箱里，随她走过万水千山。

梁景行一时竟不知该说什么，每次在他以为这傻姑娘已经够傻的时候，她总能再次刷新这个认知："你想要签名，找别人收做什么，我哪天没事，给你签一百个。"

姜词乐了："裱起来？驱邪？"

两人出门，刘原正在收拾东西。

"刘原，没事的话，跟我过去吃饭。"

刘原摆手："不了梁哥，我老婆今天过生日，正等我回去呢。"

姜词惊讶："你都结婚了？"

刘原笑着点了点头，似有些不好意思。

梁景行补充："孩子都满周岁了。"

姜词立即来了兴致，凑到刘原身边："有照片吗？给我看看。"

刘原将手机解锁，翻出张照片，递给姜词，腼腆地笑了笑："长得不像我，像我老婆。"

照片上是一个粉嘟嘟的小孩儿，正闭目沉睡，小小的拳头举在耳边，睫毛长得好似两把小刷子。姜词不由得惊叹："太可爱了，刘原你真有福气。"

刘原挠了挠头，笑了笑。

三人在停车场分别，姜词仍是"啧啧"感叹："真没想到，刘原闷葫芦一个，不声不响就成了人生赢家。"

梁景行发动车子，笑说："他老婆生孩子的时候难产，他听见里面哭声惨烈，医生说要顺转剖，一个大男人，当场也跟着哭了。"

姜词颇觉动容，抬眼悄悄瞟了瞟梁景行，心想，他会想要孩子吗？

到达陈觉非家里，梁静思招呼二人坐下，往楼上喊了一声："陈觉非，你舅舅来了！"

上面没声儿，梁静思笑道："可能还没起床，你们先坐一会儿，我上去叫他。”她看向姜词，“姜小姐平时习惯喝什么茶？”

姜词忙说：“客随主便——您叫我姜词就可以了。”

“龙井，行吧？今年的新茶。”

姜词点头。

梁静思去拿茶叶时，梁景行握了握姜词的手，笑着说：“别紧张。”

不一会儿，梁静思拿来一套茶具，将小壶搁在电磁炉上烧水，等水开时，与两人闲聊起来。

“姐夫呢？”

“刚才打电话说在回来的路上了，下头有个厂子更换设备，负责人报了假账，陈臻最近都在处理这烂摊子。”水烧开了，梁静思替两人沏了茶，“多事之秋，连个能真正倚仗的人都没有。”

“陈觉非不是在跟着姐夫历练吗？”

梁静思笑了：“他？鬼点子挺多，就是眼高手低。父子俩脾气都犟，一天到晚对着干。”

“还年轻，不用着急。”

梁静思看了看正慢慢品茶的姜词，笑说：“也不小了，出国四年只长年纪不长阅历，觉非比阿词还大，可阿词看着多稳重妥帖，他还像个小孩儿。”

梁景行笑了一声，心说她可一点不稳重妥帖，那都是装给外人看的。

姜词却差点一口呛住，梁静思不经意间更换的称呼虽说拉近了距离，可将她与陈觉非放在一起比较，又有种说不出的别扭。

好在梁静思很快转了话题，问起梁景行最近项目的进展。

“已经收尾了，两边正在核算。谈辉派了个毫无经验的负责人，费事得很。”

梁静思“咦”了一声：“不能啊，我接触过谈辉，他这人行事挺周到圆滑的，派了谁？这不像他的作风。”

“还能有谁……”梁景行神情平淡，“他女儿。”

“他女儿不是学艺术的吗，怎么掺和起做生意的事儿了？”

姜词闻言，动作一顿，随即不动声色地抿了口茶。

梁景行微微蹙眉，不欲再谈：“反正这项目马上结束，之后我也不打算再与谈家打交道。”

“你这人虽有生意头脑，但没什么野心……”梁静思笑说，“谈辉如今捏了多少闲置的地皮在手里，要借这机会与他长期合作，钱完全不愁赚，你们这回做的这文化城，仅仅是小儿科。”

“钱赚那么多有什么用，生不带来死不带去，够花就成。”

梁静思似笑非笑地瞥了姜词一眼：“你一人肯定够花了，两个人、三个人，或者四个人呢？”

姜词顿时脸上一热。

梁景行瞥见姜词耳根泛红，笑了一声：“那也够了。”

几人正说着话，楼上响起脚步声。梁静思回头朝着楼梯看了一眼：“觉非，赶紧下来见你舅妈。”

“噗——”姜词差点一口茶喷出去。

陈觉非脸顿时黑得跟锅底一样，瞪了一脸促狭的梁静思一眼，不情不愿地走下楼。

来之前，姜词万万没想到梁静思是这样一个“妙人”。

陈觉非走到跟前，在沙发上坐下，抓了抓乱糟糟的头发，跟梁景行打了声招呼：“舅。”然后别开目光，只当没看见姜词这个人。

姜词自然求之不得。算起来，上回两人见面，还是三年前陈觉非听了张语诺的话，上门质问的时候，可那时她将陈觉非一通忽悠，丝毫不觉得尴尬。而如今两人真要成一家人了，且她名义上的的确确就是陈觉非的“舅妈”。

很快，厨房的阿姨出来，说只需再炒两个小菜，问何时开席。梁静思给陈臻打了个电话：“马上就到家了，开始炒吧。”

不多时，陈臻从外面回来。

介绍寒暄之后，几人上桌，开始吃中饭。

梁景行与陈臻要喝酒，姜词便挨着梁静思坐。席间，梁静思不住给姜词夹菜，直问她吃不吃得惯。

“吃得惯的，我在英国待了两年，回国吃什么都觉得香。”

梁静思笑看着她：“你以后要没事儿常来我家吃饭，这做饭的阿姨是我专从苏州带来的，做白案也很有一套。”

姜词连连答应。

桌上两两凑对，唯独陈觉非插不上话，他脸色越发不好看了，埋头扒饭，筷子碰着瓷碗，“叮叮”作响。梁静思往他脑袋上一拍：“斯文点行不行，教你的餐桌礼仪都喂狗了？”

陈觉非觉得自己可能不是亲生的。

梁静思教训完陈觉非，仍旧跟姜词说话：“今后有什么打算？”

“可能不定期要飞帝都，但多数时间还是会留在崇城，帮帮我老师的忙。”

梁静思点头：“还年轻，多忙忙事业也是好的。前一阵子，我妈还提起过你。”

姜词一愣。

梁静思看她一眼，笑说：“她说，也不知道你什么时候能回来，怪想你的。还说你要有时间，一定再去苏州指点指点她的画技。”

姜词心里一时沉甸甸的：“等过段时间消停一些，我一定前去拜访。”

梁静思笑了笑，又给姜词夹了一箸菜：“多吃点儿，你真是太瘦了。”

陈臻和梁景行性格相似，喝酒也是掌控有度，从不过量。两人一边喝酒，一边聊些生意上的事儿。姜词分神听他们聊了两句，只觉陈臻这人真是少言寡语，连梁景行都被他衬得像个话痨。

吃过饭，梁景行下午还有事，歇了一会儿便准备往公司去。姜词打算跟着他，被梁静思一拦：“阿词，你要是没事儿下午就留在这儿吧。我打算把书房里的书重新归个类，你帮我打打下手行不行？”

姜词看了看梁景行，征询他的意见。梁景行拍了拍她的肩膀：“我晚上再过来。”

梁静思领着姜词往二楼去，一回头见陈觉非还站在原地，喊道：“愣着干什么，也来帮忙啊！”

陈觉非抓了抓头发，嘟囔两句，跟了上去。

没整理一会儿，梁静思接了个电话，暂时出去了。

书房里剩下姜词和陈觉非，一时有些微妙的尴尬。姜词打量了陈觉非一番，经过三年，他身上那股生嫩的气质退去，如今也渐渐显出一种属于男人的硬朗气质，似是利刃刚刚开锋，寒芒雪亮。

倒是陈觉非先开口：“你这几年怎么样？”

姜词正将一堆归置好的书重新搁回架上，闻言动作稍稍一顿：“挺好的，你呢？”

“还行。”

姜词看他一眼：“你跟张语诺……”

“是朋友。”陈觉非飞快打断她。

姜词张了张口，也不知该问什么，看样子两人是没成。她这几年奔波在外，自身都难保，自然也没心思再操心别的，只听说张语诺考上了崇城师范大学，在学法语。

安静一会儿，姜词还是觉得有必要解释一下：“那个……陈觉非，那什么……我知道你觉得尴尬，我也尴尬。咱们以前是怎么相处的，今后还是怎么相处吧。”

陈觉非没吭声。

姜词只当他听进去了，转身踮脚去拿隔板上的书，忽听背后传来幽幽的一声：“姜词……”

姜词手顿了一瞬，仍旧去拿书。

“你这人……挺狡猾的。”

没头没脑的一句话，连语气都格外平淡，姜词没听出来他想表达什么，笑了一声：“这话怎么说？”

“平白无故占了我这么大一个便宜。”

姜词转过身：“上回不都和你说清楚了吗？”

“说清楚了？”陈觉非反问了她一句，目光落在她的脸上，似有实质，带了些别的意思。

姜词心里“咯噔”一下，陡然觉得陈觉非好像有些变了，再不是以前那个傻愣愣的陈觉非。

“其实没说清楚，你心里明白。”

姜词屏住呼吸，静默了好一会儿，才很淡地笑了笑：“有些事需要说清楚，有些事还是让它稀里糊涂着吧。”

陈觉非沉默片刻，才说：“你跟我舅舅什么时候认识的？”

“我爸的葬礼上。其实那葬礼我是不打算办的，树倒猢狲散，去的尽是看笑话的人，没意思。但我爸这人喜欢体面，喜欢热闹，我就想，还是得风风光光地送他走。”姜词退后一步，背靠着架子，“死者为大，还是来了不少我爸过去的生意伙伴。这么多人，唯独梁景行，看我的目光跟别人不一样，不是幸灾乐祸，也不是单纯的怜悯……当然，我也说不出来那究竟是什么。过了几天，我爸的财产正式被查封了，他来找我，借了我十万块钱——也不说借，只说，是还我爸曾借给他的钱。不得不说，他很好地维护了我当时有点可笑的自尊心。我需要钱，但又受不得别人的可怜。”

姜词看向别处：“后来因为你的关系，我跟他多了些接触。他很关心我，你知道，锦上添花容易，雪中送炭很难……”

“我不关心你吗？”陈觉非猛地抬头。

“你……”姜词难得哽了一下，斟酌着用词，“你也关心我，除去最初的一些不愉快。其实我很感谢你，我这人有时候有点儿不识好歹，还经常糟蹋别人的好意。”她看着陈觉非，目光诚恳，“但我知道，作为朋友，你很关心我。”她将“朋友”二字说得很重。

陈觉非没说话，目光一时极为黯淡，似是很多复杂的情绪全沉在了里面。

"你知道我性格比较孤僻，不太招人待见，要是过去我做了什么事，伤害到你……"

"你没伤害我……"陈觉非打断她，"是我自己傻，很多事没想透彻。你这人特立独行，做了决定一般没人能更改。我舅舅比较稳重，但也比较固执。你俩挺配的……"

他突然住了声，一时不知道还能再说什么，呼吸数次，最后看了姜词一眼，骤然转身出门。

恰好梁静思进来，差点和他撞上："哎哟，你去哪儿？"

陈觉非紧抿着嘴，没吭声，绕过梁静思"咚咚咚"下楼了。

梁静思看他一眼，走进书房，问姜词："觉非跟你吵架了？"

"没有。"姜词赶忙回答。

梁静思笑了笑，走到姜词身旁，开始整理书架："觉非被宠坏了，自小没吃过苦头，要什么有什么。"她沉默了一瞬，才继续，"但世界上，总有些事儿啊，是不可能顺遂如意的。"

姜词一顿，总觉得梁静思这话别有深意，却不敢细想。

陈觉非一头冲出门，到了庭院里才停下来。

午后太阳毒辣，很快将他晒出一身汗。他站着没动，在石板路上投下一道短短的影子。

有些事，一开始不想透彻，今后便再也没机会想透彻了。

晚上，梁景行仍旧过来。吃完了饭，梁静思将两人送到门口："景行，你先去把车开来吧，我再跟阿词说两句话。"

望着梁景行的身影没入夜色，梁静思拉着姜词的手，走到阶梯下。

姜词心里有些忐忑，低垂着眼，呼吸不自觉放缓了。

"阿词，我问你一句实话。"

姜词抬眼："您说。"

梁静思看着她："你是实打实想跟景行过一辈子吗？"

姜词一愣，毫不犹豫地点头："我从来没变过心意，只要梁景行不后悔，我就不会后悔。"

“他大你十二岁，现在可能还看不出什么，可今后你四十的时候，他五十二……这差距是很残酷的。”

“我知道……”姜词抬头看着梁静思，“可要是喜欢一个人，连他的衰老都不肯接受，这喜欢还有什么意义呢？三年前，您问我这话，我兴许会犹豫、会畏惧，但现在不会。现在，再也没有什么可以打垮我了，分离不会，死亡也不会。”

梁静思笑了：“难得你们在这一点上态度一致，就是景行总觉得亏欠你，因为以后他总是要走在你前头的，这对你太不公平了。”

“那起码还得三十年以后，足够了。”

梁静思凝视她片刻，笑说：“看到你，总让我想到二十年前的自己。”

姜词淡笑：“梁夫人曾对我说，她觉得我跟你和梁景行是一路人……”她猛地一怔，想起梁夫人的一句话：他啊，他肯定喜欢跟他一路的。

原来她早就看出来了。

姜词不由得暗叹，梁家真是一家都是人精。

梁静思似觉这句话很是受用，笑说：“这倒是真的。阿词，以后别觉得自己是孑然一人。梁景行就是你的家人，我们也都是你的家人。”

姜词喉头一哽，半晌后，“嗯”了一声。

车上，梁景行已等了许久，等她上车，先在她头上揉了一把：“你们这两句话说得还真久。”

“事关重大，不能草率，当然得说很久。”

“都说什么了？”

“说你对我用情至深，割舍不下。”

梁景行笑了：“胡说。”

姜词身体放松，往后靠去，等车子发动之后，慢悠悠地说道：“梁叔叔，佛祖说人有八苦，生、老、病、死、怨憎会、爱别离、求不得、五阴炽盛。我们两人都只剩下老与死未曾经历，你说，是不是挺公平的？”

梁景行看她一眼：“怎么突然说起这个？”

姜词认真地看着他：“我在大理的那个朋友告诉我说，人都会自然地老去。因为这句话，我突然一点也不怕跟你之间的差距。你在变老的时候，我也在变老。有一天你会死，不久之后，我也会随你而去。所以，不存在谁亏欠谁的问题。”

梁景行一时没开口，良久后，笑了一声：“你真的长大了。”

姜词在崇城待足两周，陈西子打来电话催促她赶紧回去。临走前一天晚上，姜词提出休战——她这两周都住在梁景行的别墅里，而且跟他睡一张床，结果可想而知。她简直不知道这人禁欲的外表之下怎么会有这样旺盛的精力，每天不重样地变着法子折腾她。

因为第二天要乘飞机，姜词洗完澡就将自己裹得严严实实，摆出大义凛然的模样，不打算给梁景行一点侵犯领土的机会。

梁景行正坐在床上看杂志，朝她看了一眼，觉得好笑：“你这是要去就义？”

“梁叔叔，你胆敢碰我一根手指头，我一定以死相抗。”

梁景行挑了挑眉，也没说什么，接着翻杂志。

姜词掀开被子，在梁景行身边躺下，玩了会儿手机，转头看了他一眼。他目光定在杂志上，神情专注。

姜词将身体撑起来几分，往杂志上扫了一眼，全是难懂的图表和术语，也不知道他怎么看得这么津津有味。

她伸手戳了戳梁景行的腰：“还有什么书吗？”

梁景行伸手翻了翻柜子旁的一摞书，拿了本时尚杂志给她。

姜词对所谓的时尚不甚感兴趣，穿衣服从来都十分任性。反正她皮肤白，又瘦，穿什么都出不了错。至于化妆，在陈西子的逼迫之下，她略接触了一些，但也只出席重要场合时费点儿心思，平日里一贯素面朝天。

是以这时尚杂志她“唰唰唰”翻了几页，便觉得意兴阑珊，又问梁景行：“还有别的吗？”

梁景行又甩给她一本文艺类刊物。

姜词翻了两篇，不是疼痛就是颓废，要么凛冽要么盛大，要么茂盛要么空旷……

“还有吗？”

又换了本时事政治类的，里面国际局势、中东动荡、台海矛盾等，她看了便觉一个头两个大。

“再换一本。”

梁景行一顿，目光缓缓移到她手上：“你是真心想看书？”

“真心啊，就是这些我都不感兴趣。”

“那你对什么感兴趣？”

姜词想了想：“你那还有什么？”

“股票投资、严肃文学、产品目录……”

他见姜词都摇头否决了，忽然将手里的杂志一合，笃定道：“有一样，你一定十分感兴趣。”

“什么？”

梁景行扔了杂志，一个翻身，将她压在身下：“生理卫生。”

姜词脸一热，立即去推他：“说好了的！”

“谁让你打扰我看书的，嗯？”

“我觉得无聊嘛！”

一只手从她睡衣的下摆伸进去，富有技巧地揉捏了几下：“还无聊吗？”

姜词身体一软，像只虾米似的弓起身子：“别……我明天要坐飞机，怕休息不好。”

梁景行不为所动。

姜词很快呼吸急促，捉着梁景行的手，却不知道自己是想让他停下还是继续：“梁先生……”

“姜词，给你一个忠告……”梁景行盯着她，“以后，别随便这么叫我……”说着他俯身吻住她发颤的唇，“否则后果自负。”

拍卖会后的一系列亮相，对姜词今后知名度的提升至关重要，她忙于参加各种活动，无暇分心。

在帝都一晃就是一个月，所有活动渐告一段落，姜词准备回崇城了。

临行前，陈西子与她讨论起下半年的规划。

“你跟你男人有结婚的打算吗？”陈西子跟秦朕一样，不说“男朋友”，习惯说“男人”。

姜词觉得这个称呼比“男朋友”还让人受用，笑了笑，起身又去冰箱将剩下的半个西瓜拿出来，拿勺子舀着吃：“暂时没有吧。”

“才吃过饭又吃西瓜，真不怕长胖。”

姜词扬眉：“我天生长不胖。”

陈西子往记事本上“唰唰唰”写了几行字：“既然你暂时不打算结婚，下半年拍卖会和展览活动就多参加一些，最近风头正劲，正好趁热打铁。新作品有思路了吗？”

“我想画点儿抽象的，行吗？”

“随你，我只看作品质量。”

姜词笑说：“西子姐，跟你合作太省心了。”

“别拍我马屁，没用的。”

陈西子一边往本子上记东西，一边聊起别的：“话说，你男人什么样的？你这性子，一般人罩不住。”

“也就那样啊，一只鼻子、两只眼睛。”

“我记得你说过，比你大十二岁？岂不是要满三十五了，倒是一点不着急。”

“着什么急，我还年轻啊，我又不会跑。”

陈西子瞥她一眼：“男人精子质量过了三十五岁就会下降，越往后……”

“噗——”姜词被西瓜汁呛住，捂嘴咳嗽。她还不习惯如此坦然直接地和外人聊如此生猛的话题。可陈西子有经验，她的话应该可信，于是姜词睁圆了眼睛问她：“真的？”

“当然是真的。”陈西子一本正经，“其实你趁着年轻，赶紧把孩子生了也好，年轻人体质好，恢复快。”

姜词搁下勺子，仔细想了想：“他没提过孩子的事，也没提过结婚。”

陈西子看她一眼：“你该不是被人骗了吧？”

姜词摇头：“可能还太早了吧，我也觉得早，毕竟我俩才……”她说着立即住了声。

陈西子笑得不怀好意：“就说你回了一趟崇城变得春风满面，原来是被滋润了。”

姜词耳根泛红：“瞎说什么呢！”

陈西子笑了一声，忽然手一顿，从记事本里拿出张登记照来：“你两年前的照片，看着跟劳改犯一样。”

姜词伸手：“给我看看。”

照片里自己板着脸，神色阴沉，仿佛全世界都欠自己的钱。姜词忍俊不禁，摸了摸自己的脸颊：“我好像胖了。”

陈西子抬眼看她：“能不胖吗？你三餐之外还有小食水果，巧克力和薯片当饭吃。”

姜词一愣：“我有吃这么多吗？”

“你是自己不觉得。”陈西子指了指浴室，“里面有电子秤，你去称称看。”

姜词放下西瓜，走去浴室。

陈西子仍旧写着东西，忽听浴室里传来一声尖叫。她吓得手一抖，扔了笔和本子赶紧跑过去：“出什么事了宝贝儿？”

姜词指着电子秤，一脸难以置信：“你这秤没问题吧？我居然胖了五斤？！”

“当然没问题，德国货。”陈西子站上去称称自己的体重，“绝对是准的。”

姜词摸了摸脸，又摸了摸自己的腰：“这不可能。”

陈西子白了她一眼：“有什么不可能的，以你这种饿死鬼投胎的吃法……”

她话音骤然一顿，静静盯了姜词片刻：“宝贝儿，你这个月亲戚是不是还没来？”

又在帝都待了一天，姜词飞回崇城。

来接机的不是梁景行，而是刘原。

姜词纳闷：“梁景行呢？”

刘原目不斜视：“梁哥中午要跟一个普通客户吃饭，暂时脱不开身。”

姜词看着刘原，笑了一声：“刘原，你真的一点儿也不会撒谎，什么普通客户，难道还有特殊客户？”

刘原脸一热：“总之……总之梁哥说，让我先送你回别墅，他下午就回去。”

刘原没听见姜词吱声，以为她答应了，正要松口气，忽听她问：“谈夏？”

刘原手一抖。

“既然是谈夏的话，带我去看看吧。”

刘原苦着脸：“姜词，别让我难办。梁哥真的就跟她吃个饭，把过去的事了结……”

“过去的事？他们还有什么过去的事？”

刘原暗骂一句自己嘴笨：“不不不，不是这个意思，谈小姐的说法是，银货两讫。”

姜词越发觉得奇怪：“他们在哪儿吃饭？”

“金运大厦顶楼。”

“那个求婚成功率最高的法式餐厅？”

刘原简直想装哑巴了：“是那个餐厅，但……但是跟求婚没有关系……”

“带我去。”

刘原哀求：“姜词……”

“腿长在我身上，即便你不送我，我自己也是能去的。”

刘原无奈，伸手去摸手机。

姜词瞟他一眼：“你是打算通风报信？”

刘原立即收回手：“不是……姜词，你得相信梁哥，他跟谈小姐真没别的关系。”

“我相信啊，既然你都这么说了，还怕我过去看？”

刘原哑口无言，心道：梁哥啊梁哥，你自己可要慎重啊！

所有账目核算清楚之后，梁景行决定解决谈夏这个隐患。他之所以还能忍这么久，在于和谈辉的合作之中，他也算是切切实实获了利。

可这项目都到收尾阶段了，谈夏还紧咬着不松口，在他看来就有些不上道了。加之如今姜词已经回来了，他不想节外生枝，让姜词误会。

谈夏接到电话，笑说：“梁老师，还是那句话，作为您的生意伙伴，作为您过去的学生，跟您一起吃顿饭不过分吧？”

她也不给梁景行拒绝的机会，直接说：“金运大厦，您请我吃饭，我把画带去，咱们银货两讫，怎么样？”

金运大厦顶楼的餐厅四周全是透明玻璃，可以俯瞰整个崇城。谈夏显然并不是第一次来，就座点餐驾轻就熟，她将菜单递还给服务员，笑说：“请您出来一趟还真是不容易。”

梁景行神色平淡，没有搭腔。

谈夏瞅了他一眼：“你现在肯定在腹诽，我这人怎么这么多事儿是不是？”

梁景行耐着性子："谈小姐，合作进行至此，您父亲名利双收，我自认可以功成身退了。我目的一直很明确，我要那幅画。"

"那画很重要吗？"

"对我很重要。"

"姜词既然都拍卖出去了，你又何必还要买回去？"

梁景行一顿："你的意思是，打算反悔了？"

"如果我反悔呢？"

梁景行目光微微一沉："我奉劝你最好别这样做，你自己说过，我是个商人。"

他为了防着谈夏出尔反尔，合作这两年里，也捏住了谈辉的一些把柄，虽不至于置对方于死地，但他要是不高兴了，使个绊子还是轻而易举的。

谈夏一时没说话，沉默良久道："您记不记得，您曾经帮过我？"

梁景行没吭声。

"我一开始很不喜欢姜词。"谈夏偏过头，看着窗外湛蓝的天空，声调平淡，"当然我后来更不喜欢她。在青海刚认识的时候，我就觉得她这人十分装腔作势，连不怕蜘蛛这一点也还得装模作样地说出来。"

梁景行没有打断她。

"后来，我跟她成了同学，她却向我隐瞒了跟您恋爱的事实，暗地里看我笑话。"她顿了顿，继续，"您跟她的照片曝光那天，她来找过我，质问是不是我散布的照片。"

梁景行惊讶，拧眉问道："你跟她说了什么？"

"当时气糊涂了，口不择言，兴许她是听了我的话才在论坛上发了那封道歉信。"

梁景行又问一遍："你说了什么？"

谈夏挑了挑眉，语气轻蔑："我说，您这样在乎名誉，她压根配不上你。"

梁景行目光一沉，心里怒火顿生，盯着谈夏看了片刻，按捺下怒火："你错了。"

谈夏抬眼。

"我从来不在乎什么名誉……"梁景行一字一顿，声音平缓，"我只在乎姜词。"

谈夏呼吸一滞，声音抬高："可您的在乎一文不值，她根本不愿意跟您一起面对……"

"我认为这饭没必要吃了。"梁景行打断她。

谈夏一愣。

"谈小姐，商人趋利避害，我也不例外。我并不太想用上后着，但事到如今……"他见谈夏神色骤变，住了声，整了整衣服站起身，从钱夹里抽出一沓纸币放在桌上，"请你三日之内将画送到我的公司，如未送到，后果自负。我还有事，先告辞了。"

说罢，他再不看她一眼，大步朝外走去。

他刚进电梯，一只手卡进电梯门缝，谈夏紧跟着进来。电梯门合上，她气喘吁吁，双目沉沉地看着梁景行："她就那么好吗？"

梁景行退后一步，与她隔开些距离，紧抿薄唇没有出声。

"我和她一样的年纪，一样是学艺术的，一样的家庭出身，甚至比她更好，为什么我不可以？"谈夏抬高的声音里饱含情绪，似一张薄膜紧紧绷着，声音脆而薄，似乎随时都可能碎裂。

梁景行目光在她脸上停留一瞬，明艳动人的一张脸，略微上挑的眼角张扬妩媚，可这样一张极富侵略性、充满美感的脸，此刻却显出几分凄婉恳求的哀求之色。

电梯缓缓下行，谈夏说完这句，喘了口气，也自觉过于卑微，狠狠咬住唇，别开目光。

就在她以为梁景行此生再也不会同她说一句话时，忽听他沉声开口："谈夏，如果我的行为让你产生了什么错觉，我向你道歉。多年前那只是举手之劳，换作任何一个人都会像我一样。每个人都无可取代，你既然有这样好的条件，何必执着于成为另一个人的替身？”

谈夏没说话，嘴唇被她咬得血色尽失，片刻后，她长长叹了口气：“画在我的车上，去停车场我给你。”

两人一时沉默，“叮”的一声，电梯门打开。

“谢谢。”梁景行敛了目光。

两人到了停车场，谈夏将车解锁，手按着车头，仰头看着梁景行：“我得替自己解释一句，当年那照片不是我放的，我虽嫉妒姜词，但还不至于那般下作。”

梁景行看她一眼，没说话。

谈夏手指缓缓攥住车钥匙，目光定在梁景行脸上，狠狠咬了咬嘴唇，轻声问：“我……我能抱你一下吗？”

梁景行神色一凛，毫不犹豫：“抱歉……”

他话音未落，谈夏倾身向前，猛一下伸出手，将他紧紧抱住。

梁景行蹙眉，大为光火，使劲一推，忽听对面响起一声刺耳的鸣笛。

梁景行抬眼，顿时愣住。

前方停了辆黑色大众，车里，正坐着姜词和刘原。

姜词神色沉重，刘原目瞪口呆。

约有数秒时间，几人僵持着一动不动。

最后还是刘原先打破沉寂，干笑一声：“那个……这肯定有误会。”

姜词没说话，拉开车门下了车，走到梁景行身旁。

梁景行低头看她：“回来了。”

“嗯。”姜词低垂着眉眼，声音也格外轻柔，“我想吃八楼那家西点店的奶油小方，你去帮我买一份，我跟谈夏说两句话。”

梁景行一时摸不准姜词是什么意思，只好暂时答应下来。

姜词伸手，抚了抚他的领带，静默了几秒，又压低了声音问他：“你带钱了吗？”

梁景行看她一眼：“要多少？”

“越多越好。”

梁景行从衣服内里的口袋掏出一张签章齐备的支票，往她掌中一塞：“要多少你自己填。”

谈夏涨红了脸，眼见二人旁若无人，只觉心里似被刺了一下，可偏又挪不开脚步。

片刻后，梁景行领命离开了。姜词上前一步，看着谈夏：“好久不见了。”

谈夏没吭声。

“听说你从旧金山艺术大学毕业了，恭喜。”

谈夏冷眼看她：“你想说什么直接说，别装模作样。”

姜词神情平淡：“你喜欢开门见山，那我就开门见山。谈夏，梁景行要的东西，多少钱你肯卖？”

“你知道他要什么吗？”

“我不知道，他没告诉我，也没告诉刘原，但我大概猜出来了。你爸是谈辉对不对？我十五岁生日的时候，你爸为了竞标，拍了我的一幅画。”她观察着谈夏的神情，“要有什么让梁景行非得跟你合作不可，那肯定跟我有关。”

谈夏似被噎了一下：“你可真有自信。”

姜词眨了眨眼：“这点自信我还是有的。你直说吧，多少钱能卖？”她将方才梁景行给她的支票递给谈夏，“要不你自己填个数？”

“你拿他的钱，买他要的东西？姜词，你是不是脑子有毛病？”

“这钱算我找他借的，我会连本带利还给他。”

“拿什么还？”

“这就不劳你操心了，这是我跟他之间的事。”

“……”谈夏再不看她，反身去拉车门，“他想要，让他自己来拿。”

“他不会再见你的。”

谈夏手一顿。

“我不会再让他见你的。”

谈夏猛地转头。

姜词神情坦荡，可那骄傲糅杂了不屑的目光分明不容置疑：“你有机会的，我走了三年，没跟梁景行联系过一次。三年，你都没成功。”

谈夏咬牙：“你……”

“平心而论，我得感谢你，是你让我下定决心离开，否则我今天也没有机会站在这里说这番话。”

“姜词，你可真恶心。”

“我本来就不是什么好人，三年前，你曾说我配不上梁景行。我觉得这话不对，配不配得上，我说了不算，你说了也不算，得梁景行自己说了才算。”她抖了抖手中的支票，“他能给我这个，我觉得已经可以说明问题了。但你要觉得分量不够，我还有个消息告诉你……”

姜词上前一步，微仰着头，直直盯着谈夏，轻声吐出几个字。

谈夏缓缓睁大眼睛。

姜词笑了笑，退开一步：“谈夏，我们既然互相厌恶，也就不必寻求认同了。有一点我十分确信，我和梁景行之间，不会再有别人。”

谈夏冷笑一声，却没有吭声。

“看不上的，就别勉强自己去替代了，你明明是个很骄傲的人……”

谈夏一怔，骤觉怃然，这话，梁景行也说过。

“我那幅破画拍的时候二十三万，考虑各种因素，我给你一百万回购，你觉得行不行？”

谈夏没说话，头顶光线落下来，照得她一双微微上挑的桃花眼泛着几分微光。

她一咬牙，猛地将车门一拉：“梁景行跟我合作三年，赚的钱我十年都花不完，不缺你这苍蝇腿一样的一百万。这画你既然拿回去了，今后就好好供着，别再随便卖了……”她喉头一哽，再也说不下去，低头飞快将副驾驶上的画框拎下来，往姜词脚边用力一放。

梁景行拎着奶油蛋糕回来的时候，姜词正背靠着车门，脚边立着一幅画，低着头，侧影看着有几分肃然。

他先没过去，敲了敲刘原车子的窗户：“她俩说什么了？”

刘原赶忙复述，说到中途，梁景行打断他：“她说还有个消息要告诉谈夏，什么消息？”

“隔这么远，听不清楚哇。”刘原往前方瞥了一眼，“梁哥，你还是赶紧过去道歉吧，女人越平静越是生气，小心她晚上回去罚你跪键盘。”

梁景行闷笑一声：“你是跪多了，跪出经验了是吧？”

“我没犯原则性的错误啊，像你刚才这种……”他瞅着梁景行神色骤然一沉，摸了摸鼻子，“嘿嘿”一笑。

梁景行深呼吸几次，缓步走到姜词身旁，伸出手，轻轻碰了碰她的手臂：“阿词。”

姜词没抬头。

梁景行觉得奇怪，低头看她一眼，顿时一愣。她睫毛微微湿润，白皙的脸颊上挂了两行眼泪。

梁景行急忙将她的脸抬起来：“怎么了？谈夏说了什么？”

她眸子黑而清亮，静静看着他：“你知道这画里是谁吗？”

梁景行目光微敛，点了点头。

“那你知道我为什么要卖了它吗？”

梁景行没说话，只伸出手，握着她的手臂，将她带入怀中。

“这画，原本是我送给我爸的生日礼物。那时候他跟一个女人关系亲近，已经到了谈婚论嫁的地步。我十分幼稚自私，认为一个人一辈子只能对一人忠诚，就画了这幅画敲打他。他很痛苦，但还是选择跟那个女人断绝关系，并且此后再也没找过其他人。那几年，我爸过得非常苦闷，我和他的关系也一度降到冰点。过了两年，我渐渐开始理解他，并且十五岁生日的时候，决定卖了这幅画——我舍不得自己毁掉。我爸并不知道我要拍的是这幅，直到拍卖会开始时才知道……”

她声音哽咽，眼泪很快将梁景行衬衫的前襟浸湿："我本来已经一无所有了，没想到还能拿回这幅画……梁景行，谢谢你，能遇到你真是我这辈子最大的福气……"

"瞎说，福气还在后面。"

姜词笑了一声，过了一会儿，缓缓抬头，用大拇指抹掉眼泪："蛋糕呢，我饿了。"

梁景行将手中的纸袋递给她："要不去楼上吃了饭再回去？"

姜词瞥他一眼："去你刚刚跟谈夏待过的餐厅？"

梁景行神情一滞，轻咳一声："我得解释一句，我从来没碰过她，一根头发丝都没有。"

"梁老师，你不碰，架不住小姑娘自己主动往你怀里扑呀。"

"这个也怪我？"

"不然怪我咯？"

刘原没眼看，痛苦地别开了目光。

第十七章
我有所念人

最后三人另找了家餐厅吃过饭，梁景行跟姜词回别墅。姜词估摸着自己的家还是得收拾出来，结果却被告知，晚霞路那一片要拆迁了，上两周才出来的消息。那片要建成高档商业小区，拆迁款颇为可观。

姜词后悔不迭："我爸当年怎么就没多买几套呢。"

梁景行笑不可遏："姜词，你是不是钻钱眼里去了？"

八月下旬的崇城温度仍然居高不下，室外烈日灼灼，隐约似有蝉声。

姜词将长长的头发绾起来，收拾衣服去冲了个凉。

出来时，没看见梁景行人影，她唤了一声，从书房传来应答声。

她走到门口，却见梁景行正站在椅子上，往墙壁上钉钉子，脚边立着她的画。他几下钉牢，将画提起来挂上墙壁，左右调整之后，回头问她："正了吗？"

姜词点了点头，笑说："经过我的同意了吗？随便就挂起来。"声音有几分低沉。

梁景行挑眉："这画是我弄回来的，我难道没有自主权？"

"是是是，你丧权辱国弄回来的。"

梁景行从椅子上跳下来，几步走到她身旁：“再说一遍？丧什么权？辱什么国？”

“我的独家占有权。”姜词仰起头，不甘示弱。

她刚洗过澡，眉目清亮，日光下一张小脸白皙清透，整个人散发着浅淡的香味。

梁景行笑了一声，目光渐深，按着她的腰，低头含住她的唇。

绵长的吻渐而急促激烈，一只手探进衣内，轻抚她还沾着水的肌肤。

姜词喘了口气，捉住他的手：“不行。”

湿润的吻落在她精致分明的锁骨上，梁景行哑着嗓子问：“不想要，嗯？”

“恐怕有人不想。”

梁景行顿了一瞬，手里动作却没停：“谁不想？”

“嗯……”姜词忽觉羞赧，脸颊发烫，一只手推开他的头，一只手攥住他的手指，一寸一寸伸向自己平坦的小腹，“这里……你儿子恐怕不想……”

房间一时静了。

姜词突觉不安，莫非，梁景行并没有这个打算？

她正要开口，忽听梁景行出声：“真的？”他声音发颤，带着难以抑制的激动。

“真的，验孕纸测过了，你要看照片……”

她话音未落，被一个狂乱的吻堵在口中，就在她即将窒息时，梁景行总算退开，却又紧紧环着她的腰，猛将她一把抱起。

姜词双脚悬空，在心里低呼一声，低头，对上梁景行的眼睛。

他目光一贯深邃沉静，此刻眼中却泛着泪光。

过了好半晌，梁景行情绪都未平复下来，嘴里念叨先得通报家里的老人，梁静思和陈臻那边也得说明，还得抓紧时间立即去医院做检查……姜词见稳重沉着的男人此刻像个毛头小子，不由得觉得好笑：

"你别晃了，晃得我头晕。"

梁景行这才停下来，攥着她的手亲了一口："我太高兴了，体谅一下。"

姜词拿眼瞅他："老实说，你是不是故意的？"

"故意什么？"

"故意那个……嗯，不戴套……"

"你也没叫我戴啊！"

"你别得了便宜还卖乖。"

梁景行沉沉笑了一声，只说："真好。"

"能不好吗？老来得子。"

"老？"梁景行挑眉，"这话你先记着，过几个月再来收拾你。"

姜词乐了，知道自己怀孕便似拿了柄尚方宝剑，起码这八九个月内，让梁景行向东，保管他不敢往西。

怀孕生子都是大事，梁景行半点不敢马虎。他先给梁静思打了电话，让她亲自陪姜词去做体检。

第二天，梁静思驾车来别墅接人，见面先道贺，拉着姜词的手仔细看了半晌，眉目间难掩喜悦："梁家也是好久没有添丁增口了，这真是天大的喜事。"

梁静思在医院有朋友，姜词去了直接做检查，没耽误工夫。检查结果下午才出，梁静思便让姜词中午先去她家歇着。

走到一楼大厅，梁静思停了脚步："你稍等我片刻，我去中药房拿两服药。"

"谁生病了？"

梁静思笑说："觉非他爸胃不好，我最近在帮他调理。"

姜词在大厅找了个位子坐下，给梁景行发了条短信，正等着回复，一抬眼，忽见前方挂号窗口有个身影分外熟悉。

她盯着看了片刻，认出来了，是刘亚芬。

她穿着一条黑底暗花的连衣裙，头发深栗色，烫了卷。

姜词正要起身避开，刘亚芬已挂完号转身离开队伍，一抬头，两人的视线便对上了。

她目光一凛，几步走过来。

姜词急忙起身往外走，便听刘亚芬冷笑一声：“跑什么？做贼心虚了？”

高考那日刘亚芬持刀踹门的景象仍在眼前，姜词骤觉双腿一软。她怕激怒刘亚芬，便停下脚步——她如今怀孕了，要跑恐怕是跑不过的。

她将手提包护在身前，抬眼看着刘亚芬，暗自平稳呼吸：“刘阿姨。”

刘亚芬将她从头打量到脚：“听说你现在成画家了？”

姜词没吭声。

“也是，傍上梁家这棵大树，自然不愁吃穿。你跟你老子可真是一个德行，只管自己吃饱，哪管他人死活。张德兴这人吃亏就吃亏在老实，帮人卖了十多年的命，转头人家卸磨杀驴，如今他瘫在床上像个死人一样，还替旧主着想呢！”

那从未远离的重压似一记重锤再次袭来，姜词只觉胸中郁结：“张叔叔曾说，今后再不想见到我……”

刘亚芬冷笑：“你倒有脸提，你不如问问你傍上的那人做了什么好事。”

姜词呼吸一滞：“你是说……梁景行？”

“堂堂的大学老师呢，行事跟那些黑心奸商有什么分别？仗着自己有俩臭钱，觍着脸去威胁一个残疾人，算什么本事？！”

“这是什么时候的事？”

刘亚芬冷哼一声：“我只恨当时怎么没一刀砍死你，进去就进去了，总好过一辈子伺候一个残废！如今你得势了，也算是你祖上积了阴德。可姜词啊，你真不怕今后遭报应吗？”

工作日的上午，医院大厅里来往的人络绎不绝。这不是什么好地方，因太过接近人最脆弱无能的本质，也太接近死亡。

姜词自小就不爱去医院，打个针也能哭得肝肠寸断。那时候姜明远一边按着她不让她动弹，一边安抚道："打完了就放你两天假，不用画画，我陪你去公园玩。"

他不是个好人，却是个好父亲，害了无数人，却从未让她受过丁点儿委屈。

姜词坐在大厅的椅子上，手脚发凉，刘亚芬说过的话，仍一句一句回荡在耳中。

不知过了多久，有人推了推她的手臂："阿词？"

姜词骤然回神，对上梁静思担忧的目光。

姜词笑了笑："刚才在想事情，有点走神。"

梁静思微蹙着眉头："你没事吧？脸色看着不大好啊！"

"没事……医院味儿大，闻久了不大舒服。"

梁静思将她搀起来："那走吧，你没吃早饭，估计也饿了。"

到了家里，梁静思嘱咐厨房阿姨先给姜词熬碗粥垫垫肚子，又去楼上书房拿了几本书下来。

"都是些孕期注意事项，你要是不耐烦，就让梁景行看，看完了让他一条一条说给你听。"梁静思在姜词对面坐下，"他在联系家里，打算找个可靠的人专门伺候你。我们家里的情况，你也知道一些，我爸是个老顽固，他这关肯定得费些功夫。但你现在既然都怀孕了，景行拼了命也不会让你受委屈……阿词，你在听吗？"

"哦……在听呢。"姜词定了定神，很浅地笑了笑。

"你头几个月得格外小心，他住的地方也没个人照应，我现在不如以前忙了，你要是不嫌弃，就暂时住在我家里吧。我和景行商量过了，他也是这个意思。"

"麻烦你了。"

"这么说就见外了——你先坐着，我去厨房看看。"

中午梁景行过来了一趟，将姜词的行李和常用物品都搬了过来。他下午有个极其重要的会议，吃过中饭便走了。他走得匆忙，姜词也没跟他说上几句话。

下午，梁静思让姜词待在家里，自己去医院取检查结果，让家里的阿姨照应着。

那阿姨坐在沙发上看电视，让姜词有事就吩咐。她看了一会儿，渐渐打起了瞌睡。

姜词静待了片刻，见那阿姨没动静，揣上手机，悄悄出了门。她先叫了辆出租车，在车上时，试着拨了张语诺的电话。

没承想，那号码还能拨通。

外面日光炽烈，晒得前方水泥路面发白，空气里腾起一道道扭曲的热气。

打完电话，姜词向司机报了个地址。

那是个很老的小区，花坛里栽了几丛绣球花，粉紫的颜色，分外好看。姜词在树荫下站着等了一会儿，便看见一道苗条的身影从前方的居民楼里闪了出来。

姜词站直身体，望着张语诺一步步走来。

暌违三年，她也变了，长高了数厘米，瘦了，身上再无那份未经世事的娇憨气，眉间多了几分忧郁。她穿着一条连衣裙，样式和花色看着都有些陈旧。

张语诺并未多说什么，短短寒暄几句，就领着姜词进了楼里。

为了方便张德兴出入，他们住在一楼。一打开门，一股溽热之气扑面而来，屋内没开空调。

张语诺找了双干净拖鞋递给姜词，又给她倒了杯水。

姜词换鞋进去，打量了一下屋子。

屋内装修是二十世纪的风格，典型的老房子，收拾得再干净，也有股挥之不去的破败之感。

张语诺见她在观察，解释了一句："原来的房子卖了，这是我爸一个朋友的房子，临时租住的。"

左边卧室里传来一道混浊的男声："囡囡，来客人了？"

"嗯……"张语诺抬高声音，"是……是我的一个同学！"她走上前，跟房里的张德兴说了几句话，随手掩上门。

姜词注意到她的动作，目光微微一沉。

"你……坐吧。家里也没收拾，挺乱的。"她将沙发上的一件汗衫拿起来，扔到浴室外的一个篓子里。

三年前的最后一次见面，张语诺远不是这副模样。姜词记得那时候她还穿得不错，并不像受过多少苦的样子。

姜词踌躇许久，仍是问道："语诺，你……是不是过得不太好？"

张语诺似被刺了一下，抬头瞥了姜词一眼，却又立即低下头去："还好，就是我爸……"

姜词急忙问："张叔叔怎么了？"

张语诺渐渐红了眼眶，别过头去，紧咬着唇，做了个深呼吸，片刻后，终于出声："我妈打算跟他离婚。"

姜词一愣。

"久病床前无孝子，我也不怪我妈。我爸这样了，她没必要把一辈子都搭进去。"

可他们要是离了婚，照顾张德兴的任务，就得落在张语诺肩上了。

"我马上读大四，家里这样，出国肯定是没指望了，打算申请保研。可我妈不让，说是读研浪费钱、浪费时间，还不如早些找个人嫁了……"张语诺神情凄然，"可依照我现在的条件，谁敢娶我？"

屋里再次传来张德兴的声音："囡囡，给我倒杯水！"

张语诺飞快擦了一下眼角，应了一声，接了杯水，往房间里去了。

姜词手指无意识地攥住了凉椅的扶手，低垂着目光，心里一时纷乱如麻。

看张家现在这样，的确不像是阔绰到不需要接济，可既然如此，张德兴何必断然拒绝她的帮助？

难道真如刘亚芬所说，他这人顾念旧情，忠厚老实，又受了梁景行的威胁？

她回想着那一日的情形，梁景行说了什么？

“阿词，你是清白无辜的。”

“你打算管到几时？张德兴一辈子瘫痪，你准备照顾他一辈子？”

她枯坐片刻，张语诺从房里出来：“姜姐姐，你要有事再联系我吧。一会儿我妈打麻将回来撞见你了……”

姜词从椅上起来，拎起自己的包，忽压低了声音问道：“语诺，梁景行来找过你们吗？”

张语诺一怔：“找过的，就是我妈去找你后不久……他到医院来，跟我爸说了半天的话。”

姜词忙问：“他说什么了？”

张语诺摇头：“我在外面，没听清楚。”

“那……我能进去问问张叔叔吗？”

张语诺轻咬着唇，摇了摇头：“恐怕不方便。”

姜词垂下目光，静立片刻：“那打扰你了。”

张语诺神情黯然，将姜词送到了门口。

姜词顿住脚步，手攥着包，张口数次，最终什么也没说。

出门之后，她走得很快，烈日暴晒肌肤，头皮一阵阵发麻。

刚到小区门口，前面忽然拐过来一辆宝马，姜词扫了一眼，一愣，副驾驶上分明坐着刘亚芬。

她赶紧转身往反方向走，然而刘亚芬显然已经看到她了。车子疾驰而来，在她身边一个急刹停住。刘亚芬钻出车门，快走几步拉住了姜词的手臂：“你来干什么？！”

姜词心里一慌，却也不敢撒谎：“我过来看看。”

“有什么好看的？还嫌把我们害得不够惨是吧？”

她身上有一股浓重的香水味，混合了汗液的味道，经烈阳一晒，越发难闻，直往鼻子里钻。姜词胃里陡然翻涌，她立即捂住嘴，抚着胸口直干呕。

刘亚芬赶紧撒开了手，退后半步。

姜词蹲下身，干呕了半晌，稍得缓解，仰头看着刘亚芬："你是不是说，梁景行威胁张叔叔，让他不要来找我？"

刘亚芬冷哼一声："我上午不都告诉你了吗？"

"那梁景行具体说了什么？怎么威胁的？"

刘亚芬一愣。

"如果我现在把他叫过来，你能跟他对质吗？"

刘亚芬怫然："姜词，你什么意思？你觉得我会骗你？你既然来了，也看到我们现在过的是什么样的日子了。我不要你负责，你倒反过来责怪我诬蔑他？"

姜词缓缓站起身，兴许日头太烈，晒得她眼前一阵发白："所以，我把他喊过来，我们把话说清楚。"

刘亚芬拧眉："谁有这个闲心跟你说清楚！你跟你这位金主蛇鼠一窝、男盗女娼，打算合起伙来坑我是吧？你摸着良心告诉我，张德兴如今这副德行，是不是你爸害的？"

姜词眼前似蒙了层白纱，强光照过来，刺得眼睛生疼，头昏沉沉的，胃里一阵翻江倒海。她感觉自己大约是中暑了，自然也没有精力再与刘亚芬争辩。

刘亚芬见她脸色煞白毫无血色，方才又干呕了一阵子，生怕她是生了什么病，赖到自己头上，赶紧上车，扬长而去。

姜词咬牙，脚步虚浮地走到一处树荫底下，掏出手机，给梁景行打了个电话。

她身体越发沉重，最后滑坐到了地上。

她感觉胸口沉闷，似压了块大石，喘不过气来；脑袋里嗡嗡直响，一声强过一声，其余的声音再也听不见。

不知过了多久，她身体陡然悬空，晃荡片刻，身体倒在一处柔软的地方，冰凉的东西贴上额头，一只手替她解开了上衣的领子。

过了片刻，她呼吸总算顺畅了几分，掀了掀沉重的眼皮，却对上一双怒火中烧的眼睛。

眼睛的主人抿着嘴一言不发，用矿泉水将毛巾淋湿，让她伏在自己怀里，掀开她的上衣，用力却细致地替她擦去背上的汗。

挥之不去的黏腻感渐渐消失了，水渍被冷风吹拂着，很快蒸发。

随后，她的上身被放平，躺在汽车后座上。

她躺了一会儿，全身流失的力气总算回来了，头晕耳鸣的症状也渐渐消失。

姜词撑着身体坐了起来，却见梁景行靠窗坐着，正目光沉沉地盯着她。

她有些心虚，轻唤一声："梁叔叔……"

"叫祖爷爷都没用！"梁景行紧拧着眉，"你几岁了？都要当母亲的人了，还这么轻率！"

姜词撇了撇嘴，有些不服气，小声说："当母亲的人就没人权了吗？"

"再说一遍？"

姜词摸了摸鼻子，确实不敢再捋虎须："对不起……"

"你自己说，来这儿干什么？"

姜词正襟危坐："我来找张语诺。"

梁景行蹙眉："找她干什么？"

姜词咬了咬唇："我上午在医院碰见刘亚芬了……"

梁景行一愣，立即打断她："你怎么不告诉我？"

"那你又为什么不告诉我？"姜词微微仰起头，"我高考结束之后，你去找过张德兴是吧？"

梁景行眉头紧蹙："刘亚芬告诉你的？"

"她说……她说的那些，我不相信，所以我想亲自查清楚。"

"你为什么不直接问我？"梁景行紧盯着她。

姜词张了张口："这不能怪我！以前我问你什么你都不说，包括谈夏那事儿，你也不主动告诉我。梁叔叔，你是不是该首先反思一下，为什么我不肯直接找你问？"

梁景行气极反笑："你的意思，还是我的错？"

"反正不是我的错！"她瞅着梁景行神色似有缓和，慢慢挪到了他跟前，放软了声调问他，"那你告诉我，你跟张德兴说了什么？"

她的领口还敞开着，从这角度看去，能看见一截雪白的曲线。梁景行别开目光，面无表情地替她将领子往上一拉："坐好！"

姜词嘻嘻笑了一声，坐正身体。

"阿词，我首先问你，你觉得张德兴是完全清白的吗？"

姜词一愣。

梁景行忽然起身，将搁在前座的一个公文包提过来，从里面翻出一份文件，递给姜词："你可以看看，在你父亲那件事情当中，张德兴本人得负多大的责。"

姜词草草翻了一遍，神情渐渐凝重。

"集资的方案是张德兴一人拟定，他给你父亲的报告之中隐瞒了很多关键的信息，使得整个方案打了个擦边球。商人行事，哪有百分之百遵守规则的，所以你父亲权衡之后，同意签字。后来事迹败露，你父亲决定让张德兴出来担责。经济犯罪，找一个好律师，判不了几年。里外关系一疏通，基本可大事化小，小事化了。但没想到有人撞伤了张德兴，你父亲也紧跟着酒驾出事……所以，这事儿你父亲虽然也有责任，但并非你想的那样，张德兴全然是在背黑锅。"

梁景行看了姜词一眼："当然我当时去见张德兴，这些资料还没查到。我只有个大概的猜想，探了探张德兴的口风，似是而非地说了几句话，答应给他一笔钱。张德兴答应得很快，所以我认为我的猜想八九不离十，之后就着手搜集证据。"

姜词飞快地问道："你给了他多少钱？"

梁景行顿了顿道："三百万。"

姜词震惊："可我看张语诺家里……"

"三百万，请个护工，照顾张德兴到去世都绰绰有余。但这钱……"

姜词心里一凛："被刘亚芬挥霍了？"

梁景行点头："我怕她回头找你麻烦，一直在注意她的动静。她找了个年轻男人，把钱给那人做生意，全赔光了。"

姜词心里一时堵得难受，既为了张语诺——她恐怕对整件事情一无所知，也为了梁景行。

这人，不知道瞒了她多少事情，却桩桩都是在为她打算。她以前一定是被蒙蔽了眼睛，才认为梁景行不爱她——正是因为爱她，所以他才这样隐忍、沉默。

梁景行叹了口气："阿词，我觉得你已是仁至义尽了。"

姜词垂头沉默良久，忽然说："晚霞路那片什么时候拆迁？"

"下半年动工。"

"拆迁款，我打算全部给语诺。"

梁景行看她半晌："随你。"

姜词笑了笑，神情却是愀然："这下，我真是一点财产都没有了。"

"谁说的？"

姜词抬眼看他。

"你还有我，钱生钱，保管你这辈子都用不完。"

姜词笑了："听着怎么这么像传销口号。"

梁景行绷了脸："今天这事儿，以后再不许发生了。你去哪儿都必须跟我报备，否则我让人二十四小时跟着你。"

"怀孕的人就没人权了吗？！"

"暂时真没有。"

姜词气鼓鼓的："我等了又等，你安排体检，安排我搬家，安排人过来伺候……什么都安排好了，可最重要的事呢？"

梁景行神情无辜："什么最重要的事？"

“你……”

梁景行笑了一声，挑眉，伸手攥住她的手，往自己的裤袋里送去。

“你干什么……”姜词话音未落，指尖碰到了什么硬邦邦的东西。

“自己掏。”

“这……，光天化日的，掏这么有伤风化的东西，不太好吧？”

“……”

姜词笑过，却不自觉放缓了呼吸，将那东西攥进掌心，抽回手。

她目光落在手上，缓缓张开手。

她心脏剧烈跳动，似涨了潮，满满胀胀，难受却又甜蜜。

铂金的戒托，镶的却不是钻石，而是一粒石榴红的宝石，鲜艳欲滴。

姜词眼前泛起雾气，似被这火光的红色灼得眼睛生疼。

梁景行凝视着她：“那年，你问我知不知道有种叫‘茶花’的烟，我说了谎。我欠你一句真话。我知道那句话，我知道。”

与君初相识，犹如故人归。

他将她的手捉紧，低头，在她的手指上虔诚地落下一吻。

似有磐石哽在喉间，让姜词再难发出声音。

她记得孤身在海外求学的时候，曾有一次发高烧，当时公寓的邻居将她送去医院，问她为什么一直这样拼，似为了追逐什么，而不惜燃尽生命。

她在烧得迷迷糊糊时这样回答：“我想回家，家里有我所念之人。”

那是我的执着，我的孤勇，我的奋不顾身。

也是我的挚爱，我的余生。

[正文完]

番外 锦时

梁景行听见身后有动静，一个激灵起来，抬头开了灯。

姜词蜷着腿，脸上一层薄汗。

“怎么了？”

“腿……抽筋了。”

梁景行急忙起身，压住她的腿，让她腿伸直，脚掌向上翘。姜词起初忍不住呻吟，咬牙坚持一阵，总算缓解了。

梁景行拿了块热毛巾过来，替她敷了一会儿，而后顺着经脉的方向慢慢按摩。

“早说让你别去参加那个展会。”

姜词笑说：“我也得挣钱啊！”

梁景行轻哼一声。

姜词笑吟吟的：“我还欠你三百零五万，再不抓紧，这辈子都还不上了。”

“还不上最好。”

姜词歪头看他。

梁景行手指缓慢有力，摩挲着她的小腿：“下辈子接着还。”

姜词笑了。

过了一会儿，姜词动了动腿：“好了，你赶紧睡吧，明天还要上班。”

梁景行“嗯”了一声，将毛巾放回浴室，洗了个手，回卧室躺下。

“我关灯了？”

“嗯。”

关灯后，房间里并非全然黑暗，窗户开了一线，风拂起窗帘的一角，隐约可看见外面树影婆娑。

姜词躺了一会儿，轻轻出声：“梁景行。”

“嗯。”

“你没睡啊？”

“睡不着。”

姜词往他跟前靠了靠：“那我陪你聊会儿天？”

梁景行翻了个身，将她揽进怀里。

姜词怀孕四个半月，胖了一圈之后，气色反倒比以往好。她以前一百六十六厘米，堪堪过九十斤，抱着的时候，只有一把瘦骨。

九月末，趁着天气转凉，国庆休假，两人回了趟苏州。梁老爷子梁腾丰早就摆好了阵仗，但家里人全跟他立场相反，加之梁景行财务独立，他完全无从干涉。

他闹了一阵脾气，有天清晨出门散步，走到厨房后面，听见做饭的阿姨同梁夫人商量菜谱。

“怀孕身子不爽，一次吃多了容易积食，做点不太甜又容易消化的点心，时刻备着。还有，阿词不爱吃葱姜蒜，尤其是姜，闻到一点儿味儿就会孕吐，今后做菜，这几样就都别放了……”

阿姨一一应下，笑说：“上回这样麻烦，还是太太怀少爷的时候。”

梁夫人淡笑：“我那时候有娘家人陪着，哪像阿词如今这样孤苦伶仃，怀了孕来夫家做客，家里还有个瘟神成天板着脸……”

梁腾丰哼了一声，踱步走了。

姜词在梁家这几日，梁腾丰无时无刻不在暗暗观察她。二十三岁的小姑娘，正经与人交往的时候倒还算言行妥帖，想来家教应该不差。他原本以为，这么年轻一个女孩儿，找个大自己一轮又事业有成的男人，必然妖里妖气不成体统。但见面之后，他发现全不是这么回事。她对他的各种问题应答如流，不卑不亢，说起自己的事业侃侃而谈，颇有见地。

他耿耿于怀之处自然在于姜词的家世，其父有经济犯罪的案底，这背景不甚清白，有辱梁家门风。

他已过耳顺之年，与两个孩子对峙了大半辈子，如今越发有些晚景凄凉之感——两个孩子都遗传了他倔强好胜的本性，甚至青出于蓝胜于蓝。这两年，他已在尽力弥合早年刚愎自用造成的隔阂，好不容易初见成效，若将姜词拒之门外，恐怕与梁景行的关系就真的回天乏术。他思来想去，最终还是妥协了，想着都半截身子入土的人了，何苦还在乎蜗角虚名。

国庆假期结束，梁景行和姜词返程之前，梁腾丰将梁景行叫去书房，也没多说什么，只简单嘱咐几句："你如今虽不在苏州，但还是代表梁家的门面，婚礼得办，而且还得大办。姜小姐怀孕身体不便，可先领证，婚礼不必急于一时。"

梁景行沉默片刻道："爸，不管这一胎是男是女，我都不会强迫阿词生二胎。"

梁腾丰瞪他一眼："我说了非得生儿子吗？"

梁腾丰早年执念颇深，受家里传宗接代思想的影响，非得要一个儿子。为此，他与梁夫人的感情也一度产生罅隙——或者说，这罅隙从未弥合过。

梁夫人生梁景行时难产，落下病根。为此，梁腾丰也时常觉得后悔。

姜词伸出手指摹画梁景行眉峰的轮廓："你想要个儿子还是女儿？"

"女儿。"梁景行毫不犹豫。

姜词笑问："为什么？"

"生个儿子，陈觉非那样的，多闹心。"

姜词乐不可支："不带这样说陈觉非的。"

梁景行捉住她的手指："你呢？"

"我啊……"姜词想了想，憋住笑，"儿子吧，要是生个女儿，跟我一样不长眼，被老男人占便宜了，你肯定得跟别人拼命。"

梁景行挑眉，想反驳两句，却发现她说得好有道理。

静默了一会儿，姜词又说："如果我爸还在世，肯定也得找你拼命。你不知道，他管得可严了。我读初中的时候，他要是撞见哪个男生跟我搭话，回头就会将那个男生的底细查得一清二楚。"

沉默了数秒，梁景行问："那你初中谈过恋爱吗？"

"没有。"

"高中呢？"

姜词犹豫了一瞬："也没有。"

梁景行勾起嘴角："那我岂不是占了个大便宜？"

"你才知道？"姜词抬头，"所有第一次都给你了……"她骤然觉得脸有些热，轻咳一声，翻了个身，"你赶紧睡觉吧。"

她话音刚落，一只手从身后抱住她的腰，温热的呼吸凑近她的耳朵，低沉的声音充满深意地唤了一声："阿词。"

姜词的耳朵烧起来。

大掌毫不费力地探进姜词衣内，抚摸一阵之后，她捉住那只手："别，我有点怕。"

梁景行低声道："我有分寸。"

姜词脸更烫，松了手，随他。

姜词和梁景行办完婚礼的次年春天，两人连同梁静思一家领着即将满周岁的女儿橙橙去崇城美院拍照。

早樱初绽，校园里游客尚少。

陈觉非抱着橙橙，指着一处处建筑，耐心介绍。

走到一栋民国时期的教学楼前，陈觉非停了脚步，蹲下身将橙橙放下来，转头对梁景行说："舅，在这儿给橙橙拍一张吧。"

梁景行点头，换镜头的时候，忽觉自己的裤腿被人一扯。

他低头一看，橙橙的一只手攥着他的裤腿，另一只手高高举着，试图去抓他手里的相机："要……"

梁景行蹲下来："橙橙，去哥哥面前，我给你拍照。"

小女儿不理，攀着他的手臂，往他身上爬："啾……"

梁景行："叫爸爸。"

"啾……"

"陈觉非！橙橙改口之前，你不许再跟她见面。"

陈觉非跳起来："这也要怪我？！我不喊你舅舅喊什么？"

梁景行低哼一声："橙橙平时跟着你，好的一点没学到……"

姜词笑得前俯后仰，弯腰将地上的小不点抱起来："你俩幼不幼稚？"

橙橙十个月开始说话，第一个词说的是"妈妈"，可兴许学走路那段时间跟陈觉非待的时间比较多，轮到梁景行时，她开口就喊"啾"……梁景行日夜纠正，小家伙就是不肯改口。大约这字儿比"爸爸"更好发音，嘴一噘就能出声。

小不点比酱油瓶子高不了多少，鬼主意却特别多，加之梁景行十分宠爱，一家人伺候她简直比伺候祖宗还要艰难。

她喜欢车。每次出门将她放在安全座椅上，她看着窗外飞驰的各类汽车能自己带劲地"咿咿呀呀"几个小时。如今梁景行的座驾换了辆更为宽敞的SUV，内饰跟他原本简洁商务风的保时捷全然不同，坐垫整套是龙猫造型的，后座散布着大大小小的毛绒玩具，连前座的挂饰也换成了小黄人……

她喜欢梁景行的相机。上万的行头自然不能随便给她玩，就给她买了个卡通造型的lomo相机，经她口水洗礼之后，相机的下场自不必说。

她喜欢乐高积木。将她放在玩具房的积木堆里，她能自己玩一个下午，虽然到头来也没堆出个什么名堂。

她也喜欢画画。有一次梁景行在客厅里睡着了，她握着笔给他画了一个大花脸。

她还喜欢骑在梁景行的脖子上，被他举着去院子里捉树上“啾啾”叫的小鸟。为此梁景行十分郁闷，原来自己的名字和鸟叫声是一样的。

临产时，姜词十分无措，直到见到靠在护士怀里那红皱的婴孩，她才真正觉得原来自己做了母亲，之前每一天都在准备，可到头来还是没有准备好。

婴儿这样小，十指细细的，脆弱得仿佛一碰就折。姜词不知道怎么抱她，也不知道怎样应对她不知因何而起的哭声。

好在有梁景行。他也是初为人父，却比她更早进入角色。他一点一点引导她，度过了最初那段茫然惶恐的日子。

梁景行曾笑言，感觉自己像是养了两个女儿。

橙橙满月之后，一家三口去给姜词的父母亲扫墓。

那日刚下过雨，山风清冷。

橙橙被包裹在襁褓之中，一直在睡觉，此刻却不知何时睁开了眼睛，小小的拳头举在耳边，不哭也不闹。

梁景行嘴唇轻轻碰了碰她的额头：“乖。”

姜词蹲在墓碑前，一点一点清理着周边冒出的杂草。

她眼里有泪，却始终未落，最终额头抵着姜明远的墓碑，低声说：“爸，我找到根了，你也放心去找你的‘王谢桥’吧。”

拍了一上午照片，中午几人在校园的草地上找了处空地，铺上塑料布开始野餐。

橙橙吃完一个面包，看见不远处长椅上坐着一对情侣，女孩儿正在吃甜筒，她立即去拽姜词的手：“妈妈……”

姜词温声说："那个冰，橙橙不能吃。"

橙橙不依，将她往那边拖。

"乖，橙橙吃了要拉肚子，我们喝这个好不好？"姜词从包里拿出一瓶养乐多。

橙橙往后躲，晃着她的手臂，继续拉她。

"那这样，你去找爸爸要。"

橙橙看了正在与陈臻说话的梁景行一眼，踩着草地摇摇摆摆地走过去，抓住他的衣袖："啾……"

"……"

梁景行看了她一眼："橙橙要什么？冰激凌？"

"冰冰淋……"

"……"她三个字都能说，却不肯喊"爸爸"，梁景行郁闷不已，转而又觉得这兴许是个好时机。

"橙橙，你喊'爸爸'，我就给你买。"

"啾……"

"爸爸。"

"啾啾……"

"爸爸。"

"啾……哇……"

梁景行立即将她抱起来，无奈地哄道："不哭不哭，'啾'就'啾'吧……"

冰激凌自然是不能吃的，梁景行抱着她四下转了一圈，看见路边有个摊子在卖棉花糖。

橙橙看了一会儿，立即将冰激凌抛到了九霄云外。

她捏着棉花糖的棍子，伸出舌头舔了一下，很快粉嫩的小脸上便糊了一层糖丝。梁景行抱着她在路边坐下，掏出随身携带的湿纸巾，细心替她擦着黏糊糊的脸颊和鼻子。

橙橙将棉花糖举到他跟前："吃。"

“爸爸不吃，橙橙吃。”

“吃……”橙橙固执地将糖往他嘴边送。

梁景行偏头躲开，依然替她擦着脸：“爸爸不吃。”

“爸爸……吃……”

梁景行一愣。

粉色的糖丝糊上他的鼻子，毫未察觉的小不点还在往前送：“爸爸，吃。”

静默了数秒，梁景行笑了一声，捉住橙橙肉嘟嘟的小手，咬了一口棉花糖，真甜。

后记

回溯我落笔此文时的心境，依然十分清晰。

我似乎偏爱这样一种女主：永远和世界存在无法磨合的隔阂，永远格格不入，永远跌跌撞撞地为自己找寻一个出口，或者寻找一个借口，与世界和解。

直至文末，姜词始终是在流浪的，最初是为了生计，之后是为了爱情。她有一种艺术家的秉性，我时常在想，如果她遇上的不是梁景行，而是其他人，多半生命会在极致绽放之后走向毁灭，即便那毁灭是绚烂的。

梁景行是山，是树，是一切岿然不动的事物，也因此，他以隐忍和深谋远虑，将姜词从那条似乎注定无法躲避的自毁之路上拯救回来，让她向阳生长，而非跌向为爱自缚的深渊。

我偏爱年长的男主角，亦师亦友亦情人。诚如我文中所写：你已历经繁华，而我刚刚走入绮年锦时。但我们分享过同一片绿荫，看过同一天的月色。这是你最好的年岁；而遇到了你，又何尝不是我最好的年岁？

因这是2015年的旧文，不管是行文节奏、剧情逻辑或是字句推敲，都不免生涩，我在修改之时，也未曾用现在的习惯多加干涉，大抵是不想破坏当时写下每一个字、每一句话时的初心——即便是不完美的，那也是合理的缺憾，因时光延宕反而显得珍贵。

愿所有人，都能为所念之人，怀有一腔孤勇，奋不顾身。

明开夜合
2018 年 5 月 11 日
于杭州